dtv
premium

Ausführliche Informationen über
unsere Autoren und Bücher
finden Sie auf unserer Website
www.dtv.de

Birgit Hasselbusch

Sechs Richtige und eine Falsche

Roman

Deutscher Taschenbuch Verlag

FSC
www.fsc.org
MIX
Papier aus verantwortungsvollen Quellen
FSC® C006701

Originalausgabe 2013

Dieses Werk wurde vermittelt durch die Literarische Agentur
Thomas Schlück GmbH, Garbsen
Umschlagkonzept: Balk & Brumshagen
Umschlaggestaltung: Wildes Blut, Atelier für Gestaltung,
Stephanie Weischer
Satz: Greiner & Reichel, Köln
Gesetzt aus der Dorian 10,25/13,25
Druck und Bindung: CPI – Ebner & Spiegel, Ulm
Gedruckt auf säurefreiem, chlorfrei gebleichtem Papier
Printed in Germany · ISBN 978-3-423-24991-1

Die Wahrscheinlichkeit, den Lottojackpot zu knacken,
liegt bei 1:140 Millionen.
Die Wahrscheinlichkeit, bei einem Flugzeugabsturz zu sterben,
liegt bei 1:3 Millionen.
Und wie hoch ist die Wahrscheinlichkeit,
das große Glück zu finden?

Es stimmt, dass Geld nicht glücklich macht.
Allerdings meint man damit das Geld der anderen.
GEORGE BERNARD SHAW

Während der Müllwagen an der Straßenecke einen gelben Sack verschluckte, stellte ich fest, dass mein Angebeteter verschwunden war. Ich stand auf dem Balkon, in einen flauschigen weißen Bademantel gehüllt, und blickte durch mein kleines Opernglas. Immer noch weg.

Er hatte sich doch so lange nicht von der Stelle gerührt. Typisch für mich: wieder mal kein Glück gehabt. Sich so ganz ohne Vorwarnung einfach aus dem Staub zu machen! Es ärgerte mich maßlos. Wahrscheinlich hätte ich mich klarer zu ihm bekennen sollen. Ehrlich gesagt war er mir ans Herz gewachsen. Ich hätte mir sogar ein ganzes Leben mit ihm vorstellen können, aber wie so viele vor ihm hatte auch er eine Macke, die ich zuerst nicht wahrhaben wollte: Er wollte einfach zu viel. Und ich konnte nicht so viel geben, wie er verlangte. Jetzt hatte ihn mir eine andere weggeschnappt!

Eilig schlüpfte ich in Jeans, T-Shirt und Turnschuhe und sprintete die zweiundsiebzig Treppenstufen aus dem dritten Stock hinunter auf den Gehweg. Der Müllwagen bremste kreischend, als ich achtlos über die Straße lief. Den Zeitungsladen ließ ich links liegen, den Brillenladen ebenfalls, bis ich mein Ziel erreicht hatte.

»Wo ist er?«, rief ich zusammen mit dem Quietschen der Tür. Ich klang so schrill wie eine rachsüchtige Ehefrau, die in eine fremde Wohnung stürmte, um ihren Mann in flagranti zu ertappen.

»Weg!«, antwortete Anna lapidar. »War doch klar. Du wolltest ihn ja nicht.«

»Ja, ja, hab ich gesaaagt. Aber doch nicht so gemeiiiint!« Sie hatte recht, hätte aber meines Erachtens mitfühlender reagieren können.

»Nimm doch einen anderen«, bot sie mir an und machte eine vage Handbewegung in die Runde. Verzweifelt blickte ich mich um, entdeckte nichts Gleichwertiges und erklärte ihr, dass ich nur ihn wollte. Insgeheim hatte ich gehofft, sie hätte ihn nur aus dem Schaufenster genommen.

»Verkauft!«, warf mir Anna an den Kopf.

»Aber so plötzlich?«, maulte ich.

»Mann, Jule, du spinnst doch total. Wenn's nach dir ginge, könnte ich den Laden hier dichtmachen. Ich *muss* die Schuhe doch verkaufen. Damit verdiene ich mein Geld. Verstehst du?« Sie sprach sehr langsam und sehr deutlich. »Du hättest dir den Stiefel eh nicht leisten können.« Schon wieder hatte sie recht. Als Radioreporterin sah man zwar die Welt, verdiente sie aber nicht.

»Hast du ihn echt für zweihundertneunundvierzig Euro verkauft?«, fragte ich ungläubig. Sie nickte und legte mir mitfühlend die Hand auf den Arm, so als wäre ich eine ältere Frau, der sie gerade mitteilen musste, Alzheimer zu haben. Die würde sich an die Schuhe wenigstens nicht mehr erinnern.

Ich hatte so lange mit mir gehadert, die Stiefel waren perfekt, sie lenkten sogar von meinen dicken Knien ab, ich war sie so oft Probe gelaufen wie andere Kaffee tranken. Mokkabraunes Wildleder mit einem angedeuteten Inka-Muster. Nur der Preis ging gar nicht.

»Wer hat ihn?«

»Weiß ich doch nicht. Irgendeine Frau mit dünnen Beinen und dickem Portemonnaie.«

Grußlos und mit hängendem Kopf verließ ich den Laden. Da der Kopf schon unten war, scannte ich die Füße der weiblichen

Passantinnen, um möglicherweise meinen Liebsten an der anderen Frau zu erspähen. Was geschehen würde, wenn sie mir jetzt über den Weg liefe, wagte ich mir nicht auszumalen. Zu unangenehm die Vorstellung, morgen könnte die Schlagzeile in der Zeitung prangen: »Hackentrick: Frauen prügeln sich auf offener Straße um ein Paar Stiefel!« Vielleicht wäre das sogar eine Meldung bei meinem Radiosender wert.

Auf der ersten Seite der ›Hamburger Morgenpost‹ las ich, dass es der HSV am Wochenende wieder mal vergurkt hatte. Daneben die Wetteraussichten, Lottozahlen, ein Bericht über eine Kita, die dichtmachen musste, und der Hinweis auf das Fernsehprogramm.

Ich nahm die Zeitung aus dem Ständer, ging in den Kiosk, schnappte mir dort aus dem kleinen Kühlregal einen Liter Milch, bezahlte, klemmte mir Zeitung und Milch unter den Arm und trottete zurück auf meine Straßenseite. Beim Bäcker nebenan ließ ich mir zwei Sesam-, ein Mohnbrötchen und ein Croissant eintüten.

Die Müllmänner bogen gerade um die Ecke, als Frau Resche aus unserer Haustür Nummer 182 trat.

Sie trug einen roten, zeltartigen Mantel, eine weite, unmoderne Hose und braune Gesundheitsschuhe. Nach hinten zog der Duft ihres süßlichen Parfums, vorne ihr Hund an der Leine. Ein undefinierbarer Mischling mit langem schwarzem Fell.

»Bonny, nicht so schnell. Normalerweise ist sie gar nicht so. Sie muss bloß so dringend«, erklärte Frau Resche ungefragt.

Mit Frau Resche und ihrem Hund verhielt es sich ähnlich wie mit Müttern und ihren Kindern. Sie verteidigten vehement die schlechten Manieren, die sie den Kleinen über die Jahre selbst anerzogen hatten. Sicherlich wäre es weniger anstrengend, ein einziges Mal dem Kind oder dem Hund Nein zu sagen, anstatt sich ein Leben lang bei Fremden für das Balg zu entschuldigen.

Dass Bonny eigentlich ein total gut erzogenes Tier war, merkte man jedes Mal, wenn es bei Resches an der Haustür klingelte und der Hund in ohrenbetäubendes Bellen ausbrach.

»Sie beschützt uns alle nur! Außerdem muss sie das noch lernen«, verteidigte meine Nachbarin dann ihren kleinen Kläffer. Das tat sie seit elf Jahren, so lange lernte Bonny schon.

Als Bonny zu Frau Resche kam, hatte meine Mutter noch gelebt. In diesem Haus Nummer 182 war ich groß geworden, ich war mit Frau Resche aufgewachsen und mit Bonnys Vorgängern: Frido, Carlo und Benji. Sie alle hatten gekläfft, was das Zeug hielt, sie alle waren »sonst eigentlich nicht so«, sie alle mussten noch lernen, und sie alle bekamen vorne und hinten Hundekuchen hineingestopft. Das Gejaule und Gewinsel der Hunde hatte meine Mutter beim Malen schier um den Verstand gebracht. »Ins Grab« wollte ich nicht sagen. Dorthin hatte sie der Krebs gebracht. Die Wohnung hatte ich übernommen, war also mit meinen dreiunddreißig Jahren noch nicht ein einziges Mal umgezogen. Da die Wohnung mit vier Zimmern groß genug war, hatte ich das kleine »Künstleratelier« meiner Mutter nicht angerührt, die fertigen Bilder, Pinsel, Farbpaletten und die Staffelei standen dort wie am Tag vor ihrem Tod. Ich selbst hatte mit Kunst nicht so viel am Hut, hatte meiner Mutter bloß stets ehrfürchtig zugestimmt, dass das Atelier ein lichtdurchfluteter Kreativtraum sei.

Bei genauerem Hinsehen entpuppte es sich jedoch als gewöhnliches Zimmer mit Klappfenster. Wenn das Fenster geöffnet war, konnte man den Hund so laut hören, als würde er direkt neben den Farbtöpfen alles geben, uns alle zu beschützen.

Da Frau Resche schon seit rund zehn Jahren in Rente war und Bonny ihr beinahe einziger sozialer Kontakt, hoffte ich, dass es bei ihr nicht mehr so oft klingeln und der Hund nicht mehr so oft bellen würde. Leider hatte sie sich auf ihre alten Tage einen Computer gegönnt und kaufte seitdem von der Stehlampe bis zur Küchenrolle alles im Internet. Und die Sachen mussten geliefert werden. Von Postboten, die klingelten.

»Gehen Sie wieder rein zu ihm, Frau Claussen?« Frau Resche nickte abfällig in Richtung des Ladens, der direkt neben unserem Hauseingang lag. »Bei dem alten Zausel kauft doch eh niemand was …«

In großen Lettern prangte der Name »WÜRZ« über dem Geschäft. Wer genauer hinsah, erkannte, dass im Laufe der Jahre vorne das »GE« und hinten das »E« abgeblättert und nie erneuert worden waren. Schlicht »Gewürze« hieß der Laden einst, alle sprachen aber nur vom »Würz«.

»Ja, das tue ich. Ich gehe wieder rein in das dunkle, gefährliche Loch.« Maria Resche zog die linke Augenbraue hoch und ihren verzogenen Köter hinter sich her.

»Dann sagen Sie ihm, dass es im ganzen Haus zieht! Durch alle Ritzen. Lange mache ich das nicht mehr mit! Und die anderen Mieter auch nicht. Schönen Tag noch, Frau Claussen.«

»Tschüs, Maria!«

Einen Heidenspaß bereitete es mir, wenn ich sie manchmal bei ihrem Vornamen nannte. Sie hatte mich bereits als Baby gekannt, und damals sagte sie logischerweise nicht Frau Claussen, sondern Jule. Als sie eines Abends mangels anderer Alternativen auf mich aufpasste (was meine Mutter sich vermutlich nie verziehen hat), durfte ich sie aus einer Laune heraus Maria nennen. Das tat ich nach diesem Abend nie mehr, aber als sie begann, mich Frau Claussen zu nennen, fiel mir wieder ein, dass ich eigentlich Maria sagen konnte.

Das Glück besteht darin, zu leben wie alle Welt
und doch wie kein anderer zu sein.
SIMONE DE BEAUVOIR

Die Bewegungen konnte ich im Schlaf. Neunzig Grad nach rechts, drei Schritte, das leicht verrostete Geländer fassen, eine Stufe hinabsteigen, einen halben Trippelschritt machen, etwa auf Bauchnabelhöhe die zu tief sitzende, schnörkelige Holz-Türklinke fest hinunterdrücken, manchmal zweimal, wenn sie wieder klemmte, Achtung, Kopf einziehen, und mit dem Klang des Glöckchens eintreten.

Eine Duftmischung aus Zimt, Kaffeebohnen, Kräutern der Provence und leider auch Staub begrüßte mich in dem schummrigen Laden.

Hinter der großen Holztheke zur Linken thronte eine Art Apothekerschrank mit unzähligen kleinen Fächern und Schubladen, in denen die unterschiedlichsten Gewürze lagerten. Nelken, weiße und schwarze Paprikakörner, herbe Muskatnüsse und in einem abschließbaren Fach die Königin der Gewürze: Safran. Der kostbare, teure Safran verfeinerte Speisen wie Paella, gab ihnen die gelbe Farbe. Erst nachdem ich Jahre in diesem Laden ein und aus gegangen war und den Besitzer näher kennengelernt hatte, verstand ich das Kinderlied ›Backe, backe Kuchen‹ so richtig.

»Safran macht den Kuchen gel« hieß es in dem Lied, damit es sich auf Milch und Mehl reimte. In einigen Gegenden benutzte man noch den Ausdruck gel für gelb.

Rechts der Gewürzschatzinsel lagerten Jutesäcke mit Tee auf dem Boden. Aus einem kleinen Loch in einem der Säcke rieselte eine schwarze Teemischung. Daneben befanden sich die Paprikasäcke. In schwarzer Schrift stand »Apiflor« darauf gedruckt, der Name des spanischen Lieferanten. Seit ich denken konnte, hatte ich diesen Namen im Ohr und den Duft des Paprikapulvers in der Nase.

»Hast du Milch mitgebracht?«, ertönte eine Stimme aus dem hinteren, noch schlechter beleuchteten Teil des Ladens.

»Ich sehe dich überhaupt nicht, du musst wirklich mal ein paar anständige Glühbirnen anbringen.«

»Ach, Jule, du sollst die Gewürze hauptsächlich riechen und nicht sehen!«, gab die Stimme zurück. Jemand erhob sich mit einem Ächzen.

»Mag ja sein, aber ich fände es schon schön, wenn ich nicht jedes Mal über die Teesäcke stolpern würde«, quengelte ich. »Natürlich nur wegen des Tees!«

Der Mann, der aus dem Schatten ins Licht der nackten Glühbirne trat, grinste. »Du klingst schon wie Frau Resche, weißt du das eigentlich?«

»Oh mein Gott, echt? Ich soll dich übrigens ganz herzlich von ihr grüßen und dir ausrichten, dass es zieht. Und dass es so wirklich …«

»… nicht weitergeht. Ich weiß, ich weiß!«

Wir lachten über unseren kleinen einstudierten Dialog. Mit Carl konnte man herrlich über die spießige Resche lästern. Carl war unser Vermieter. Ihm gehörte nicht nur der Gewürzladen samt Einliegerwohnung, sondern auch das gesamte Altbauhaus. Man hätte fast annehmen können, dass er schon seit dem Bau zur Jahrhundertwende der Besitzer war. Na ja, seine Eltern gewiss. Carl selbst war schätzungsweise Mitte siebzig, wirkte mal wie neunzig, wenn er sich vom Stuhl erhob, durch den Laden schlurfte und in Zeitlupe die Gewürze auf der alten Waage abmaß. Und dann wieder wie zwanzig, wenn er mit mir ausheckte, wie ich einen unerwünschten Liebhaber in die Flucht schlagen oder einen erwünschten bei mir behalten konnte. Meistens gab er mir ein passendes Gewürz mit. Knoblauch als Abschreckungsmaßnahme und Chili als Aphrodisiakum.

Es half nicht immer, aber zumindest gab er meinem Leben seit Jahren Würze. Wer seinen eigenen Vater nie kennengelernt hatte, hielt sich gern eine männliche Konstante im Leben.

Carl berührte meinen Arm, nicht etwa, um ihn zu tätscheln, mich zu begrüßen oder sich abzustützen, sondern auf der Suche nach Naturalien.

»Hast du nun Milch dabei?«

»Na, klar!« Ich drückte ihm die Ein-Liter-Packung in die Hand und starrte gebannt auf ein Regal.

»Such dir schon einen aus!«, ermutigte er mich.

Weder Carl noch ich tranken Kaffee, dafür konnten wir in heißem Kakao schwelgen. In Carls kleiner Küche warteten treu ergeben stets zwei große Becher auf meinen Besuch. Ich ging zum Regal mit dem Kakao. In einem Topf erwärmte Carl Milch, während ich die Schokosorte aussuchte.

Wir zwei waren eine kleine verschworene Gemeinschaft, die sich aus Protest gegen die immer größere Lobby der Kaffeetrinker gebildet hatte. »To go« mit Extrashot, Grande mit Karamell-Topping, Macchiatocappuccinoespressolattegalão! Viel zu lange waren wir Kakaotrinker vernachlässigt worden.

Glücklicherweise waren die Zeiten vorbei, als man in einer schlichten, weißen Porzellantasse heißes Wasser mit löslichem Pulver vorgesetzt bekam. Inzwischen gab es mehr als Nesquik. Ich hob die Packung aus Südamerika mit Kakao und Vanillegeschmack an, verglich sie mit der Dose, auf denen Kakaobohnen und Chilischoten prangten, und entschied mich für die dritte Variante mit Orangenaroma.

»Gut, ich wusste, dass du den auswählst. Für deinen neuen Freund solltest du aber den mit Chili nehmen. Das wirkt stimulierend, weißt du.«

»Hör bloß auf«, sagte ich und lief rot an. »Lass mich mit deinen Experimenten in Ruhe. Das mit dem Ingwer hat beim Letzten auch nicht geklappt. Du weißt, wie das ausgegangen ist.«

Carl benutzte meine Freunde seit Jahren als Versuchskaninchen für seine Aphrodisiaka-Expertisen. Offenbar hoffte er darauf, den Natur-Nobelpreis für potenzfördernde Gewürze zu gewinnen, so eine Art natürliches Gegenstück zu Viagra. Er war nach über zwanzig Jahren immer noch in der Phase der Grundlagenforschung und kam nicht recht voran. Mein Exfreund Andreas war gegen das »Ingwer mit noch irgendwas«-Gemisch allergisch gewesen, und die Nacht endete statt im Bett in der Notaufnahme. Auch unsere Beziehung war schnell beendet, als er erfuhr, dass er als Versuchsobjekt hergehalten hatte. Egal, Andreas konnte im Nachhinein eh hingehen, wo der Pfeffer wächst.

»Der Orangenkakao ist ganz neu und ganz harmlos«, erklärte Carl, als ich ihm die braun-orangefarbene Dose reichte.

Er öffnete sie und häufte zweieinhalb Löffel des Pulvers in jeden Becher, darüber goss er die heiße Milch. Ein Rest Milch blieb wie gewohnt im Topf. Ich griff blind in die Schublade neben dem Herd und holte einen elektrischen Milchaufschäumer hervor, das modernste Gerät im ganzen Laden und auch eines, für das der Erfinder – meiner Meinung nach – den Nobelpreis verdient hätte. Zwei Klackse dicken, festen Schaums landeten auf jedem Kakao.

»Was wollte die Resche denn genau?«, fragte Carl, als wir es uns in der Ecke schräg hinter dem Verkaufstresen gemütlich gemacht hatten. Er saß in einem zerschlissenen grauen Sessel, ich hockte mich wie eh und je auf eine umgedrehte Orangenkiste.

»Na ja, meckern, wie immer. Sie findet, es zieht und dass du neue Fenster einsetzen lassen musst. In jeder Wohnung und im Hausflur. Und am besten auch noch im Keller.«

Carl pustete langsam in seinen Kakao. Er genoss es, seine Hände an der heißen Tasse zu wärmen. Dabei könne er so gut nachdenken, behauptete er. Und das konnte mitunter etwas länger dauern. Manchmal nickte er auch ein, und ich musste die Kunden bedienen. Carl hatte mich von klein auf in die Geheimnisse seiner Waren eingeweiht, und ich liebte es, in seinem Laden zu stehen, die Dosen und Gläser zu sortieren und die Leute zu beraten.

Als Kind fand ich besonders lustig, dass die Branche, die mit Kräutern und Gewürzen handelte, sich Drogenbranche nannte. Um meine Lehrer zu schockieren, hatte ich in der Schule gerne erzählt, mein Vater sei Drogenhändler. Was doppelt gelogen war. Keine Drogen. Kein Vater.

»Wir haben Mai. Da wird sie doch kaum frieren, die Resche!«, empörte sich Carl, der das ganze Jahr über mit einem Schal herumlief. Was selbstredend in überhaupt keinem Zusammenhang mit den zugigen alten Fenstern stand.

»Na ja«, wagte ich mich weiter vor. »Sie findet auch, dass die Wände mal wieder gestrichen werden könnten.«

»Also wirklich!« Carls sonst so sanfte Stimme wurde laut. »Die habe ich doch gerade erst streichen lassen!«

»Das stimmt«, gab ich ihm recht. »Wenn man findet, dass die erste Mondlandung auch gerade erst stattgefunden hat.«

Carl prustete los und hätte sich beinahe an seinem Kakao verschluckt.

»Du kleines Biest!«, sagte er kopfschüttelnd und grinste mich an. »Das Problem ist, Jule, dass ich nicht genügend Geld für die Renovierungen habe.«

»Läuft der Laden wirklich so schlecht?«

»Viel geht über den Versand. Außerdem habe ich meine Stammkunden. Das weißt du ja.«

»Mich! Und mir schenkst du auch noch diesen wahnsinnig teuren Kakao.« Ich drehte die Dose um und entdeckte auf dem Boden ein handgeschriebenes, krakeliges Preisschild, auf dem ich »Euro 7,99« entzifferte.

»Ich bezahl dir den Kakao!«

»Quatsch. Du hast doch selber kein Geld. Neulich war wieder ein Investor da, der wollte mir gleich das ganze Haus abkaufen. Für eine irre Summe.«

»Und? Willst du das machen?« Ich versuchte ruhig zu bleiben, aber die Vorstellung, dass Carl nicht mehr mein Vermieter wäre, war grausam. Für mich als Mensch und für mich als zahlende Mieterin. Die würden alles picobello neu machen und die Mieten vermutlich um zweihundert Prozent anheben. Dann könnte ich mir eine neue Bleibe suchen.

»Wo soll ich denn hin?«, fragte Carl. »Selbst mit so viel Geld. Mein Leben ist der Laden hier. Den würden sie doch auch dichtmachen.«

»Glaubst du?«, fragte ich, obwohl ich die Antwort schon kannte.

»Wer will denn noch so einen Tante-Emma-Laden?«

»Onkel-Carl-Laden, meinst du?« Es war mir ein Vergnügen, ihn zum Grinsen zu bringen. Aber sofort fielen seine Mundwinkel wieder herab.

»Die würden die Dielen abschleifen oder sie gleich ganz rausreißen, die Regale abmontieren, was Verchromtes, Schickes reinstellen und die Wände knallrot streichen. Und dann käme hier das tausendste Konfektionsgeschäft rein.«

Ich stockte kurz beim Wort Konfektion. Er meinte einen Klamottenladen.

»Oder ein Schuhladen. Wer braucht schon so viele, unfassbar teure Schuhläden? Nicht wahr, Jule?«

Ich täuschte einen kurzen Hustenanfall vor und versteckte mein errötetes Gesicht hinter der Kakaotasse.

»Nee, braucht keiner, echt!«, sagte ich eine Spur zu laut. Glücklicherweise rettete mich mein Handy, bevor wir noch tiefer in das Schuhthema einsteigen konnten. Ich hatte eine SMS bekommen.

Irgendjemand hatte versucht, mich anzurufen, dabei hatte es noch nicht mal geklingelt.

»In diesem Loch hier ist wieder mal überhaupt kein Netz«, schimpfte ich in Carls Richtung. Er zuckte nur ungerührt mit den Schultern. Carl besaß weder Handy noch Computer. Das Wort »Netz« kannte er höchstens vom Fischfang, und den Begriff »Empfang« verband er vielleicht mit seiner Einladung zum Bürgermeister ins Rathaus vor etlichen Jahren. Damals war ihm eine Auszeichnung verliehen worden, weil er einen so innovativen Laden führte. Das Wort »innovativ« hieß damals noch »fortschrittlich«, und ich musste wohl auch nicht erwähnen, dass es sich um den Ex-Ex-Ex-Ex-Exbürgermeister handelte, wobei man mich auf ein Ex mehr oder weniger nicht festnageln sollte.

Ein Blick aufs Display meines Handys verriet mir, dass mein Chef versucht hatte, mich zu erreichen. Er hatte eine Nachricht hinterlassen, die ich in diesem dunklen Keller nicht abhören konnte.

So schnell wie möglich musste ich das »Würz« verlassen, um wieder ans Tageslicht und ins einundzwanzigste Jahrhundert zu gelangen, in dem ich an meine Mailbox herankam. Jedes Mal, wenn Dotz mich anrief, wurde mir schlecht. Nach allem, was ich mit meinem cholerischen, unberechenbaren Chef schon erlebt hatte, rechnete ich bei seinen Anrufen mit allem: von der Kündigung bis hin zum Heiratsantrag. Wobei die erste Möglichkeit noch die angenehmere war. Werner Dotz war eine männliche Mischung aus Cruella de Vil, Anna Wintour und Margaret Thatcher: kratzbürstig, besserwisserisch und gnadenlos. Deswegen konnte es schon einmal vorkommen, dass meine Kollegen und ich ihn nicht Dotz, sondern Motz nannten. Oder, noch besser, den Konsonanten am Anfang nicht durch ein M, sondern ein R oder auch ein K ersetzten. Ach, der Name bot so viele schöne Möglichkeiten.

Das Bimmeln der Ladentür unterbrach meine Überlegungen und das gemütliche Beisammensein mit Carl.

»Kundschaft!«, rief ich und war froh über den Besuch zur rechten Zeit. Schuhläden und Werner Dotz waren keine schönen Themen auf nahezu leeren Magen.

»Ich muss auch hoch. Da oben wartet einer auf mich!«, fiel mir plötzlich ein.

Carl erhob sich aus seinem Sessel und brachte mich zur Tür. Die Kundin entpuppte sich im Tageslicht als Frau Resche, die etwas halbherzig mit nur einem Bein im Laden stand. Den Hund hatte sie vor dem Geschäft angebunden. Ihr Gesicht verriet, dass sie gleich zu einer Moralpredigt ansetzen würde, die ich mir ersparen wollte.

»Tschüs, Jule«, sagte Carl, den nicht mal Frau Resche aus der Ruhe bringen konnte. »Aber sag noch mal eben. Wer hat sie dir eigentlich weggeschnappt?«

»Wen?«, fragte ich entgeistert zurück.

»Na, deine Stiefel von gegenüber. So schnell habe ich dich noch nie über die Straße rennen sehen. Seit Tagen starrst du in dieses Schaufenster. Das Opernglas habe ich dir mal für deine kulturelle Bildung geschenkt und nicht, um Stiefel damit zu beobachten. Wie viel sollten die eigentlich kosten?«

»Äh, bestimmt fünfzig Euro oder so«, log ich.

»Das ist verdammt viel. Unverschämt viel!«, gab Carl zurück.

Ich nickte. »Braucht eh keiner, diese blöden Schuhläden.«

Die Absicht, dass der Mensch glücklich sei,
ist im Plan der Schöpfung nicht enthalten.
SIGMUND FREUD

Noch einer war weg. Als auf mein fröhliches »Bin zurühück!« keine Antwort kam, wusste ich, dass er verschwunden war. Nein, diesmal war nicht der Stiefel gemeint, sondern der Kerl, der vor meinem übereilten Aufbruch noch friedlich schlafend in meinem Bett gelegen hatte. Jeweils ein Blick unter die Decke und ins Bad bestätigten meinen Verdacht: verpieselt. Offenbar hatte er nicht gefunden, dass es sich lohnte, auf mich zu warten. Erschreckenderweise merkte ich, dass mich das Verschwinden des Stiefels härter getroffen hatte. Trotzdem war ich wütend. Genervt knallte ich die Brötchentüte, meinen Schlüsselbund und die Ingwermischung auf den Küchentisch. Genau neben einen von Hand beschriebenen Zettel, der an der Vase lehnte. »Musste los!«, las ich. Nicht mehr und nicht weniger. Zwei Worte lieblos hingeschmiert. Ich untersuchte den Wisch auf geheime weitere Botschaften. Ich entdeckte nichts. Keinen versteckten Pfeil, der auf eine mit Rosen markierte Stelle auf der Fensterbank verwiesen hätte, wo ein Flugticket nach Las Vegas thronte, oder zumindest ein U-Bahnticket ins Kino. Gar nichts. Flugs checkte ich mein Handy, um zu überprüfen, ob er voller Sehnsucht möglicherweise siebzehn Mal versucht hatte bei mir anzurufen, mich wegen des Funklochs im »Würz« aber nicht hatte erreichen können. Aus unendlicher Sorge um mich hatte er alles stehen und liegen lassen, sich auf die Suche nach mir gemacht und schnell den Zettel »Musste los!« geschrieben, nur zwei Worte, weil er keine Zeit mit Überflüssigem verschwenden konnte, während ich in einer Notsituation seine Hilfe benötigte.

Nö, kein Anruf von Ulf. Nur der von Motz.

Beide Männer waren übrigens ähnlich lange schon in meinem Leben. Etwa drei Jahre. Leider hatte ich Werner Dotz in dieser Zeit häufiger gesehen als Ulf Reinke. Während Dotz von mir verlangte, dass ich mich regelmäßig in der Redaktion blicken ließ, um mich von ihm mit kuriosen Aufträgen zuschütten zu lassen, verlangte Ulf gar nichts von mir, damit ich im Gegenzug nur ja nichts von ihm verlangte. Unsere Beziehung ging öfter on und off, als die Sonne auf- und unterging.

Grummelnd griff ich in die Brötchentüte und fischte das mit Sesam heraus. Ich riss ein Riesenstück ab und stopfte es mir frustriert in den Mund.

Extra für Ulf hatte ich heute die Konferenz sausen lassen, um ganz in Ruhe mit ihm frühstücken zu können. Dabei war die Anwesenheit bei den Montagszusammenkünften in der Redaktion überlebenswichtig, weil dort die Themen unter den Reportern verteilt wurden. Gestern Mittag war ich noch sicher gewesen, an der Konferenz teilzunehmen, weil der Vollarsch von Ulf sich nämlich sowieso nicht wie versprochen gemeldet hatte und ich seit Stunden vergeblich auf seinen Anruf wartete. Als abends um einundzwanzig Uhr endlich doch noch mein Handy klingelte und der göttliche Ulf mit einer total süßen Stimme sagte, er habe verschlafen, sah alles schon wieder ganz anders aus. Gegen dreiundzwanzig Uhr kristallisierte sich heraus, dass der traumhafte Ulf über Nacht bleiben würde, woraufhin ich flugs eine Entschuldigung an Dotz mailte.

Wenn man vom Teufel spricht ...

»Ballo, Baussen bier!«, meldete ich mich, als das Handy wieder klingelte.

»Mensch, Claussen, das klingt ja schrecklich! Was haben die denn mit Ihnen angestellt?« So besorgt hatte Dotz das letzte Mal geklungen, als er hörte, die Kantine wolle die Frikadellen aus dem Angebot nehmen.

»Schulbigung. Ich hab Brob im Mund«, sagte ich mampfend.

»Was, Sie dürfen schon wieder essen? Nach so einem Eingriff?« Dotz klang erstaunt. Während ich den restlichen Bissen hinunterschluckte, schluckte ich ganz gewaltig. Ich hätte mir in den Po beißen können vor lauter Ärger über meine eigene Dummheit.

»Nein, kein Brot, das ist Bappe, Watte.«

Übelste Zahnschmerzen und eine dringende Not-OP. Damit hatte ich mich gestern so kurzfristig bei Dotz für mein Wegbleiben von der Konferenz entschuldigt. Diese Ausrede hatte ich bloß wieder verdrängt, weil Ulf bereits an mir herumgedoktert hatte, während ich die E-Mail verfasste.

»Hab ich noch im Mund, schmeckt bomisch! Welcher Bag is beute?«, lallte ich und imitierte dabei eine frisch an den Weisheitszähnen operierte Frau, die gerade erst aus der Narkose erwacht war.

»Ach herrje, Sie stehen ja noch komplett unter Medikamenten. Dann geb ich den Auftrag lieber der Hansen. Ist ein größeres Ding, aber das hat ja keinen Zweck mit Ihnen.«

Dotz wollte gerade grußlos auflegen, als ich ganz klar und deutlich »Nein, nein!« rief. »Ich bin schon wieder ganz klar. Das geht sehr schnell bei mir.«

Für einen größeren Auftrag hätte ich mich auch direkt nach einem Kaiserschnitt aus dem Krankenhaus geschleppt. Das Geld konnte ich viel zu gut gebrauchen. Die nächsten Stiefel würden nicht lange auf sich warten lassen. Und wenn es darum ging, der Hansen eins auszuwischen, wären wir Reporter selbst noch aus dem Sterbebett gesprungen. Die Hansen hatte einen so stinkreichen Mann, dass er ihr jeden Tag der Woche eine Wellnessbehandlung hätte finanzieren können. Montags Ayurveda in Indien, dienstags Thalasso in Biarritz, mittwochs Reiki in Japan …

Warum so jemand uns die raren Aufträge wegschnappte? Weil die Hansen nicht wollte, dass ihr geistiges Potenzial einrostete, und weil ihr Mann somit mehr freie Zeit hatte, sich dem körperlichen Potenzial seiner Assistentin zu widmen.

»Ich komme so schnell wie möglich vorbei«, rief ich enthusiastisch. »Ich mach das.«

»Okay, aber fahren Sie nicht mit dem Auto. Das ist nach einer Narkose nicht erlaubt.«

Gerührt ob der Besorgnis meines Chefs, schwor ich mir, ihn nur noch ganz selten Motz zu nennen.

»Sonst bauen Sie einen Unfall, und ich muss der Hansen alles noch mal erklären. Doppelte Arbeit, dafür habe ich keine Zeit«, fügte er barsch an.

Ich würde ihn wirklich so schnell nicht mehr Motz nennen, nur noch Kotz!

Nachdem ich den Aus-Knopf auf meinem Handy gedrückt hatte, ließ ich mich auf den Stuhl am Küchentisch plumpsen. Ich hatte nicht einmal gefragt, worum es bei dem Auftrag ging. Die Radiobeiträge im Programm wurden immer weniger. Die Moderatoren machten immer mehr Live-Interviews, die Beitragsplätze schmolzen zusammen, genau wie die Kontostände der Reporter. Da galt es jede Gelegenheit mitzunehmen. Ich wollte mir endlich einen Namen machen.

Ein Stündchen würde ich schon noch totschlagen müssen, bevor ich zum Sender aufbrach. Alles davor würde mir der Chef nach der schlimmen Zahn-OP nie abnehmen.

Gedankenverloren griff ich wieder in die Brötchentüte. Das für Ulf beschmierte ich besonders dick mit Butter und Nutella und aß es genüsslich auf.

Ja, ich hatte gelogen, als ich behauptete, es treffe mich mehr, dass die Stiefel weg waren, als dass Ulf einfach so gegangen war. Wahrscheinlich würde er sich wieder mal fünf Tage nicht melden. Und ich würde in der Zeit auf dem Sofa ausharren, zu viele schlechte Serien im Fernsehen anschauen und bei jedem Vorspann eine neue Tüte Chips aufreißen. Damit musste Schluss sein. Nach diesem Entschluss stopfte ich auch noch das Croissant in mich hinein, kaute alles bis auf den letzten Krümel. So lange, bis keine Spuren meines nächtlichen Gastes mehr zu sehen waren. Beinahe hätte ich auch noch den »Musste los«-Zettel aufgefuttert.

Glück besteht aus einem hübschen Bankkonto,
einer guten Köchin und einer tadellosen Verdauung.
JEAN-JACQUES ROUSSEAU

Dotz machte dicke Backen. »Man sieht ja überhaupt nichts. Als wären Sie niemals operiert worden.« Was ja vom Ansatz her auch nicht so ganz falsch war, dachte ich, als ich ins Büro meines Chefs trat. Er lehnte sich über einen Papierstapel auf seinem überfüllten Schreibtisch und winkte mich zu sich heran.

»Das war bestimmt ein Pfuscher. Hat der Ihnen wirklich die Weisheitszähne rausgenommen?« Bevor er mich bat, »Aaaaa« zu sagen, trat ich einen Schritt zurück.

»Na ja, das war so eine Art Vorab-OP. Er hat den Mund gefügig gemacht und probeweise einen Zahn gezogen. Hier!« Ich öffnete kurz meinen Mund und zeigte auf eine Lücke im hinteren rechten Backenbereich. Der Zahn war mir schon vor vier Jahren gezogen worden. Ein Implantat hatte ich mir bis heute nicht leisten können. Oder anders formuliert: Ich hatte lieber in Sachen investiert, die man auf den ersten Blick sehen konnte, wie in den neuen Mantel. Die Zahnlücke erkannte man wirklich nur, wenn ich ganz doll lachte oder aber, wenn ich mit jemandem ganz doll auf Tuchfühlung ging. Sagen wir mal so: Ulf hatte mich noch nie darauf angesprochen. Immerhin besser eine Zahnlücke als eine irreparable Lücke auf und im Kopf, dachte ich, als ich Dotz ansah. Keine Haare drauf und kein Fünkchen Anstand drin.

»Ach so. Aber nicht, dass Sie wegen der echten OP wieder eine Konferenz schwänzen. Noch mal lass ich so einen großen

Fisch nicht für Sie im Bassin. Dann hat den jemand anderes an der Angel.«

Dotz war Hobbyfischer und jonglierte gerne auch in anderen Bereichen mit seinen Anglerfachbegriffen. »Ich brauche einen Köder für die Hörer, einen Köder, verstehen Sie? Die müssen anbeißen!«, forderte er gerne in Konferenzen, wenn wir stumm wie die Fische in die Gegend stierten.

»Dann füttern Sie mich mal an«, bat ich Dotz. »Um welches Thema geht es denn genau?«

»Lotto! Jackpot. Ich will Geld, Luxus, Sportwagen, Weiber mit Schmuck, versoffene Typen, die Millionen verspielt haben, vom Jackpot zur Gosse, so in etwa. Klar?«

Nö. Gar nichts war klar. Wenn Dotz das Anglervokabular ausging, sprach er gerne in Schlagwörtern, die viel Interpretationsspielraum ließen.

»Sie wollen, dass ich eine Reportage über Lottomillionäre mache?«, fragte ich nach. Jeder bei der Elbe-Welle kannte und hasste diese Momente, wenn man bei Dotz im verquarzten Zimmer im Trüben fischte und versuchte, das Thema zu konkretisieren. Besser sich eine Rüge einholen und kurz nachfragen, bevor man etliche zeitintensive Interviews führte und sich am Ende herausstellte, dass Dotz etwas ganz anderes wollte, beispielsweise bloß einen Tipp, welche Lottozahlen er selbst ankreuzen sollte.

»Nicht *eine* Reportage. Viele. Über Hamburgs Lottomillionäre. Irre Geschichten. Finden Sie die. Schnell. Legen Sie los, Claussen.«

Dotz schnappte sich eine Zeitschrift und drehte sich mit dem Bürosessel zum Computer. Ich war entlassen, hatte aber noch eine Frage, die ich vorsichtig nachlegte.

»Wieso das Ganze denn eigentlich?«

Dotz starrte mich entgeistert an. »Hab ich doch gesagt. Es gibt einen neuen Lottogewinner, der den Jackpot von 5,3 Millionen geknackt hat, der hat sich aber noch nicht gemeldet, oder er will anonym bleiben. Den sollen Sie natürlich auch finden. Klar?«

Ach so. Hätte er ja auch gleich sagen können. Die wichtigsten Informationen enthielt er einem oft vor, weil doch eh allen immer alles klar sein musste. Dotz hatte eine Kollegin von mir einmal durch halb Hamburg gejagt auf der Suche nach, so der Auftrag, »Kindern, die zweisprachig aufgewachsen sind«. Als sie später stolz die Interviews mit verschiedenen Kindern präsentierte, die nicht nur Deutsch, sondern auch noch Italienisch, Russisch, Türkisch, Afrikaans und Suaheli sprachen, winkte Dotz bloß entnervt ab. »Brauch ich alles nicht. Wo sind die chinesischen Kinder?«, wollte er wissen.

»Welche Chinesen?«, fragte die Kollegin entsetzt.

»Na, Sie sind lustig. Es geht doch um die fünfundzwanzigjährige Städtepartnerschaft Hamburg-Shanghai. Was soll ich da mit Suaheli?«

Wie gesagt, Dotz' Anweisungen kamen uns manchmal sehr spanisch vor.

Nun also die Sache mit dem Lottogewinner. Wenn mich nicht alles täuschte, war es noch schwieriger, an die Daten von Lottomillionären zu kommen, als den Jackpot zu knacken. Selbst wenn der oder die Glückliche sich inzwischen gemeldet hätte, würden die Leute bei der Lottozentrale mich vermutlich auslachen, wenn ich versuchen würde, ihnen klarzumachen, dass mein Chef den Jackpotknacker möglichst gestern schon im Studio haben wollte.

Da ich aber den Auftrag in der Tasche hatte, konnte ich erst mal durchatmen. Manchmal passierte es nämlich, dass Dotz eben noch einen Interviewgast stante pede im Studio sehen wollte und ihn im nächsten Augenblick, wenn dieser dann mit fliegenden Rockschößen atemlos erschien, schon längst wieder abgeschrieben hatte, weil etwas anderes dazwischengekommen war. Irgendein Börsencrash, ein Amoklauf oder ein Angelwettbewerb.

Ich setzte mich in die hinterste Ecke der Redaktion an einen freien Computer und loggte mich ein. Kurz darauf gab ich bei Google die Worte »Lotto« und »Millionär« ein. Ich fand heraus, dass es einen Politiker in Norddeutschland gab, der immer erst nach der Ziehung seinen Lottoschein bezahlen wollte, weil er ja vorher keine Gewissheit hatte, dass sich die Investition auch lohnen würde. Der Mann würde gewiss mal Finanzminister werden und unsere Steuergelder sinnlos verprassen. Der bekannteste Hamburger Lottogewinner war laut Internetrecherche der Gabelstaplermonteur Karl König, der 1995 zweiundvierzig Millionen Mark gewann und eine Band gründete.

»Sag mal, Melanie, dass Lotto King Karl wirklich im Lotto gewonnen hat, stimmt das?«, rief ich rüber zum anderen Schreibtisch.

»Nee, das war doch nur ein PR-Gag, oder?«

Unser Musikchef mischte sich ein. »Das hat der gemacht, um danach den Titel ›Ich hab den Jackpot‹ groß rauszubringen.«

Vielleicht könnte ich Lotto King Karl trotzdem zu einem Interview überreden. Ich würde unseren Sportreporter fragen, ob er mich mal mit zum HSV nehmen könnte, da war Lotto King Karl schließlich Stadionsprecher. Außerdem fand ich es lustig, dass er genauso hieß wie mein »Würz«-Carl. Nur mit K. Oder ich würde Starkoch Steffen Henssler über die Schulter in den Kochtopf schauen. Der hätte ohne seinen Lottogewinn nämlich niemals die Ausbildung an der Sushi-Akademie in Los Angeles finanzieren können.

Einem Parkettverleger hatte sein Lottogewinn von 1,9 Millionen Mark kein Glück gebracht, erfuhr ich aus dem Internet. Er hatte sein gesamtes Vermögen in den Sand gesetzt, weil er falschen Immobilienberatern vertraut hatte. Und etliche andere Geschichten über Lottogewinner, die alles verspielt und damit Unglück im Glück gehabt hatten.

Ich fand den Namen eines Hamburger Lottogewinners, ein

Klick ins Internettelefonbuch brachte mir die Telefonnummer und Adresse ein. Das feine Blankenese. Na sicher doch. Der hatte sein Geld offenbar gut angelegt. Ich wählte die Nummer, und nach siebenmal Klingeln hob eine Frau ab, die Gattin des Glückspilzes.

»Könnte ich Sie und Ihren Mann vielleicht mal interviewen, darüber, was sich für Sie verändert hat nach dem Gewinn?«, fragte ich höflich.

»Eigentlich geben wir nicht so gerne Interviews, aber für welche Zeitschrift, sagten Sie, arbeiten Sie? Für die ›Bunte‹?«

»Nee, so ähnlich. Für die ›Elbe-Welle‹.«

»Würden Sie Fotos von mir machen?« Ich überlegte kurz, ob ich ihr den Sinn beziehungsweise Unsinn von Fotos für Radiosender erklären sollte, wollte sie aber nicht verschrecken.

»Ja, das ließe sich sicher einrichten.« Das Versprechen reichte ihr.

»Kommen Sie doch morgen Vormittag vorbei.«

Als ich auflegte, kicherte ich. Irgendwie würde ich der Dame schon klarmachen, dass es keine Homestory von ihr in der nächsten ›BunteGalaInStyle‹ geben würde. Wenn ich für alle Interviews immer so schnell eine Zusage bekäme, könnte ich froh sein. Normalerweise wurde man von der Sekretärin vertröstet, Herr Soundso würde garantiert zurückrufen, was dann aber nie geschah, weil eine andere Assistentin vergessen hatte, die Nachricht weiterzuleiten und Herr Soundso sowieso erst mal alle Fragen schriftlich vorab gefaxt haben wollte.

In diesem Fall war es offenbar so, dass Frau Blankenese froh über Abwechslung war. Vielleicht hatte sie als Frau Barmbek einfach viel mehr um die Ohren gehabt und heute in ihrem Luxusheim schlicht Langeweile. Wie fies von mir. Ich sollte meine Vorurteile besser wegschließen.

Da ich gerade einen Lauf hatte, rief ich auch noch bei der Hamburger Lottozentrale an, erwischte aber nur den Anrufbeantworter. Ich bat um einen Termin für ein Interview, um zu erfahren, wie das Prozedere bei einem Lottogewinn genau verlief: Benachrichtigung – Überweisung – Finanzberatung?

Völlig in Gedanken versunken, klickte ich mich weiter durchs Internet. Ich erfuhr, dass man Lottogewinne nicht versteuern musste – Gewinne bis tausend Euro wurden in der Lottoannahmestelle sogar in bar ausgezahlt. Am 9. Oktober 1955 ging es los mit »6 aus 49«, und rund neunzehn Millionen Lottoscheine wurden inzwischen Woche für Woche verarbeitet. Langsam verschwammen die Zahlen vor meinen Augen.

»Was suchst du denn so eifrig?« Unser vorlauter Volontär Daniel schreckte mich auf. Er schaute mir über die Schulter.

»Ach, ich suche nach Lottomillionären, ist für ein paar Beiträge«, antwortete ich beiläufig.

»Wenn ich mal im Lotto gewinne, kauf ich mir einen schnellen Flitzer und eine Lady dazu, und weg sind wir. Das wär perfekt, besser geht's nicht!«

»Dann wärst du glücklich?« Interessiert blickte ich vom Bildschirm auf.

»Na, klar!« Daniel zuckte mit den Schultern. »Dann müsste ich mich hier nicht mehr abschuften mit euch Rentnern.« Unsere Redakteurin vom Dienst Melanie gesellte sich zu uns, als sie das abfällige Wort Rentner gehört hatte.

»Wen meinst du denn?« Dabei fixierte sie unseren Volo mit einem abschätzenden Blick.

»Dich natürlich nicht. Rentnerin. Niemals! Du bist ja schon fast scheintot.« Wer hatte den Kerl eigentlich eingekauft? Sicherlich wurden beim Radio Leute mit großer Klappe gesucht, aber mit so einem losen Mundwerk?

»Wir reden über Lottogewinner«, lenkte ich schnell ab, bevor Melanie wieder in ihre ewige »Ich bin zu alt, zu dick, zu breit, zu hässlich, zu klein«-Litanei verfiel. Nicht, dass ich ihre Sorgen nicht nachvollziehen konnte.

»Ach, und unser Freund hier würde sich irgendeine Frau kaufen, hab ich das richtig verstanden?«, zog sie Daniel auf.

»Jo!« Wir nickten beide.

»Aber dann bist du auch nicht glücklicher«, warf Melanie ein.

»Ich schon«, entgegnete er ungerührt. »Die meisten Frauen schauen eh nur aufs Geld. Die würden mir alle aus der Hand fressen und nicht nur daraus.« Daniel zwinkerte Melanie zu, die angeekelt das Gesicht verzog.

»Das sind Bilder, die man nie mehr aus dem Kopf bekommt.«

»Glück hat doch wirklich nichts mit Geld zu tun«, warf ich ein. »Ich wäre glücklich, wenn Ulf mich mal anriefe. Aber das kann ich mir ja nicht kaufen.«

»Sag ihm, dass du eine Million auf dem Konto hast, und der baut eine Standleitung zu dir auf«, meinte Daniel lachend.

»Ach, du verstehst mich nicht. Ich möchte nur einmal richtig glücklich und zufrieden sein, das war ich noch nie.«

»Ich denke, du stehst auf diesen Ulrich?«

»Ulf!«, korrigierte ich Daniel. »Ja, er aber nicht auf mich, nicht so richtig. Ich möchte einmal einen Mann treffen, bei dem ich weiß, der würde für mich Mangos auf dem Kilimandscharo züchten, oder so.« Melanie lächelte versonnen. Sie wusste, wovon ich sprach. Daniel schaute uns an, als bereue er zutiefst, sich für ein Volontariat beim Radio entschieden zu haben anstelle eines ordentlichen Berufs wie Dealer oder Zuhälter.

»Mangos auf dem Kilimandscharo?«, hakte er nach.

»Na ja, Mangos im übertragenen Sinne jetzt für mich, und für sich, äh, Bananen vielleicht, wenn er die lieber mag, er soll ja nicht nur machen, was ich will, aber eben auch …«

Melanie sprang mir bei. »Er könnte ja eine Mango-Bananen-Mischung züchten, das würde das Zusammengehörigkeitsgefühl noch mehr stärken.«

»Gute Idee.« Dankbar nickte ich ihr zu.

»Ihr spinnt doch total«, sagte Daniel und zeigte uns den Scheibenwischer. Wahrscheinlich hatte er recht. Ulf würde nicht mal einen Apfel im Supermarkt für mich besorgen, dachte ich. Der wollte ja auch nicht meine Brötchen.

»Äh, ja, wie waren wir da jetzt draufgekommen?«, fragte ich verwirrt.

»Durch deine Lotto-Mangos, nein, natürlich Lottomillionäre?«, half mir Daniel neckend auf die Sprünge.

»So war's«, sagte ich bestimmt und versuchte dabei wieder souverän und nicht wie eine Hippieträumerin zu klingen. Flugs klickte ich mich auf eine andere Seite.

»Hier, hört mal! In Spanien hat bei der Weihnachtslotterie ›*El Gordo*‹ mal ausgerechnet der Bürgermeister eines kleinen Ortes eine Riesensumme gewonnen. Ihm wurde vorher Korruption vorgeworfen, weil er Millionen eines Klärwerks veruntreut haben soll«, las ich vor.

»Der Teufel scheißt immer auf den größten Haufen!«, rief Daniel feixend, und Melanie ging naserümpfend zurück an ihren Platz.

Sport setzt Stoffe in unserem Körper frei,
die wir als Glückshormone bezeichnen können.
Wer Sport treibt, ist fröhlicher, optimistischer als andere!
MARTIN KESSEL

»Fuß rechts vorne, tepp, Arm links halbe Höhe, Hüfte locker neunzig Grad, halbe Drehung, linkes Bein hinten rum und Sprung.« Ricky Martins letzter Ton seines Songs ›Loaded‹ verhallte, und Rafael strahlte uns mit künstlich aufgerissenem Mund an. Rafael war unser Zumbalehrer. Er trug Stirnband. In Wahrheit hieß er Ralf. Rafael sollte wohl lateinamerikanischer und heißblütiger klingen. Aber der Blick in den großen Spiegel des Gymnastikraums bewies, dass Rafael alias Ralf keine rhythmischen, grazilen Carmens, Marias oder Glorias vor sich hatte, sondern plumpe, kräftige Sabines, Reginas und Jules. Klatschnass verharrten wir allesamt in einer Art Schockstarre und versuchten nach Rafaels aufmunterndem »Olé!« allmählich, unsere verdrehten Arme und Beine wieder einzusammeln. Wir hatten eine Zumbachoreografie eingeübt, die wir soeben zum ersten Mal in einem durch getrampelt, äh getanzt hatten. Zumba war dieser moderne Latinotanz, der mit Spaß die Fettpolster zum Schmelzen bringen sollte. Ich wollte nämlich nie wieder erleben, dass Ulf auf meine laszive Frage, ob er mich heiß finde, antwortete: »Na klar finde ich dich heiß. Heiß und fettig!«

In die begehrten Kurse eilte jede ehrgeizige, körperbewusste Hamburgerin, die vorher schon an Yoga, Pilates und »Lerne deinen Körper neu kennen«-Nia gescheitert war.

»Kommst du noch mit in die Bar?«, fragte mich meine beste

Freundin Verena, die ich zum Zumba gezwungen hatte als Gegenleistung dafür, dass ich mit ihr mal an einem Wochenend-Lach-Seminar teilgenommen hatte. Zum Heulen war das gewesen.

Verena kannte ich seit Ewigkeiten schon. Mit ihr war ich in den vergangenen Jahren durch dick und dünn gegangen, im wahrsten Sinne des Wortes. Sowohl Diäten hatten wir gemeinsam durchgestanden als auch solche Momente, wenn ein Mann sich mal wieder dünne gemacht hatte. Ihren größten Freundschaftsbeweis hatte sie geleistet, als meine Mutter gestorben war. Ich selbst war damals zu nichts mehr in der Lage gewesen, rührte mich gefühlte Tage lang nicht vom Sofa und unter meiner Decke und aus meinem Schlafanzug hervor. Verena hatte die Anzeige in der Zeitung aufgegeben, mit dem Bestattungsunternehmen gesprochen, die Adressen für die Traueranzeigen herausgesucht und sogar den Butterkuchen für das Treffen nach der Beerdigung gebacken. Auf dem Leichenschmaus hatte sie mit ihr völlig unbekannten Menschen sinnentleerte Gespräche geführt, mit Unterstützung von Carl, der zu diesem Anlass extra einen schwarzen Anzug aus der hintersten Ecke seines Kleiderschranks gekramt hatte. Ich hatte mich nach einem viertel Stück Butterkuchen in das Malatelier meiner Mutter verkrümelt und dort stundenlang ins Leere gestarrt, bis auch der letzte Gast verschwunden war. Im Klartext: Ich war an dem Tag ein Komplettausfall. Anstatt mich beleidigt zu rügen, verabschiedete Verena freundlich die Gäste, machte den Abwasch, zog mich sanft aus dem Atelier, verfrachtete mich aufs Sofa, machte eine Tüte Chips und eine Flasche Bier auf und schob ein Video nach dem anderen in den Rekorder, von ›A Chorus Line‹ bis ›Dirty Dancing‹. Von dort bis zu unserem Zumbakurs waren wir immer im Gleichschritt marschiert.

»Ja, ich komme mit in die Bar. Die anderen auch? Ich muss euch mal was fragen«, entgegnete ich auf Verenas Frage.

»Ich glaub schon. Hauptsache, Ralf setzt sich diesmal nicht wieder zu uns.« Verena weigerte sich strikt, ihn Rafael zu nennen.

»*Muy bien, chicas!*« Rafael animierte uns gerne auf Spanisch, obwohl ich hätte wetten können, dass er nicht mehr als zwei südamerikanische Länder aufzählen konnte, in denen man Spanisch sprach.

»Argentinien und Dings, hier, äh, weißt schon, Brasilien«, hätte er bestimmt gestammelt, mir dann einen Klaps auf den Po gegeben und wäre mit einem anzüglichen »*Adiós, chica*« aus dem Saal gehüpft. Wahrscheinlich war ich bloß eifersüchtig, weil er, *hijo de puta*, viel lockerer in der Hüfte war als ich. Seit drei Monaten quälte ich mich durch den Kurs, es machte Spaß, ja, die Musik war super, ja, auch ein paar Gramm waren schon weggeschmolzen, aber ich kam mir immer noch vor wie ein Sumoringer im Tutu. Das Unrhythmische hatte ich bestimmt von meinem Vater geerbt. Ihm schrieb ich in meinem Zorn alle schlimmen Eigenschaften zu. Die Fünf in Chemie, das Tollpatschige, das Chaotische (oh Mann, wie ich ihn verfluchte, wenn ich mich durch meine Handtasche wühlte), die Morgenmuffelei und die zwei linken Füße. Von Mama kam der Rest, obwohl sie mal in einer schwachen Minute gesagt hatte, dass meine schönen karibikblauen Augen von ihm stammten. Sobald ich erst perfekt im Zumbatanzen wäre, würde ich mich mit einer Karibikreise belohnen. Natürlich hatte ich dafür nicht genügend Geld, aber was sollte es schon? Ich perfekt im Zumbatanzen war in etwa so wie Reiner Calmund, der in einem Restaurant nur ein Glas Wasser bestellte.

Zu sechst tranken wir nach dem Kurs in der Bar Cocktails. Ich wählte einen Ipanema, die alkoholfreie Variante der Piña Colada. Das leckerste Nachspiel nach der schweißtreibenden Tanzstunde. Nachdem ich durch den Strohhalm eine große Portion Rohrzucker inhaliert hatte, schaute ich fragend in die Runde.

»Nehmt mal an, ihr gewinnt im Lotto. Was würdet ihr mit dem Geld machen?«, fragte ich.

Die erschöpften Gesichter erhellten sich schlagartig. Holger, einer der wenigen Zumba-Männer, sprudelte eine ganze Reihe an Wünschen hervor.

»Warte, warte«, bremste ich ihn und zog eilig mein Mikrofon aus der Handtasche.

»Oh nö, nicht schon wieder. Ist das für deinen Sender?« Andrea verdrehte die Augen und verabschiedete sich schnell aufs Klo. Verena blieb ungerührt sitzen und rührte in ihrem Drink. Ich hatte sie schon etliche Male als Umfrageopfer missbraucht. In jeden guten Beitrag gehörte neben den Interviews mit Betroffenen auch die »Stimme des Volkes«. Und wenn einen alle Passanten auf der Straße links liegen ließen, bat man eben seine Freunde, ein kurzes, präzises oder bei Belieben auch lustiges Statement ins Mikrofon abzugeben. Verena war Profi darin, ihr konnte man sagen, wie viele Sekunden sie genau sprechen sollte und in welchem Tonfall. Sie hatte sich schon zu ernsten Themen wie »Finanzkrise« und »Bundespräsident« geäußert, aber auch »das erste Mal« oder »Haarverlängerungen« launig kommentiert. Auch Holger sah nicht so aus, als könnte ihn das Mikrofon abschrecken. Als Makler hatte er schon häufig mit den Medien zu tun gehabt, wie er gern ungefragt erklärte. Er nickte auf die Bitte, ihn aufnehmen zu dürfen.

»Wenn ich im Lotto gewinne, also mindestens eine Million, dann kauf ich mir ein Haus in der Toskana oder Provence, egal, oder in den Hamptons, ich kenn die da ja alle.« Den letzten Zusatz würde ich vermutlich herausschneiden. »Vielleicht auch ein Penthouse in New York oder so eine kleine Insel wie der Pilawa in Kanada. Dahin hab ich auch Kontakte.« Klar. »Cool wäre auch eine Yacht, so eine, wie der Abramowitsch hat. Vielleicht sattele ich auf Yachten-Makler um.« Verena sah Holger mitleidig von der Seite an. Sie war mit ihm in die Schule gegangen und hatte mir einmal erzählt, dass er in einer kleinen Wohnung aufgewachsen war und als Einziger auf der Klassenreise bei der Zuordnung der

Pärchen leer ausgegangen war. Der Größenwahn war bestimmt die späte Rache an den mittellosen, unglückseligen Umständen seiner Jugend.

»Holli, dafür reicht eine Million niemals, dafür musst du den ganz großen Jackpot knacken!«, ermahnte Verena ihn.

»Jule hat gesagt, ich soll rumspinnen. Sie braucht doch verrückte O-Töne, oder?« Ich nickte. »Wer will denn im Radio schon hören, dass jemand sagt, er legt sein Geld gut an und geht weiter arbeiten.« Holger war beleidigt, und ich versuchte ihn wieder aufzuheitern.

»Recht hast du, Holger. Genauso ist es. Mein Chef will Reißer-Töne. Du kennst dich aus, oder?« Sofort war Holger hellwach.

»Na klar, Jule, ich sag dir mal, wie das funktioniert in den Medien. Ich hatte schon mal die große Ehre …«

»Willst du auch wissen, was ich machen würde?«, unterbrach ihn Andrea, die von der Toilette zurückgekommen war und Holgers Geschwafel noch nie hatte ertragen können. »Ich würde dem Kindergarten um die Ecke Geld spenden, den ›Stoppelhopsern‹, damit die nicht schließen müssen. Die hat's bitter getroffen, stand sogar in der ›Mopo‹.«

»Stimmt«, erinnerte ich mich. »Hab ich auch gelesen.« Andrea holte tief Luft, boxte Holger in die Rippe und fügte hinzu: »Und natürlich würde ich mir Weltfrieden kaufen!« Holger stöhnte laut auf wegen des Rippenstoßes und des Friedensgesülzes.

»Ich glaub, ich muss los!«, sagte er, schnappte sich seine Tasche und war weg.

»Das mit der Yacht klingt ja total mondän und super«, mischte sich Helen ins Gespräch um die Lottomillionen ein. »Aber ich würde mir einfach mal ein paar kinderfreie Abende kaufen, um mit meinem Mann wegzugehen. Klingt banal, oder?« Wir schüttelten allesamt den Kopf.

»Nö! Versteh ich total gut«, sagte ich, obwohl ich keine Ahnung hatte, wie es war, sich eine Auszeit von seinen Kindern zu wünschen.

»Nur einen Babysitter wünschst du dir?«, fragte Andrea noch mal nach. »Du bist zu gut für die Welt, Helen, schlimm, ganz schlimm.«

»Na ja, okay, ein paar Juwelen und Diamanten dürften es natürlich auch sein …«, gab Helen grinsend zu, und wir lachten erleichtert auf.

»Unglaublich, dass du Geld dafür ausgeben würdest, mit deinem Mann allein zu sein!«, sagte Regina, eine Vierzigjährige, die ich hier im Kurs kennengelernt hatte. Allein wegen ihres sarkastischen Humors hatte sich Zumba schon gelohnt. »Was glaubt ihr, wie viel ein Killer kostet, der meinen Mann aus dem Weg räumt?« Ich überlegte, ob ich das Mikrofon besser ausstellen sollte, nicht, dass dies später als Beweismaterial gegen Regina verwendet werden könnte.

»Kommt drauf an. Am Kiez stehen die bestimmt total inflationär an jeder Straßenecke rum«, dachte Verena laut.

»Äh, sonst noch irgendwelche Millionenwünsche?«, ging ich dazwischen.

»Ja, hier!«, meldete sich Jutta, die Leiterin der Hamburger Obdachlosenzeitung. Sie würde mit dem Geld ein Wohnungsbauprojekt unterstützen.

»Und ich«, beendete Verena unsere Lottoträumereien, »ich würde einfach nur gerne eine Südamerikareise mit Jule machen. Damit wir das blöde Zumba mal vor Ort ausprobieren können.« Das rührte mich. Am liebsten hätte ich sofort meine Koffer gepackt. Und der Einzige, den ich noch lieber als Verena neben mir im Flugzeug sitzen gehabt hätte, war Ulf. Das sagte ich aber nicht laut und stellte das Mikrofon wieder aus. Das Material reichte locker für eine kleine Umfrage im Beitrag.

Mein Handy klingelte, und mein Herz machte einen kleinen Satz, weil ich hoffte, es wäre Ulf. Der sich entschuldigen würde und mich noch heute Abend sehen wollte. Was man halt so dachte, wenn man eine verklärte Romantikerin war, die immer einen halben Schritt an der Realität vorbeischrammte. Mein Herz durfte sich wieder abregen, auf dem Display sah ich eine mir unbekannte Handynummer.

»Claussen?«, meldete ich mich.

»Ja, hallo, Markus Röck mein Name, von der Lottozentrale am Überseering, ich hoffe, ich störe Sie nicht?« Erstaunt schielte ich auf die Uhr, schon weit nach acht.

»Sind Sie noch im Dienst?«, erkundigte ich mich.

»Na ja, so halb. Ich habe es vorhin nicht geschafft, zurückzurufen, und ich mag es nicht, wenn so was so lange liegen bleibt.«

»Das finde ich toll«, gab ich zurück und verabredete mich mit ihm für den nächsten Tag zum Interview.

»Ist doch gut, dass ich Sie noch erwischt habe«, meinte er. »Sonst hätten Sie morgen wieder anrufen müssen und wären nur beim Stellvertreter meines Stellvertreters gelandet, der hätte keine Ahnung gehabt, wovon Sie reden, und Sie weitergeleitet, entweder an die Empfangsdame oder ans Faxgerät.«

Küsse keck das holde Weib und
drück es fest an deinen Leib.
Denn das gibt Glück und hohen Mut,
sofern sie züchtig ist und gut.
WOLFRAM VON ESCHENBACH

Ein Herzinfarkt war nicht mehr weit. Mein Handy hatte zweimal an diesem Morgen geklingelt. Jedes Mal war ein Mann dran. Kein Mal war es Ulf. Nun gut, von Männern zu sprechen war vielleicht übertrieben. Der eine war unser Volontär Daniel. Der andere Rafael, unser Zumbalehrer, der sonst was in Bewegung gesetzt haben musste, um an meine Telefonnummer zu kommen. Nicht dass ein falscher Eindruck entstand, von mir direkt wollte Rafael *nada*, nichts.

»Jule«, fragte er ohne Einleitung und ohne Entschuldigung für die frühe Störung. »Glaubst du, Verena würde mal mit mir essen gehen?« Ich erstarrte bei der Vorstellung eines Candle-Light-Dinners in einem mexikanischen Restaurant und sah Ralf mit einem Stirnband in den Landesfarben vor meinem geistigen Auge. Was Verena wohl zu diesem verführerischen Angebot sagen würde? Sie würde würgen, und sie würde mich erwürgen, wenn sie wüsste, dass ich da mit drin hing. Schnell musste ich ihm klarmachen, dass er sich Verena ganz gepflegt abschminken konnte. Ich glaubte, nur noch unappetitlicher als Ralf fand Verena einen Onkel zweiten Grades, der sie mal auf einer Familienfeier in der Garderobe geküsst hatte. Er trug zwar kein Stirnband, dafür aber Schnurrbart.

»Verena ist in festen Händen, weißt du«, begann ich mir

eine Ausrede auszudenken. Verenas »in festen Händen« hatte sich vor zwei Monaten von ihr getrennt, seitdem war sie zwar schon an einem Rendezvous interessiert, allerdings niemals mit Ralf.

»Das muss ja nichts bedeuten«, antwortete er verwegen. »Es kommt ja immer drauf an, was für Alternativen man hat.« Du sagst es!, dachte ich, räusperte mich und suchte krampfhaft nach Möglichkeiten, ihn abzuschütteln, und zwar in zweierlei Hinsicht. Er sollte zuerst mich und dann meine beste Freundin in Ruhe lassen.

»Verena ist wirklich sehr beschäftigt und viel auf Trab«, sagte ich vage.

»Das sieht man«, stieg er sofort begeistert darauf ein. »Sie hat eine klasse Figur und Feuer im Hintern. Genau das Richtige für Zumba!«

Kurz stockte ich und überlegte, ob wir wirklich von *meiner* Verena sprachen. Wenn ich mich recht erinnerte, sah Verena im großen Spiegel beim Rumgehüpfe ähnlich linksfüßig aus wie ich. Wie konnte es da angehen, dass er in ihr eine grazile, feurige Erscheinung sah und mich nur als plumpes Sprachrohr betrachtete? Einen leichten Stich verspürte ich, das Wort Eifersucht wäre vielleicht etwas übertrieben gewesen. Oh mein Gott, ich war tatsächlich neidisch darauf, dass der Volltrottel von Rafael meiner Freundin Verena Komplimente machte. Das war in etwa so, als wäre man eifersüchtig auf die neue Freundin von Lothar Matthäus.

»Frag sie doch einfach selbst«, schlug ich Ralf genervt vor. »Das ist ja wie im Kindergarten. Ich habe keine Lust, für dich zu vermitteln.«

»Ist ja okay, okay!«, machte er einen kleinen Rückzieher. »Ich sprech sie beim nächsten Zumba mal an.« Hoffentlich konnte ich Verena vorher verklickern, dass das nicht auf meinem Mist gewachsen war.

»Wenn du das wirklich machen willst«, gab ich ihm noch einen gutgemeinten Tipp mit auf den Weg, bevor ich auflegte, »solltest du ganz dringend deine Frisur überdenken.«

Der nächste Anrufer war auch nicht besser. Daniel, unser Volontär.

»Dotz hat mir gesagt, du interviewst nachher diese Millionäre in Blankenese. Kann ich da mit?« Auch von ihm weder ein »guten Morgen« noch sonst was.

»Wieso das denn?«, fragte ich zögerlich, weil ich keine Lust hatte, mich den ganzen Tag mit dem unflätigen Kerl herumzuschlagen.

»Dotz sagt, ich muss mal raus. Auf Termine.« Das hätte man auch anders verstehen können. Ich konnte mir gut vorstellen, dass Dotz in einem Wutanfall Daniel zugerufen hatte: »Sie sind raus!«, und der hatte verstanden: »Sie müssen raus!«. Egal, ich würde ihn mitnehmen, schließlich konnte Daniel mir nützlich sein. Er hatte ein Auto, irgendein altes Cabrio, mit dem wir zumindest so halbwegs in die Elbchaussee passen würden. Ansonsten hätte ich mit der U-Bahn fahren müssen, weil ich selbst gar keinen Wagen besaß.

»Ich könnte Fotos machen für unsere Homepage. Das ist ja nicht so ganz dein Ding, hat Dotz gesagt«, fügte Daniel noch wichtigtuerisch an. Woher wollte Dotz wissen, ob das mein Ding war, wenn ich doch noch nie Fotos für den Sender geschossen hatte?

»Na gut, du darfst mich sogar abholen«, erklärte ich huldvoll. Das mit den Fotos passte prima, schließlich hatte die Dame des Hauses danach gefragt. »Aber halt dich zurück, verstanden?«

»Aye, aye, Sir, äh, Ma'am!«, verbesserte er sich. Nach diesem Satz verfiel ich prompt in eine trübsinnige, selbstvernichtende Grübelei. Ob ich vielleicht zu männlich wirkte? Immer nur ein Kumpeltyp war? Würde ja passen. Der zackige Tonfall von

Daniel und vorher Ralf, der mich nur als Überbringerin benutzte. Dabei hatte ich vor einem Jahr extra begonnen, mir die Haare lang wachsen zu lassen, um mich femininer zu präsentieren. Trotzdem biss niemand so richtig an, nicht einmal in Kombination mit Carls Ingwermischung.

»Hast du ein Käppi?«, holte Daniel mich zurück ins Hier und Jetzt. »Brauchst du fürs Cabrio. Wir fahren offen, und sonst hast du total verfilzte Haare hinterher. Du hast doch bestimmt noch nie in einem Cabrio gesessen?«

»Zumindest noch nie in einem so alten wie deinem!«, gab ich schnippisch zurück. Daniel lachte nur.

»Ich sammele dich gleich ein. Komm schon mal runter.«

Schnell packte ich Block, Stift und Mikrofon zusammen, rannte die Treppe hinunter und stellte mich vor die Tür. Irgendwie freute ich mich sogar ein wenig auf die Fahrt, weil ich nämlich, nur mal so am Rande, noch nie in einem Cabrio gesessen hatte. Nach fünf Minuten Warten schaute ich nervös auf die Uhr. Ich wurde ungeduldig. Weitere zehn Minuten später kannte ich Carls Gewürz-Schaufenster auswendig. Er müsste wirklich mal neu dekorieren. Der Paprikasack hatte schon da gestanden, als man noch mit Mark bezahlte.

Allmählich stieg Wut in mir auf. Was dachte sich dieser nichtsnutzige Volontär? Ich hatte nicht mal seine Handynummer, um ihn am Telefon zusammenzufalten. Er hatte mich vorhin aus dem Sender angerufen, daher fand ich bloß diese Nummer auf meinem Display und drückte auf Wiederwahl.

»Ist der kleine arrogante Schnösel noch da?«, fragte ich Melanie.

»Der ist schon lange los«, entgegnete unsere Redakteurin prompt, ohne auch nur ansatzweise zu überlegen, wen ich gemeint haben könnte.

»Vom Sender zu mir sind es fünf Minuten, mit Stau sieben. Der Kerl ist längst überfällig.«

Melanie seufzte. »Bestimmt hat er mit seinem unwiderstehlichen Charme irgendeine Maus an der Ampel angequatscht und sich mit ihr festgeflirtet. Viel Glück. Und mach ihn rund!«

Immer noch nicht da. Kurz entschlossen riss ich die Tür zu Carls Laden auf und stapfte wütend hinein.

»Bist du versetzt worden?«, fragte Carl, der mich offenbar durch die Schaufensterscheibe beobachtet hatte. Ich rechnete es ihm hoch an, dass er nicht so was sagte wie: »Bist du *wieder* versetzt worden?«

»So ein dahergelaufener Volontär lässt mich einfach stundenlang warten«, echauffierte ich mich übertrieben.

»Ein was?«, fragte Carl stirnrunzelnd.

»Ein Volon…, also ein Auszubildender, ein Lehrling, Azubi.«

»Ach so.« Mit diesen Begriffen konnte Carl etwas anfangen.

»Ein Nichtsnutz!« Carl fasste mich kurz am Arm und drückte mich sanft auf meine Orangenkiste nieder.

»Nun beruhig dich erst mal. Heute schon einen Kakao gehabt?«, fragte er besorgt.

»Nö, noch nicht«, gab ich zu.

»Hier, nimm meinen.« Als ich Carls warme Tasse in meinen Händen spürte, wurde ich ruhiger und schaltete einen Gang zurück.

»Ich bin nur so genervt, weil ich gleich ganz dringend bei einem Termin sein muss, in Blankenese. Ich mache einen Beitrag über Lottomillionäre. Irgendjemand hat den Jackpot geknackt, sich aber noch nicht gemeldet. Jetzt soll ich unterschiedliche Geschichten über Gewinner recherchieren und sehen, was aus ihnen geworden ist.«

Carl beäugte mich interessiert. Er mochte es, wenn ich ihn mit Interessantem aus der großen weiten Welt fütterte. Er bewegte sich wochentags ja nicht weiter als in einem Fünfzig-Meter Radius, das nannte er sein »Bäcker-Kiosk-Gewürze-Bermudadreieck«. Im »Würz« war er über Jahre von seiner Umwelt abgeschnitten gewesen, mal abgesehen von dem spanischen Paprikalieferanten. Vor einigen Jahren hatte ich dann Carl ein kleines Radio geschenkt, das seither auf einem Regal über dem Verkaufstresen stand und auf meinen Sender eingestellt war. Es blieb mir ein Rätsel, wieso er Radioempfang, ich aber nie Handyempfang im Laden hatte. Carl jedenfalls war seither stets bestens informiert, vor allem über alles, was ich so über den Äther blies.

»Spielst du eigentlich Lotto?«, fragte ich, als es draußen zweimal hupte.

»Ja, seit Jahren, immer dieselben Zahlen. Hat aber nie geklappt. Und jetzt fährst du ins mondäne Blankenese zu einem Lottoglückspilz?«

»Genau, mal sehen, wie es da so aussieht, bestimmt nicht so verstaubt wie bei dir.« Carl schaute entrüstet.

»Aber sicherlich auch nicht so gemütlich.«

Milde lächelnd erhob ich mich von der »bequemen« Orangenkiste und drückte Carl seine Kakaotasse in die Hand, als ein Dauerhupen von der Straße meine Stimme übertönte.

»Beeil dich, dein Volon-Azubi scheint ein ganz Ungeduldiger zu sein.«

Betont lässig spazierte ich auf den Bürgersteig. Daniel hielt in zweiter Reihe und seine Hand auf der Hupe. Frau Resche tauchte mit ihrem Hund neben mir auf und schüttelte den Kopf.

»Was für ein Bengel. Spinnt der? Was sucht der überhaupt hier?«, pöbelte meine Nachbarin los.

»Mich sucht er«, gab ich zurück und sprintete zum Auto. Unter dem verdutzten Gesicht von Frau Resche sprang ich zu Daniel ins Cabrio.

»Mann, hör auf, du machst die ganze Straße verrückt.«

»Deine Schuld. Du warst ja nicht pünktlich.« Kurz schnappte ich nach Luft.

»Freundchen, wer hier nicht rechtzeitig da war, warst *du!* Von wegen gleich …«

»Du bist bestimmt so ’ne Frustrierte, und wenn dich mal ein Mann abholen will, stehst du die ganze Zeit am Fenster, und wenn er nicht ganz pünktlich ist, faltest du ihn zusammen.«

»Fahr los«, befahl ich, ohne seinen Kommentar zu beachten. »Wir sind geschäftlich unterwegs. Und wehe, du vermasselst es.«

Es ist nicht schwer, Menschen zu finden,
die mit sechzig zehnmal so reich sind,
wie sie es mit zwanzig waren.
Aber nicht einer von ihnen behauptet,
er sei zehnmal so glücklich.
GEORGE BERNARD SHAW

Wir fuhren zügig durch die Stadt, das Wetter war angenehm, es wehte nur ein leichter Wind, und nach einigen Minuten setzte ich meine Sonnenbrille auf. Ich war zufrieden, trotz Daniel auf dem Fahrersitz. Als wir auf die Elbchaussee bogen, kramte ich den Zettel mit der Adresse heraus. Gleich hier musste es sein, war ich mir sicher, als ich die Hausnummern auf der rechten Seite fixierte. Ein Herrenhaus neben dem anderen.

»Wow!«, sagte Daniel nur, und ich wusste, dass wir da waren. Durch ein geschwungenes Einfahrtsportal fuhren wir auf einen Kiesweg, der uns zum Anwesen führte, ein hochherrschaftliches Haus mit imposanter Treppe. Wir parkten vor einem blühenden Rhododendron neben zwei Sportwagen neueren Datums.

»Schade, dass du nicht an das Käppi gedacht hast«, meinte Daniel, als ich gerade aussteigen wollte. Flugs kontrollierte ich meine Frisur im Schminkspiegel und musste mit Schrecken feststellen, dass ich etwas derangiert aussah. Mit ein, zwei Handgriffen versuchte ich, das Malheur zu bändigen und mir meinen Unmut nicht anmerken zu lassen.

»Hättste mal auf mich gehört«, foppte Daniel mich. Ich nickte bereitwillig.

»Ja, ja. Jetzt hast du aber mal Sendepause. Wehe, du hältst dich nicht zurück!« Daniel wedelte pflichtschuldig mit seiner Kamera. »Mach schon mal eines von außen«, flüsterte ich ihm zu.

Was für ein beeindruckendes Gebäude. Eine Altbauvilla von drei Etagen mit Efeu, der an der Hauswand emporwuchs. In großzügigen Kübeln waren farbenfrohe Blumen gepflanzt und rahmten die Treppe zur Haustür.

Als wir klingelten, öffnete uns das Millionärspaar Schneider gemeinsam die Tür. Beide mussten etwa Ende fünfzig sein. Als ich die perfekt zurechtgemachte Frau Schneider mit ihrer schmalen blauen Hose, der beigen Bluse, der zarten Kette und den gut frisierten Haaren sah, bekam ich prompt ein schlechtes Gewissen. Ich könnte auch mal wieder zur Maniküre und meinen straßenköterblonden Haaren das gewisse Etwas verpassen.

»Hallo, kommen Sie rein«, begrüßte uns Herr Schneider; ein Kumpeltyp, das sah man sofort an seinen strahlenden, freundlichen Augen, einer, der lieber ein Bierchen in der Kneipe zischte, anstatt Champagner auf einer Vernissage zu schlürfen. Er trug eine helle Hose und einen violetten V-Pullover. Ich war mir sicher, dass sie den Pulli für ihn ausgesucht hatte und dass er vor dem Millionengewinn nicht gewusst hatte was Violett überhaupt war. Gerne hätte ich die beiden in eine Zeitmaschine gesetzt, um zu sehen, in welcher Aufmachung sie uns *vor* dem Lottogewinn ihre Tür in Barmbek aufgemacht hätten.

»Ihren Sender hören wir wirklich gern«, plauderte Herr Schneider weiter. »Meine Skatkumpels finden ihn auch toll.« Unmerklich rümpfte Frau Schneider die Nase, weil sie offenbar fand, dass Skatkumpels nicht in ihr neues Leben passten.

»Möchten Sie etwas trinken?«, fragte sie. Ich schüttelte den Kopf, weil ich gar nicht gewusst hätte, was ich nehmen sollte. Ein schnödes Wasser? Wahrscheinlich wurde das aus einem Spezialbrunnen geliefert, und die Flasche kostete so viel wie eine Woche Mallorca mit Halbpension.

Durch eine weite Eingangshalle mit warmen Terrakottafliesen gingen wir ins Wohnzimmer. Hier hatte jemand guten Geschmack bei der Einrichtung bewiesen. Frau Schneider schien ein Händchen dafür zu haben. Wir setzten uns in eine helle, gemütliche Sofalandschaft direkt vor einen großen Kamin. Der Teppich, auf dem ich meine Füße parkte, war weich und flauschig.

Fasziniert betrachtete ich das *Interieur*, anders konnte man es nicht bezeichnen, das Wort Möbel hätte in dieser Umgebung geradezu asozial geklungen. Eine lange Holztafel stand direkt an der breiten Fensterfront, dort konnte man mit Blick auf den parkähnlichen Garten essen, nein *dinieren*. Ich traute mich kaum, etwas anzufassen, so picobello aufgeräumt war es hier. Sogar die Kissen auf dem Sofa waren akkurat im richtigen Winkel drapiert.

Daniel versuchte den Coolen zu spielen. Dass er angetan war, bemerkte ich daran, dass er die Klappe hielt. Dafür redete ich.

»Ich würde das Interview mit dem Mikro aufzeichnen und es später dann zu einem Beitrag zusammenschneiden.« Die Schneiders nickten. Wir saßen zu dritt auf der Couch, und ich hielt abwechselnd ihm und ihr das Mikrofon hin.

»Wie hat sich Ihr Leben denn verändert seit dem Gewinn?« Herr Schneider pustete tief durch.

»Alles hat sich verändert. Manchmal denke ich immer noch, ich träume. Wir haben vorher in einer kleinen Wohnung in Barmbek gewohnt, ich war Automechaniker und meine Frau Kosmetikerin, ach, das darf ich ja nicht sagen.«

»Visagistin!«, korrigierte sie ihn auch sofort mit einem beleidigten Unterton.

»Oder so. Dann hab ich gewonnen. Als der Lottobeauftragte vor der Tür stand, musste ich mich erst mal hinsetzen. Wahnsinn. All die Millionen, auf einmal. Vorher waren wir immer knapp bei Kasse.«

»Und was haben Sie zuerst gedacht?«, fragte ich nach.

»Ich hab an Urlaub gedacht. Ich weiß gar nicht, wie lange wir da nicht mehr richtig weg waren, deswegen hab ich an Urlaub gedacht. Zwei Wochen Spanien oder so.«

»Ich habe gleich an das Haus hier gedacht, in so einem wollte ich schon immer wohnen«, mischte sich Frau Schneider ein. »Das haben wir schnell gekauft, wirklich toll. Der Reitstall ist gleich um die Ecke. Zum Golf ist es nicht weit, und die Läden sind sehr exquisit.« Herr Schneider kratzte sich am Kopf.

»Ich hätte, glaube ich, nicht so schnell gekauft wie meine Frau. Mir ging das irgendwie zu holterdiepolter. Eben noch in Barmbek, und schwupps hier. Ich kannte hier auch niemanden.«

»Die Nachbarschaft ist sehr angenehm«, merkte Frau Schneider an. Sie sprach sehr langsam, und ich fragte mich, ob sie versuchte, absichtlich einen mondänen Tonfall anzuschlagen.

»Ich habe meiner Frau gesagt, sie kann gerne weiter arbeiten, man muss ja nicht von einem Tag auf den anderen aufhören, aber sie geht lieber selber zur Kosmetikerin, nicht, Liebling?«, sagte er neckend und stupste seine Frau liebevoll an. »Ich finde, wir haben uns das verdient, man muss das Leben genießen, wenn man die Chance hat.« Ich sah, wie Daniel nickte.

»Sind Sie denn noch manchmal in Barmbek in Ihrer alten Straße?«, stellte ich die nächste Frage.

»Nein, nie. Mein neues Leben spielt sich hier ab.« Frau Schneider warf ihrem Mann einen warnenden Blick zu, aber der ließ sich nicht abhalten und plauderte ungehemmt weiter.

»Ach, ich bin da noch oft. Mit den Nachbarn spiel ich einmal in der Woche Dart oder Skat. Die kommen nicht so gern hierher, ist ihnen zu schnieke, kann ich auch verstehen. Deswegen gehen wir da in unsere Stammkneipe, ins ›Barm-Quell‹.« Beide berichteten noch eine ganze Weile von all den Veränderungen und echten und falschen Freunden.

»Meine Schwester hat so oft angerufen wie vorher in zehn Jahren nicht. Da war ja klar, worum es ging«, erklärte Frau Schneider.

»Ich hab meiner Familie was abgegeben«, sagte er. »Gisela hat mich aber gestoppt, als ich meinen Freunden was leihen wollte.«

»Ha. Leihen? Du wolltest es alles verschenken. Du bist viel zu gutmütig.«

»Kann schon sein, macht aber nichts, Liebling. Du hast doch alles, oder?« Fröhlich lachte er sie an. Gisela nickte huldvoll und unnahbar. Die beiden passten überhaupt nicht zusammen.

»Sind Sie glücklich?«, wollte ich noch wissen.

»Och, das war ich vorher eigentlich auch schon«, sagte er.

»Doch, ich bin jetzt sehr glücklich«, meinte Frau Schneider, die bestimmt seit Jahren nicht mehr von Herzen gelacht hatte.

»Oh Gott, ich muss los«, bemerkte ich mit einem Blick auf die Uhr. Markus Röck von der Lottozentrale wartete.

»Ich auch«, rief Herr Schneider im selben Atemzug. »Ich muss zur Arbeit.« Er hatte erzählt, dass er einen Klempnerbetrieb übernommen hatte, als Geschäftsführer.

»Ich habe noch gar keine Fotos gemacht!« Zum ersten Mal machte Daniel den Mund auf.

»Sie können mich gerne noch fotografieren, junger Mann!«, sagte Frau Schneider und gefiel sich in der Rolle des reichen Models.

»Äh, ja, Bilder brauchen wir, aber ich muss wirklich zum nächsten Termin«, meinte ich.

»Vielleicht kann Herr Schneider dich im Wagen mitnehmen?«, fragte Daniel vorlaut, was mir sehr unangenehm war. Aber der Hausherr fand Fahrgemeinschaften offenbar ganz normal.

»Na klar nehm ich Sie mit. Wo müssen Sie hin?«

»In die City Nord.«

»Kein Problem, das liegt auf dem Weg, machen wir!« Frau Schneider runzelte die Stirn. Vielleicht wunderte sie sich darüber, dass die weit entfernte City Nord »auf dem Weg« zum Geschäft ihres Mannes an der Elbe liegen sollte.

»Du kannst die Fotos nachher gleich hochladen und die Internetredaktion informieren«, gab ich Daniel ein paar Anweisungen. Es war schon schlimm genug, dass er sich ein Glas Weißwein hatte servieren lassen.

»Mach ich!«

Ich schnappte mir meine Tasche und ging mit Herrn Schneider die Treppe hinunter über den Kiesweg zu seinem Auto.

»Meine Frau wollte unbedingt so noble Schlitten. Mir hätte auch mein alter Mercedes gereicht. Aber ich lass ihr ihren Spaß. Sie hat ihr Leben lang geschuftet.«

Ich hatte keine Ahnung, in welche Art von Auto ich mich eigentlich hineingleiten ließ, Ferrari, Porsche, Lamborghini? Egal, man saß schon nicht schlecht. Windschnittiges Teilchen und dann noch mit so einem bodenständigen Typen am Steuer. Das gefiel mir gut.

»Ich muss gar nicht zur Arbeit«, gestand er mir. »Ich fahre nach Barmbek zu meinen Freunden. Das sag ich ihr aber nicht immer, weil sie lieber hätte, dass ich mir hier neue Freunde suche. Das sagen Sie aber nicht im Radio, okay?« Ich nickte.

»Hier, schauen Sie mal, so sahen wir vor dem Lottogewinn aus.« Herr Schneider reichte mir ein altes Foto aus seinem Portemonnaie. »Darf sie auch nicht wissen, dass ich das noch habe.« Die beiden waren auf dem Bild etwa zehn Jahre jünger, Frau Schneider hatte zu blond gefärbte Haare, die am Ansatz dunkel waren, sie war etwas zu grell geschminkt und trug etwas zu bunte Kleidung, aber sie lachte. Er sowieso. Ich reichte es ihm lächelnd zurück.

»Da sehen Sie glücklich aus.«

»Ein bisschen verlottert, aber fröhlich«, bemerkte er nickend.

»Verdammt, ich Idiot, ich habe mein Mikrofon auf Ihrem Sofa vergessen«, stieß ich laut hervor, als wir über die Elbchaussee brausten.

»Macht nichts, holen wir ab.« Ich glaube, Herr Schneider war so gutmütig, dass er sogar einen Umweg über Frankfurt akzeptiert hätte. Bei der nächsten Ampel machte er einen U-Turn und bog kurze Zeit später wieder in die Kiesauffahrt ein.

»Laufen Sie schnell hinten rum, die Terrassentür zum Wohnzimmer ist offen, da wo wir eben saßen.«

Stimmt, wir hatten da eben gesessen, dachte ich, als ich um die Ecke in den Garten bog. Daniel und Frau Schneider hingegen lagen. Auf dem Sofa. Sie im Negligé, er in einer samtenen Boxershorts. Noch. Sie zog ihn gerade hoch vom Sofa und dirigierte ihn in Richtung Treppe und in den oberen Bereich. Keines der Kissen lag mehr akkurat im richtigen Winkel. Ich war entsetzt. Wie schnell war das denn gegangen? Unser Volontär nutzte meine Abwesenheit, um sich an die Millionärsgattin ranzuschmeißen. Hatte er nicht zu Melanie noch gesagt, er stehe nicht auf Rentnerinnen? Und hatte ich ihn nicht eindringlich gewarnt, sich zusammenzureißen! Das nannte er also, sich zurückhalten. Vielleicht hat sie ihn aber auch verführt, kaum, dass wir zur Tür raus waren. So einen Liebhaber konnte man sich ja halten wie andere einen Hund. Warum ich das kleine Tête-à-Tête nicht platzen ließ und Daniel vor Frau Schneider nicht zur Schnecke machte? Weil ich es eilig hatte, weil ich sonst das Interview vielleicht nicht hätte verwenden dürfen, weil ich Herrn Schneider nicht kränken wollte und weil ich Daniel auf keinen Fall nackt sehen wollte. Und wer weiß, unter Umständen konnte ich das Gesehene irgendwann gegen ihn verwenden.

Ich schlüpfte ins Wohnzimmer und griff mir mein Mikro, das unter ein zerknautschtes Kissen gerutscht war.

»Sie hat ihr Leben lang geschuftet«, hatte Herr Schneider vorhin über seine Frau gesagt. Daran musste ich plötzlich denken. Und dass sie auch jetzt sehr hart schuftete. Das wollte ich dem armen Mann aber nicht verraten. Schnell rannte ich wieder zurück zum Auto, wo er geduldig auf mich wartete.

»Na, haben Sie Ihr Mikrofon?«, fragte der Millionen-Mann freundlich, als ich mit hochrotem Kopf wieder einstieg.

»Ja, ja, hab ich.« Unauffällig blickte ich zu den Fenstern im ersten Stock. Nicht, dass sich dort etwas Verräterisches tat. Erleichtert atmete ich auf, als wir wieder auf der Straße waren.

»Haben Sie die beiden noch gesehen?«, fragte er arglos.

»Ja, das habe ich.«

»Klappt alles mit den Fotos?«

»Äh, ja«, stammelte ich. »Sie suchen gerade nach einer, nun ja, geeigneten Location.«

Lächeln ist das Kleingeld des Glücks.
HEINZ RÜHMANN

Er schmiss mich raus, obwohl ich ewig mit ihm hätte weiterfahren können. Es war herrlich, den Fahrtwind im Haar zu spüren, und Herrn Schneider war es auch schnurzpiepegal, dass einige meiner Haarsträhnen nicht an der richtigen Stelle saßen. Er wäre gewiss auch in einer vierzig Jahre alten Ente zufrieden gewesen.

Zweimal war ich kurz davor, ihm zu beichten, was ich gesehen hatte. Seine Frau mit unserem Heißsporn-Volontär. Ich brachte es nicht übers Herz. Denn sein Herz schlug für seine Frau. Er liebte sie wirklich, glaubte ich, egal ob mit Cashmerepulli oder abgekauten Fingernägeln. Wer weiß, wie oft sie sich schon so ein kleines Auswärtsspiel gegönnt hatte. Vielleicht hatte er nebenbei auch etwas laufen. Wusste man ja nie. Leisten hätte er es sich können. Vom Aussehen und vom Kontostand her.

»Spielen Sie eigentlich noch Lotto?«, fragte ich, als er an einer Bushaltestelle hielt, um mich rauszulassen.

»Oh Gott, nein, nie wieder. Nicht noch so ein Gewinn, das halten meine Nerven nicht aus.«

»Danke fürs Mitnehmen«, rief ich ihm zu.

»Nichts zu danken. Und kommen Sie beide gerne noch mal vorbei, wenn Sie noch Fragen haben. Ich würde mich freuen.«

Ich winkte, nickte und dachte: »Du willst nicht wirklich, dass *wir* noch mal vorbeikommen.« Außerdem wünschte ich ihm, dass er schnell die Augen zumachte, wenn er am Abend ins Bett ging.

»Schlafen Sie eine Nacht drüber!« Markus Röck sagte diesen Satz nicht zum ersten Mal. »Das raten wir allen Lottogewinnern, in Ruhe drüber schlafen.«

Ich war gerade dabei gewesen, am Empfang der Lottozentrale meinen Namen zu nennen, da war Herr Röck schon hinter mir aufgetaucht und hatte mich in einen Kiosk um die Ecke eskortiert. Er bot mir einen Cappuccino an, ich lehnte ab.

»Sie trinken keinen Kaffee?«, fragte er amüsiert. »Wenn ich heute nicht schon zehn Tassen intus hätte, könnten Sie mich wegschmeißen. Ich wäre unausstehlich.«

Dass Markus Röck unausstehlich sein konnte, war in etwa so schwer vorzustellen wie Inka Bause oder Michelle Hunziker, die den Mittelfinger hoben und ihr Publikum bepöbelten.

»Wie kommen Sie denn auf Touren?«, fragte er mich.

»Wie bitte?«, sagte ich eine Spur zu laut, weil ich hoffte, mich verhört zu haben. Eben eine liebestolle Millionärin und nun ein anzüglicher Lottomitarbeiter.

»Also, wie Sie in die Gänge kommen morgens, meinte ich, so ganz ohne Kaffee.«

»Ach so«, sagte ich erleichtert. »Mit Kakao«, gab ich offenherzig zu. Meistens verheimlichte ich das, weil ich fand, dass Kakaotrinken so unerwachsen klang, als würde ich zugeben, nachts noch am Daumen zu lutschen, während andere die Zigarette danach rauchten.

»Kakao haben die hier leider nicht.« Markus Röck tat das offenbar wirklich leid.

»Macht ja nix. Ich hatte schon genug heute. Zu viel Kakao und Milch ist nicht gut, zu viel Fett«, merkte ich an.

»Na, so ’n bisschen ist doch halb so wild.«

»Ach, Sie haben gut reden. Bei mir wandert das immer direkt in die Problemzonen. In die Knie.« Was faselte ich da? Der arme Lottomann. Ob er einer unzurechnungsfähigen Radioreporterin überhaupt noch ein Interview geben würde?

»In die Knie?«, fragte er prompt. »Das habe ich ja noch nie gehört. Klasse.« Er amüsierte sich prächtig, eine Reaktion, die ich nachvollziehen konnte. Das Gute war, er lachte, aber er lachte mich nicht aus. »Was hört man nicht alles von Frauen, an welchen Stellen sie zu dick sind«, fing er an aufzuzählen: »Hüfte, Bauch, Po, Schenkel, Waden, Wangen, aber die Knie! Das habe ich noch nie gehört.«

»Na ja, ist ja nicht so, dass ich die anderen Zonen nicht auch kennen würde.« Markus Röcks Blicke wanderten umher.

Ich schlug schnell meine Beine übereinander und stellte meine Tasche auf meine Knie, damit er meine Worte nicht gleich auf den Wahrheitsgehalt überprüfen konnte. So hätte er es eh nicht sehen können, da ich eine Jeans trug. Die Knie waren nicht nur dick, sondern auch irgendwie asymmetrisch, knubbelig und machten sich zwischen kurzem Rock und Stiefeln nicht wirklich vorteilhaft.

»Was genau möchten Sie denn eigentlich wissen?«, wechselte der Lottofachmann das Thema, wofür ich ihm sehr dankbar war.

»Hat sich der anonyme Jackpotgewinner schon gemeldet?«

Er verneinte. »Hat aber noch Zeit. Das kommt häufiger vor. Vielleicht weiß derjenige noch gar nicht, dass er bald um über fünf Millionen reicher ist.«

»Was machen Sie denn mit den Leuten, die sechs Richtige plus Zusatzzahl haben und richtig absahnen?«

Markus Röck erklärte, dass oberste Devise Diskretion sei. »Wir besuchen die Gewinner zu Hause, sagen ihnen, dass sie sich erst mal setzen sollen.«

Ich wollte wissen, wie die Jackpotter reagierten.

»Ganz unterschiedlich. Einige flippen komplett aus, wollen sofort ihren Job schmeißen und auf Weltreise gehen. Einmal hatten wir einen, der hat total geweint, weil er überhaupt nicht wusste, wohin mit dem Geld, sein Leben war bisher so gut gelaufen.« Markus Röck lachte.

Er berichtete weiter, dass es mehrere goldene Tipps für Lottogewinner gab. Erste Regel: Drüber schlafen. Zweite Regel: Nichts weitererzählen, auch nicht der besten Freundin im Vertrauen, sondern erst mal in Ruhe überlegen, was es bedeutete, plötzlich reich zu sein. Dass es nicht ratsam war, gleich am nächsten Tag einen Jaguar samt Chauffeur vor der Tür zu parken, wenn man vorher nur Mofa gefahren war, sagte einem der Hausverstand. Protzen konnte nach hinten losgehen, wie man in mehreren Fällen bereits in den Medien mitbekommen hatte.

Markus Röck und seine Kollegen gaben den frischgebackenen Millionären außerdem Anlagetipps und vermittelten sie an seriöse Berater. Zwielichtige Finanzhaie gab es schließlich genügend.

»Dürften Sie mir verraten, wer der Lottogewinner ist?«

»Nein, dürfte ich nicht!«, sagte Markus Röck lächelnd.

»Auch nicht, wenn ich Sie zum Kaffee einlade?«, fragte ich.

»Auch dann nicht«, sagte er spröde. Hatte doch nicht so viel Humor, wie ich dachte. »Bei einem Kakao hingegen würde ich es mir vielleicht überlegen«, fügte er grinsend an. Meine Mundwinkel zeigten prompt nach oben, um schlagartig nach unten zu gehen, als ich beim Handyklingeln auf mein Display sah. Dotz. Ich zuckte entschuldigend mit den Schultern in Markus Röcks Richtung. Er blieb entspannt, lehnte sich zurück und beschäftigte sich mit einem Aktenordner, während ich telefonierte.

»Wo bleiben Sie denn?«, brüllte Dotz durchs Telefon. Er hätte gar nicht den Hörer in die Hand nehmen müssen, man hätte ihn vermutlich auch so vom Radiohaus bis hierher in die City Nord gehört.

»Wieso?«, fragte ich offensiv zurück und nahm mir vor, mich nicht einschüchtern zu lassen. »Sie wissen doch, dass ich noch Interviews mache.«

»Kann gar nicht sein, der Herr Dings, äh, Volontär, ist ja eben auch schon wieder reingekommen. Er hat gesagt, er wüsste auch nicht, wo Sie bleiben.« Der kleine Schuft!

»Ja, Daniel war auch nur bei dem einen Termin dabei. Ich bin ja noch bei der Lottozentrale.«

»Na ja. Beeilen Sie sich, ich brauche Ergebnisse. Der Volontär hat immerhin sehr schöne Fotos mitgebracht. Der hat sich wenigstens reingehängt!« Dotz wusste gar nicht, wie richtig er mit dieser Formulierung lag. Mir wurde übel.

»Das Interview darf ich aber schon noch zu Ende führen?«, fragte ich bissig.

»Aber avanti fixi flotti, bitte schön!« Was war *das* denn? Dotz' Stimme war immer noch so laut, als würde er gegen einen Presslufthammer anbrüllen. »In zwei Stunden sind Sie auf Sendung.«

»Waaas?«, schrie ich jetzt zurück. »Davon war überhaupt nie die Rede.« Die Zeit war extrem knapp bemessen, interviewen, in den Sender fahren, schneiden, texten, das machte man ja nicht mal eben in fünf Minuten.

»Radio ist ein schnelles Medium, Frau Claussen, ich weiß nicht, ob Sie das wussten. Wenn Sie da nicht mitkommen, muss ich wohl Frau Hansen beauftragen.«

»So ein Quatsch. Ich bekomme das schon hin«, lenkte ich ein. Ich hasste mich dafür, so in Demut zu verfallen, anstatt Dotz all seine Spitznamen an den Kopf zu werfen.

»Dann quatschen Sie nicht so viel, legen Sie los!«, blökte er und legte grußlos auf.

»Ist doch immer schön, wenn man sanftmütige, ausgeglichene Chefs hat, oder?« Markus Röck riss mich aus meiner Schockstarre. Verständnisvoll lächelte er mich an. »Was für ein Choleriker«, fügte er noch an. »Gibt's leider viel zu häufig.« Ich schüttelte den Kopf.

»So einen wie den gibt's nur einmal«, erklärte ich betrübt.

»Sind Sie sicher? Ich glaube, Ihr Chef muss mit meinem verwandt sein.« Wir grinsten darüber, dass wir beide offenbar das gleiche Schicksal teilten. »Glücklicher wird man durch das ewige Genörgel und Geschreie auch nicht«, stellte er fest.

»Die sollten alle mehr Glückshormone nehmen. Schokolade zum Beispiel.«

»Wie im Kakao?«, sagte er augenzwinkernd, als sein Telefon klingelte. »Oh, wirklich? Ja. Ist gut. Wurden die Zahlen überprüft? Okay. Und haben wir die Adresse? Ja, ich fahr hin.« Er notierte etwas auf einem Zettel und ließ ihn schnell in seiner Tasche verschwinden. »Sie müssen los, oder? Sind Sie mit dem Auto da?«, fragte er wieder an mich gewandt. Ich schüttelte den Kopf. »Soll ich Sie mitnehmen, damit Sie schneller bei Ihrem Chef sind? Ich muss auch los.« Ich nickte. Warum sollte ich mich nicht an einem Tag von drei verschiedenen Männern chauffieren lassen? Erst von Daniel im alten Cabrio, dann von Herrn Schneider im noblen Schlitten und zu guter Letzt von Lotto-Röck im Mazda MX5.

Wieder saß ich unter freiem Himmel, und wieder ließ ich meine fusseligen Haare in Hamburgs Wind wehen.

»Wo müssen Sie denn hin?«, fragte ich.

»Kann ich nicht sagen«, erwiderte er geheimnisvoll.

»Sie haben ihn, oder?«, schrie ich aufgeregt.

»Spielen Sie eigentlich Lotto?«, wich er aus.

»Ja, tue ich!« Zum ersten Mal seit dem Auftrag fiel mir ein, dass ich vor etwa einem Monat einen Lottoschein ausgefüllt hatte, der irgendwo in den Untiefen meiner verwahrlosten Tasche stecken musste.

Ich wühlte mich durch Unmengen von Kugelschreibern, am Schminktäschchen und an losen Haarspangen vorbei, schob Supermarktbons zur Seite und ertastete ein paar alte Lakritz. Angeekelt verzog ich das Gesicht und erwischte dann einen zerknitterten Zettel, den ich stolz ans Tageslicht beförderte.

»Na, den haben Sie ja richtig liebevoll behandelt.« Markus Röck warf einen Seitenblick auf meinen Lottoschein.

»Dass ich ihn überhaupt wiedergefunden habe, grenzt an ein Wunder. Ich habe noch gar nicht die Zahlen überprüft.« Beim

Gedanken daran, wie ich in dem kleinen Lottoladen gegenüber meiner Wohnung die Zahlen eingetragen hatte, kamen mir die Tränen. Ich hatte die Geburtsdaten meiner sechs Exfreunde gewählt, wobei mir durchaus klar war, dass all diese Männer schreiend davongelaufen wären, wenn sie gewusst hätten, dass ich mich noch an ihre Geburtstage erinnerte, während sie nicht einmal mehr meinen Namen kannten. Ich wischte die Tränen weg, die im Fahrtwind hoffentlich nicht weiter auffielen.

»Oha!«, sagte Markus Röck, als er sich den Lottoschein näher anschaute. »Den sollten Sie schon mal checken. Wer weiß. Nicht, dass Ihnen ein Riesengewinn durch die Lappen geht.« Ich nahm mir fest vor, das bei nächster Gelegenheit nachzuholen.

Markus Röck hatte inzwischen vor dem Haupteingang des Radiogebäudes gehalten, und ich hätte mir gewünscht, dass Dotz sehen konnte, wie ich elegant aus so einem coolen Auto stieg. Natürlich war nur der Pförtner da, und der sah gar nichts außer dem Fernsehprogramm.

»Das ist supernett von Ihnen, Sie retten mir das Leben«, bedankte ich mich bei meinem Fahrer. Liebend gerne wäre ich ihm noch ein wenig auf die Pelle gerückt. Natürlich nur, um ihn unauffällig abzutasten und den Zettel aus seiner Tasche zu ziehen. Ich war mir sicher, dass dort die Adresse des Jackpot-Glücklichen stand. Wäre ich besser vernetzt gewesen, hätte ich Markus Röck einen Privatdetektiv hinterhergeschickt. Oder, wenn ich es nicht so eilig gehabt hätte, selbst die Verfolgung aufgenommen. War vielleicht besser so, es sein zu lassen, denn ich war in etwa so unauffällig wie ein Teenager, der zum ersten Mal verliebt war und versuchte, seinen Schwarm nicht zu direkt anzustarren.

»Tschüs, melden Sie sich gern, wenn noch etwas unklar ist«, sagte Markus Röck zum Abschied. Kurz bevor er losdüste, lehnte er sich noch in meine Richtung, winkte mich zu sich heran und schob seine Sonnenbrille ins Haar.

»Ich finde Ihre Knie übrigens konkurrenzlos anbetungswürdig.« Ich riss die Augen weit auf, lachte los und hielt mir die Hand vor den Mund. Ich wusste nicht, wann ich mich das letzte Mal so über etwas gefreut hatte. War auch lange her, dass ein Mann etwas Nettes über mich gesagt hatte. Mal abgesehen von Carl.

»Echt?«, fragte ich beglückt.

»Na ja«, meinte Markus Röck noch schelmisch grinsend, bevor er dann wirklich Gas gab. »Diese Angaben sind natürlich ohne Gewähr.«

Die meisten Menschen sind unglücklich,
weil sie, wenn sie glücklich sind,
noch glücklicher werden wollen.
INGRID BERGMAN

»Na, endlich, wo bleibst du denn?« Daniel stand großkotzig an einen Schreibtisch gelehnt im Redaktionsraum. »Wir warten schon alle auf dich.« Täuschte ich mich, oder dachte unser Volontär, dass er innerhalb eines Tages zum Chefredakteur aufgestiegen war?

»Was willst du eigentlich? Wann warst du denn hier?«, fragte ich und zog eine Augenbraue hoch.

»Vor einer halben Stunde ungefähr.«

»Aha, scheint ja auch ganz schön lange gedauert zu haben mit den Fotos, oder?« Offensiv betrachtete ich unseren kleinen Gigolo. Aber der wurde nicht mal rot. »Ja, ich habe mir besonders viel Mühe gegeben.«

»Das glaube ich dir ungesehen!«, platzte es aus mir heraus.

In einem der kleinen Schnittstudios richtete ich mich auf die Schnelle ein. Ich warf den Computer an, spielte das Tonmaterial ein und blickte dabei ungeduldig auf die große Uhr. Der Zeiger wanderte unerbittlich weiter, mir blieb nicht mehr viel Zeit.

Die Umfrage von meinen Zumbakollegen schnitt ich zusammen, so dass man alle Lottowünsche hintereinander anhören konnte. Fix durchsiebte ich das Interview mit den Schneiders. Als die Stimme der Frau erklang, meinte ich einen Hauch von Erregtheit herauszuhören, der mir vorher entgangen war. Vielleicht war meine Einbildung aber auch bloß genauso groß wie Daniels Ausbildung im horizontalen Gewerbe. Von Herrn und Frau Schneider nahm ich je einen Satz, die konträrer nicht sein konnten. Diese würde ich einander gegenüberstellen. Uneinigkeit zwischen Neureichen. Abrunden würden das Studiogespräch Markus Röcks goldene Regeln für Lottogewinner.

Ich hackte einen Text ins Schreibsystem, eine Anmoderation, die der Moderator verlesen würde, so von wegen neuer Lottogewinner in Hamburg hat sich jetzt gemeldet, bleibt anonym, unsere pfiffige Kollegin Jule Claussen hat dafür aber andere Hamburger Jackpotgewinner ausgegraben und zu Glanz und Gloria befragt, blabla. Dann wäre ich mit meinem launigen Text dran rund ums Thema Vorher/ Nachher, eben noch Hartz 4, jetzt Millionär, Neid, Geiz, Träume und, und, und.

Mit dem ausgedruckten Skript ging ich zu Melanie, die noch mal drüberlesen sollte. Im Großraumbüro stieß ich mit Dotz zusammen.

»Da sind Sie ja, Claussen. Wie geht's Ihrem Bein?«

»Meinem Bein?«, fragte ich unkonzentriert, während ich Melanie das beschriebene Papier auf den Tisch legte.

»Na, hier, Ihre Operation.« Dotz war es schon wieder zu viel, mehr als zwei private Sätze miteinander zu wechseln.

»Ich hatte eine *Zahn*-OP«, korrigierte ich ihn beleidigt.

»Ja, Operation, sag ich doch. Hauptsache, es geht wieder.« Melanie drückte mir das Skript in die Hand. In der dritten Zeile hatte sie zwei Wörter geändert, und ich ging ins Studio. Katie Meluas ›Nine Million Bicycles‹ empfingen mich lautstark wie in einer Disco.

»Du bist taub!«, schrie ich André an.

»Waaas?«, brüllte er gegen die Dröhnung an.

»Taub, du!«, formte ich mit den Lippen. Am Lautstärkeregler stellte er den Schmusesong leiser.

»Hast du was gesagt?«, fragte er noch mal.

»Ich? Nee.«

André war schon seit Jahren Moderator, ein Urgestein, ein Quell der guten Laune und Radiounterhaltung. Mein Skript hatte er bereits vor sich liegen. Er machte mir ein Zeichen, dass unser Talk gleich losgehen würde. Ich setzte mir den Kopfhörer auf und wartete auf Andrés Anmoderation.

Er gehörte zu der spontanen Sorte, der auch gerne mal exakt gar nicht das vorlas, was auf dem Zettel stand. Wenn man beispielsweise die Frage formuliert hatte: »Jule, du hast Millionäre gesucht, hast du denn auch welche gefunden?«, konnte bei André daraus gerne mal die Frage werden: »Wann warst du denn das letzte Mal mit einem Millionär im Bett?« Darauf hätte ich sogar eine Antwort gehabt: »Ich nicht, da müsstest du schon unseren Volontär fragen.« Aber das ersparte er mir glücklicherweise, denn die heiße Info mit Daniel wollte ich ja erst im geeigneten Moment verbraten.

André spielte den Refrain an von ›Ach wie gerne wäre ich im Club der Millionäre‹. Daraufhin erzählte ich, dass es nur einen klitzeklitzekleinen Prozentsatz an Glücklichen gebe, Wünsche hingegen Millionen, was man mit dem Geld machen wollte. André spielte die Umfrage ein, die ich nach dem Sport gesammelt hatte. Bei den Wünschen der Frauen, Weltfrieden, Babysitter, soziale Projekte und Kindergarten unterstützen, verdrehte er die Augen. Eine Yacht, wie sie Abramowitsch hat, schien ihm schon eher zu schmecken. Wir riefen die Hörer auf, im Internet auf unserer Seite ihre eigenen Wünsche loszuwerden, und am Ende des Live-Gesprächs kam noch die unvermeidliche Frage, was ich denn mit Millionen täte.

»Mir ein Cabrio und ein Käppi für die Haare kaufen«, sagte ich, und André spielte ›Money, Money, Money‹ ein.

Als ich aus dem Studio kam, reckte Melanie den Daumen hoch, und auch Dotz deutete ein Lächeln an. Ach, wie schön, der Tag war doch noch gut gelaufen, hektisch, ereignisreich, aber gut. Fast. Einen verbalen Schlag in den Nacken verspürte ich, als

Daniel hinter mir es doch glatt wagte, Dotz folgende Frage zu stellen: »Sagen Sie mal, ab wann würde ich hier eigentlich Autogrammkarten bekommen?«

Ich stockte. *Autogrammkarten?* Die hatten bei uns im Laden nur ungefähr zwei Leute, und das war so eine Art Ritterschlag. Wir anderen hatten sogar um Visitenkarten betteln müssen. Ich versicherte mich mit einem Blick in die Runde, mich nicht vielleicht doch verhört zu haben. An Melanies Miene las ich aber ab, dass ich richtig gehört hatte. Dreist hatte immer Vorfahrt? Nein, denn dann hatte unser Chef einen seiner legendären, aber leider sehr seltenen Auftritte, die uns hoffen ließen, dass er doch auf unserer Seite war. Dotz sprach mit deutlicher Stimme, so laut, dass es die ganze Redaktion hören konnte.

»Herr Kellwig!« Er kannte tatsächlich Daniels Nachnamen. »Nur, dass wir uns richtig verstehen. Sie haben heute als Volontär mal versucht, ein paar Fotos für *uns* zu machen. Das bedeutet aber noch lange nicht, dass wir auch Fotos von *Ihnen* machen.« Manchmal war er eben doch kein Motz, sondern ein Schatz!

Ich nahm mir vor, diesen schönen Tag genussvoll ausklingen zu lassen. Vielleicht hätte Verena ja Lust, mit mir ein Glas Wein beim Italiener zu trinken? Bevor ich sie anrufen konnte, bekam ich eine SMS: »Sag mal, geht's noch? Hast *du* mir etwa diesen Zumba-Spinner auf den Hals gehetzt?«

Dass Glück überhaupt kein Geld kostet,
dass Glück das »Billigste« ist,
was es auf der Welt gibt,
das ist den Menschen noch nicht aufgegangen.
ERICH FROMM

»Das hat er nicht gesagt!« Ich klang wie eine Platte, die einen Sprung hatte. Immer und immer wieder wiederholte ich diesen einen Satz. Verena verdrehte die Augen.

»Na klar hat er das. Ich denk mir das doch nicht aus.« Wir saßen auf hohen Stühlen an hellen Holztischen in der Trattoria »Piazza« und aßen eine Pizza. Okay, Verena aß, und ich starrte sie bloß mit offenem Mund an und fummelte dabei nervös an den Blättern des Basilikumbäumchens. Unser aller Zumbagott Rafael hatte nach dem Telefonat mit mir nicht lange gezögert. Mit Methoden, die sicher weit über die Grenzen der Legalität hinausgingen, hatte er nicht nur Verenas Telefonnummer recherchiert, sondern auch ihre Adresse.

»Der stand nicht wirklich mit einem Strauß roter Rosen vor deiner Tür?«, fragte ich zum zehnten Mal.

»Dohoch! Total peinlich. Mein Nachbar hat sich bepisst über den komischen Kerl.«

»Trug er sein …« Ich musste kurz würgen und brachte den Rest des Satzes vor Übelkeit nicht hervor. Aber Verena hatte auch so verstanden. Sie nickte bloß bestürzt. Er trug also tatsächlich auch privat Stirnband.

»Und dann?«

»Hab ich doch alles schon erzählt. Er fiel mir um den Hals.«

»Wie furchtbar!«

»Besser so. Ich konnte ihn grade noch davon abhalten, vor mir auf die Knie zu gehen. Jedenfalls hat er behauptet, du hättest ihm Mut gemacht.«

»Iiich?« Vor lauter Wut schnitt ich mit dem Messer konzeptlos auf meiner bisher unangerührten Pizza herum. Das Stück wollte sich nicht lösen, und so riss ich es mit einem Ruck mit der Hand ab. Zwei Rucolablätter flogen bei diesem ungelenken Kraftakt auf den Tisch, ein Stück Serranoschinken samt Pizza landete halb auf dem Fußboden und halb auf meiner Hose.

»Ich habe ihm gesagt, das könne er komplett vergessen. Er sei nicht dein Typ, und überhaupt, was er sich einbilde.« Ich redete mich so in Rage, während ich versuchte, die Tomate von der Jeans zu tupfen, dass Verena schmunzeln musste.

»Das kriegst du nicht weg.«

»*Den* kriegst du offenbar auch nicht mehr weg. Mann, ich bin doch nicht bescheuert und würde dich an diesen Rammel-Ralf verschachern.« Wir amüsierten uns beide über meine neue Wortschöpfung.

»Weiß ich doch. Aber irgendwas musst du gesagt haben, das ihm Hoffnung gemacht haben könnte. Er war felsenfest überzeugt, dass wir zusammengehören.«

Ich überlegte krampfhaft, während ich ein Stück Pizza unfallfrei in den Mund bugsierte. Die wirklich knusprigste Pizza außerhalb Italiens, wie ich jedes Mal wieder feststellte. Ganz leise vernahm ich, wie mein Unterbewusstsein anklopfte, um mich daran zu erinnern, dass ich sehr wohl etwas zu Rafael gesagt hatte. Was war das nur? Verena half mir auf die Sprünge.

»Und dann fragt er mich, ob ich mit ihm zum Friseur komme, er überlege, ein bis zwei Zentimeter seiner Pracht zu kürzen, wolle ohne meine Genehmigung aber keine Entscheidung treffen!« Verena schüttelte in Gedanken an diesen entwürdigenden Moment den Kopf. »Da hat Andreas, mein Nachbar, glücklicherweise eingegriffen. Er kam dazu, legte lässig seinen Arm um meine Schulter und fragte, wie lange ich ihn noch warten lassen wolle, er wolle mir mal seinen Haarwuchs zeigen. Megapeinlich, aber das vergess ich ihm trotzdem nie.«

»Und Rafael? Hat er's wenigstens kapiert?« Es musste unangenehm für ihn gewesen sein, so ausgebootet zu werden. Andererseits, selbst schuld.

»Der kapiert gar nichts. Er meinte, er würde jetzt zum Friseur gehen und dann könne ich mich ihm nicht mehr lange entziehen. ›Tschüs, du Lenden-Göttin‹, hat er gesagt. Ich schwöre! Dabei hat er mir zugezwinkert.«

»Lenden-*was?*« Ich erinnerte mich daran, wie gekränkt ich gewesen war, als Rafael Verenas körperliche Vorzüge pries.

»Hab *ich* gelacht! Lenden-Göttin hat noch nie jemand zu mir gesagt. Heiß, oder?« Verena kratzte sich kurz am Kopf und hielt inne. »Sag mal, haben Lenden nicht nur Männer? Oder Frauen auch?« Ich stutzte und ratterte im Kopf neun Jahre Biologieunterricht bei Frau Paustius runter, der drögesten Trockenpflaume zwischen D, N und A.

»Meine Biolehrerin hatte bestimmt keine Lenden, erogene Zonen waren für sie so unerreichbar wie für mich Sven aus der 7b. Was weiß ich, Lenden, ist doch egal.« Verena hatte mir gar nicht richtig zugehört, zu beschäftigt war sie damit, die Worte Lende und Frau bei Google in ihr Smartphone einzugeben. Kurz darauf atmete sie erleichtert aus.

»Doch, Frauen haben Lenden.«

»Toll. Aber vergiss den Quatsch jetzt. Ich weiß, welchen Satz er meinte. Ich hab Rafael am Ende geraten, seine Frisur zu überdenken. Das könnte es gewesen sein.« Reuevoll sah ich sie an, weil es mir unendlich leidtat, dass ich meine beste Freundin in eine so rufschädigende Situation gebracht hatte.

»Ach, was soll's. Andreas hatte seinen Spaß. Ich habe schon drei SMS von ihm bekommen: Hallo, lüsterne Lenden-Lady und so ’n Mist. Aber alleine gehe ich nicht mehr zum Zumba. Nur noch mit dir.«

»Wir müssen auf jeden Fall wieder hin. Allein, um zu sehen, ob die Haare so kurz sind, dass kein Stirnband mehr reinpasst.«

»Ich habe früher auch Stirnband getragen«, meldete sich eine Stimme hinter uns zu Wort.

Carl war unbemerkt an unseren Tisch getreten. Selten kam es vor, dass er sich aus seinem »Würz«-Refugium wegbewegte, aber wenn, dann gehörte das »Piazza« zu seinen ersten Anlaufstellen. Der Wirt Mario und Carl hatten ihre Läden schon hier gehabt, als die Kugel Eis noch dreißig Pfennige kostete. Mario war allerdings, im Gegensatz zu Carl, mehr mit der Zeit gegangen und hatte im Laufe der Jahre immerhin zweimal die Wände gestrichen und einmal sein Mobiliar ausgetauscht. Altfränkischen Barock gegen die hippen Hochstühle, auf denen wir gerade thronten.

»Du und Stirnband?« Ich fixierte Carl und seine lange weiße Mähne. »Wahrscheinlich damals ’78 auf Rhodos, als du außer Stirnband sonst nix getragen hast.«

»Na, ein paar Frauen hat er vielleicht noch getragen«, mischte Verena sich grinsend ein. Carl und sie kannten sich inzwischen auch schon seit Jahren. Die Beerdigung hatte sie zusammengeschweißt.

»Die Frauen aber auf Händen. Da könnt ihr euch sicher sein!« Mir gefiel die Vorstellung, dass Carl ein verwegener, knackiger junger Kerl gewesen war und jede Frau um den kleinen Finger wickeln konnte.

»Hast du damals eigentlich auch schon deine Spezialmischung eingesetzt?« Ich spielte auf das Chili-Ingwer-Pulver an, das er so gerne an meinen Liebhabern testete.

»Brauchten wir nicht. Damals war nämlich alles noch …«

»… viel heißer, äh besser«, komplettierten wir den Satz.

»Brauchst du was davon, Verena, für diesen Sportlehrer, über den ihr gerade gesprochen habt?« Wie lange hatte Carl schon neben uns gestanden, ohne dass wir es bemerkt hatten?

»Bloß nicht!«, wehrte meine Freundin entsetzt ab.

»Ich trinke nur schnell einen Wein«, erklärte Carl, als Mario ihm im gleichen Atemzug ein volles Glas brachte. Ein eingespieltes Team. »Ich will euch aber nicht stören, setze mich hier an den Nebentisch und lese Zeitung.«

Wenn Carl glaubte, dass Verena und ich ungehemmt weiterplaudern würden, hatte er sich gewaltig geschnitten. Anstatt das Lenden-Luder-Thema weiter zu vertiefen, erzählte ich von meinen Lottoberichten.

»Verena, du warst im Radio. Ich hab die ganzen Wünsche von euch schon gesendet. Yacht, Kindergarten, Karibikreise und Babysitter.«

»Spielst du eigentlich Lotto?«, fragte Verena.

»Das wollte Markus Röck vorhin auch schon wissen.«

»Wer?«

»Äh, egal, jedenfalls ja, ich spiele. Ich habe aber meinen zerknitterten Schein noch gar nicht gecheckt. Das vergess ich immer, weil man ja mit nix rechnet. Wahrscheinlich würde ich Blödi eh weiter für Motz arbeiten.«

Verena runzelte die Stirn. »Wenn du den Jackpot knackst? Wieso das denn?«

»Eine Studie hat ergeben …«, begann ich zu erklären und wurde sofort unterbrochen.

»Oh Gott, du klingst ja schon wie jemand vom Forschungsinstitut, meine Damen und Herren, durch unsere jahrelangen Studien sind wir zu folgenden Ergebnissen gekommen …«

Ich winkte ab. »Hör auf, dich lustig über mich zu machen. Also, man hat herausgefunden, dass viel weniger Frauen aussteigen als Männer, nachdem sie im Lotto gewonnen haben. Die Nummer ›Tschüs, Chef, ab in die Südsee, mich sehen Sie nie wieder!‹ ziehen eher Männer ab.«

»Selbst, wenn man ein paar Millionen hat?«

»Selbst dann. Frauen sparen, und Männer verzocken gerne mal ihre Milliönchen.«

»Genau wie Kaschi«, meldete sich Carl zu Wort, der uns eigentlich komplett in Ruhe lassen wollte.

»Welcher Kaschi?« Von ihm hatte Carl noch nie etwas erzählt.

»Ach, so einer, der jetzt in 'nem Wohnwagen auf St. Pauli wohnt. Der hat vor langer Zeit ein paar Millionen im Lotto gewonnen, hat die Hälfte verspielt und sich von dem Rest einen super Wohnwagen gekauft, in dem er Würstchen verkauft hat. ›Kaschis heiße Kiste‹ – kennt ihr nicht?«

»Nee, noch nie gehört, glaube ich.«

Carl zuckte mit den Achseln. »Früher war ich da manchmal, macht eine ganz anständige Currywurst, der Kaschi.« Carl verzog das Gesicht, nicht wegen der Currywurst, wie sich herausstellte, sondern wegen der Person, die am Tresen wartete. Frau Resche gönnte sich offenbar eine Pizza to go. Carl schaute schnell wieder weg und versuchte, sein Gesicht hinter der kleinen Speisekarte zu verstecken. Das Gezeter seiner Nachbarin wegen der klammen Wände konnte er sich nach Feierabend gut schenken.

»Jedenfalls haben sie Kaschi vor kurzem den tollen Wohnwagen abgebrannt, keine Ahnung, wer. Jetzt lebt er in so einem ganz alten, kleinen. Sein Geld ist komplett weg.«

»Wieso sagst du das denn jetzt erst? Na, egal. Wo steht der Wagen denn genau?« Eifrig kramte ich mein Notizbuch hervor, weil mein Reporterherz spürte, dass hier die nächste Lottogeschichte lauerte. Carl überlegte kurz, vermutlich war sein Gedächtnis seit seinem letzten Ausflug nach St. Pauli im Bereich Stadtplan eingerostet.

»Wenn man an der Davidwache runter Richtung Hafen fährt, dann in der Straße rechts.«

»Darf er da stehen und wohnen?« Verena war erstaunt.

»Die Polizei drückt alle Augen zu. Solange sie den Brandstifter nicht finden, haben sie Kaschi gegenüber ein schlechtes Gewissen.«

»Ob ich ihn mal besuchen und interviewen darf? Hast du seine Handynummer?« Ich schaute erwartungsfroh in Carls Gesicht. Er bedachte mich mit einem mitleidigen Blick.

»Seine Handynummer? Mensch, Jule, der Kaschi hat gar nichts mehr.«

Verena mischte sich ein. »Du würdest einen Clochard ja auch nicht nach seinem Aktienpaket fragen.«

»Richtig!« Carl nickte. Er setzte sich wieder gerade auf seinen Stuhl. Frau Resche verließ die Trattoria mit zwei großen Pizzakartons.

»Wieso zwei? Ob sie Besuch bekommt?« Ich hatte zwar nicht sonderlich viel übrig für die nörgelnde Nachbarin, aber die Idee, dass Frau Resche im Herbst ihres Lebens ein Rendezvous haben könnte, gefiel mir.

»Quatsch!«, konterte Carl. »Die zweite Pizza ist bestimmt für den Köter. Ekelhaft.« Das war die weniger romantische, durchweg wahrscheinlichere Variante. Bevor das Bild der pizzaschlingenden Resche samt Bonnie auf der durchgesessenen, zugehaarten Couch vorm Fernseher noch realer Gestalt annehmen konnte, wechselte ich wieder das Thema.

»Woher kennst du diesen Kaschi überhaupt?« Es war schon merkwürdig, dass Carl über Menschen in anderen Hamburger Stadtteilen so gut Bescheid wusste. Ein wehmütiges Lächeln packte ihn jetzt.

»Woher ich ihn kenne? Karsten Kaschi Telgmann? Rhodos '78! Wir haben die Frauen gemeinsam auf Händen getragen.«

Verena, die dem Pizzadialog aufmerksam gelauscht hatte, grinste.

Geld allein macht nicht unglücklich.
PETER FALK

Karsten Telgmann war nicht aufzufinden. Keiner auf St. Pauli kannte ihn. Kaschi hingegen kannten umso mehr.

»Ach, Sie meinen Kaschi, ›Kaschis heiße Kiste‹? Sagen Sie das doch gleich. Wie soll der in echt heißen? Na, egal. Da hinten auf dem Hof steht er mit seinem alten Bulli. Sein Würstchen-Wagen wurde ihm abgefackelt. Saukerle!« Der Mann trollte sich und nickte zum Abschied mit seinem Kopf in Richtung Hinterhof.

Mit Mühe öffnete ich ein eingerostetes, knarrendes Tor und stolperte über einen mit Unkraut dicht zugewachsenen Hof. Ein paar alte Räder lehnten an einer Mauer, ein Tisch balancierte auf drei Beinen, und an einer ausgefransten Leine hing Wäsche, die nach dem Grad der Verschmutzung zu urteilen entweder nur auslüftete oder die Waschmaschine das letzte Mal vor Ende des Zweiten Weltkriegs gesehen hatte.

Ich schob ein paar einzelne Socken und ehemals weiße T-Shirts zur Seite und bückte mich, um unter der Leine hindurchzuschlüpfen. Dahinter stand knietief, oder besser felgentief, ein hellblauer, zerbeulter VW-Bulli im Sand. An dem Wagen lehnte das leicht mitgenommene Schild »Kaschis heiße Kiste«.

Auf mein vorsichtiges Klopfen kam keine Reaktion. Etwas energischer versuchte ich es erneut. Nichts. Ich bemühte mich, durch das Fenster zu lugen, was sich bei dem Schlierengrad als schwierig erwies. Diagnose: Auto noch länger nicht gewaschen als die Socken auf der Wäscheleine.

Gerade wollte ich den Rückzug antreten, als sich die Wohnwagentür mit einem Quietschen öffnete. Ein Mann, etwa in Carls Alter, schaute freundlich um die Ecke. Seine eindringlichen Augen waren das einzig Strahlende an ihm, der Rest in etwa so angeschmuddelt wie die Socken auf der Leine. Er trug eine beige kurze Hose, die genauso gut einst weiß gewesen sein konnte. Ein olles T-Shirt hing an seinem überraschend durchtrainierten Körper.

Ich starrte verblüfft auf seine Oberarme und fragte mich, wie es sein konnte, dass sie so muskulös waren.

»Ich trainiere täglich. Als Hanteln nehme ich die alten Schrottteile da hinten.« Statt einer Begrüßung zeigte er auf einen Haufen alter Schutzbleche, Motoren und Autoreifen. »Bringt ganz schön was, oder?«, fragte er grinsend und ließ die Muskeln an seinem linken Oberarm spielen. Nicht überheblich, einfach nur fröhlich.

»Nicht schlecht. Haben Sie mal nachgemessen? Ich habe nämlich gerade gelesen, dass ein Inder den Mucki-Rekord hält. Sein Oberarm hat einen Umfang von knapp achtzig Zentimetern.«

»Beide zusammen?«

»Nee, nee, ein einziger«, erwiderte ich und maß seinen Oberarm gedanklich ab.

»Da muss ich wohl noch mal ran!«

»Befürchte ich auch. Sind Sie Herr Telgmann?« Ich versuchte, den absurden Start der Begegnung wieder in einigermaßen zivile, allgemein gebräuchliche Umgangsformen zu lenken. Mein Gegenüber machte mir einen Strich durch die Rechnung und lachte lauthals los.

»So hat mich ja schon seit Jahrzehnten keiner mehr genannt. Mensch, ich bin Kaschi. Wer bist du denn?« Ich reichte ihm die Hand, die er kräftig schüttelte. Die Größe der Muckis reichte doch vollends aus.

»Jule Claussen, also Jule.« Nachnamen schienen hier Schall

und Rauch zu sein. »Carl schickt mich. Also, ich habe Ihre Adresse von ihm.« Ein spöttisches Zucken spielte um Kaschis Mundwinkel, vermutlich, weil ich den Begriff *Adresse* gewählt hatte. Hinterm Schrottplatz 1.

»Ach, du bist Jule. Das ist ja schön. Komm rein.« Kaschi öffnete die Tür und ließ mich über die kleine eiserne Stiege in seinen Wohnwagen eintreten. »Mein kleiner Palast. Nicht gerade wie bei Königs, aber dafür nervt mich keine Königin!« Aus seinen leuchtenden Augen zwinkerte er mir zu.

»Und jetzt komme ich und nerve Sie.«

»Nee, Prinzessinnen sind immer erwünscht.« Ein unrasierter Charmeur in Badelatschen. »Verehrte Jule, hier befinden Sie sich im Hauptbereich des Anwesens, Schlafzimmer.« Er zeigte auf eine durchgelegene Matratze auf dem Fußboden. »Küche.« Er deutete galant auf eine einzelne Herdplatte, die auf einem wackeligen Tisch stand, bedeckt von alten Kaffeetassen, einer offenen Packung Zucker, halbleeren Keksschachteln und Fantadosen.

»Der ganze Bereich erstreckt sich über acht Quadratmeter. Der Nassbereich ist über die Außentreppe erreichbar. Keine störenden Nachbarn rechts und links, keine Kaution. Nehmen Sie's?« Wie einer dieser schnöseligen Makler bot er seinen Wohnwagen an und brach danach in ein kehliges Lachen aus. Der Kerl machte keine Umschweife. Kaum war ich eine Minute in diesem Wagen, schon fühlte ich mich wie adoptiert. Kein Wunder, dass er mit Carl befreundet war. Apropos.

»Wieso kannten Sie meinen Namen? Hat Carl mal von mir erzählt?« Schon wieder grinste er.

»Ob er mal was von dir erzählt hat? Du bist wirklich lustig!« Mit der Antwort musste ich mich offenbar begnügen. »Was genau bringt dich denn hierher, Jule?«

»Ich arbeite beim Radio, und mein Chef hat mich auf Lottogewinner angesetzt. Ein Hamburger hat den Jackpot geknackt.

Und jetzt soll ich Geschichten über Leute liefern, die schon mal im Lotto so richtig abgesahnt haben.« Während ich erzählte, hatte Kaschi mich sanft in einen zum Sessel umfunktionierten Gartenstuhl gedrückt. Fühlte sich ähnlich unbequem, aber auch ähnlich heimelig an wie auf Carls Orangenkiste. Kaschi selbst hockte sich auf einen alten Holzstuhl.

»Aha. Und da macht sich für euch sensationslüsterne Journalisten natürlich einer besonders gut, der all die Millionen versoffen und verzockt hat, oder?«

Mir war nicht klar, ob es ihn störte, dass das der offensichtliche Grund für meinen Besuch war. Ob er sich über mich ärgerte, über Carl, der mich hergeschickt hatte, oder ob er stolz darauf war, nicht zu den Typen zu gehören, die ihr Vermögen gut und sicher angelegt hatten. Trotz des Schalks im Nacken war schwer zu erkennen, ob Karsten Telgmann nicht doch einen Hals auf sich selbst hatte. Aber plötzlich lachte er wieder laut heraus.

»Würde ich an deiner Stelle genauso machen. Was willste denn wissen, Jule? Komm ich ins Fernsehen?«

»Nee. Nur ins Radio.«

»Schade. Sonst hätte ich mich glatt mal wieder rasiert.« Er fuhr sich mit der rechten Hand durch seinen struppigen Bart. »Das mache ich nämlich nur in ganz besonderen Fällen.«

Ich winkte ab. »Tut gar nicht not. Ich habe mein Mikro dabei und stelle Ihnen ein paar Fragen. Wenn Sie sich verhaspeln, ist das auch egal, das kann man rausschneiden.«

Kaschi inspizierte interessiert das handliche Mikrofon, das ich aus meiner Tasche zog.

»Hat man früher nicht mit so immens großen Bandmaschinen gearbeitet, die fast schwerer waren als ein VW?«

Ich nickte belustigt. »Ja, bei uns stehen auch noch ein paar so antiquierte Teile rum. Wenn Sie möchten, kann ich Ihnen mal eine mitbringen, für Ihr Hanteltraining.«

»Lass mal gut sein, ich bin versorgt.« Er grinste.

Ich versuchte, mich so gerade wie möglich auf dem Gartenstuhl hinzusetzen, um eine einigermaßen würdevolle Position für das Interview einzunehmen. Außerdem ermahnte ich mich, nicht zu sehr mit meinem linken Fuß zu wippen. Das tat ich gelegentlich vor lauter Nervosität, wenn mir etwas sehr wichtig war. In diesem Fall wollte ich einfach nicht, dass Kaschi Carl hinterher erzählte, was für eine Niete er da geschickt hatte. Ein Nachteil des unkontrollierten Wippens war außerdem, dass gerne mal Kakaotassen oder gut gefüllte Teller dran glauben mussten oder zumindest bedrohlich ins Schwanken gerieten.

4,2 Millionen hatte er gewonnen, damals noch in Mark. Ein absoluter Zufall. Kaschi begann, seine Geschichte zu erzählen.

»Ich hatte an dem Tag schlechte Laune. Eine Frau, die mir viel bedeutete, hatte mir den Laufpass gegeben. Sie war in einen anderen verliebt. Na ja, und so vegetierte ich so vor mich hin. Zu der Zeit war ich viel mit Carl unterwegs, wir waren kurz zuvor zusammen auf Rhodos gewesen. Die besagte Frau ebenfalls, war alles ein bisschen kompliziert. Na, egal, lange her.«

Ich lauschte gebannt der Geschichte und schämte mich, weil ich in dieser kurzen Zeit bei Kaschi schon mehr über Carl erfahren hatte als in den vergangenen Jahren von ihm persönlich. Irgendwie war es ein ungeschriebenes Gesetz, dass wir nie über sein Privatleben sprachen. Carl hatte für mich kein Privatleben. Punkt. Nur seinen Gewürzladen. Während andere vielleicht ihre Vergangenheit bekakelten und analysierten, hatte Carl mich stets in die Geheimnisse von Nelken, Pfeffer und Koriander eingewiesen. Das war für mich sein Leben. Über mein verfahrenes Liebesleben redeten wir dafür umso mehr.

Ganz schön egoistisch, schoss es mir jetzt durch den Kopf. Anzunehmen, dass Carl schon immer lethargisch zwischen seinen Orangenkisten gesessen haben könnte. Ich kam mir vor wie eine selbstgefällige Tochter, die ihrem Vater jedwedes Gefühl und

Eigenleben absprach und ihn stattdessen als seelischen Mülleimer verwendete, was dieser ohne jede Klage über sich ergehen ließ. Nachsichtig und aus Liebe.

Jahrelang hatte ich Carl als Vaterersatz missbraucht, dachte ich, und langsam begann mein schlechtes Gewissen, schmerzhaft an meiner Seele zu nagen. Ich ahnte, was Carl zu diesen Gedankengängen sagen würde. »Wenn du nicht sofort aufhörst, solche schwachsinnigen Kopf-Kapriolen zu schlagen, dann kriegst du nie wieder Kakao bei mir. Konzentrier dich jetzt auf dein verdammtes Interview.«

Das machte ich auch sofort. »Und wieso haben Sie dann den Lottoschein gekauft?« Kaschi betrachtete mich amüsiert. Ob er bemerkt hatte, dass meine Gedanken kurzzeitig abgeschweift waren? Wenn er wirklich ein guter Freund von Carl war, dann ja.

»Ich hatte zwei Möglichkeiten: Entweder mich vor lauter Liebeskummer zu betrinken oder etwas Vernünftiges anzufangen. Ich habe mich für die dritte Möglichkeit entschieden und total unvernünftig einen Lottoschein gekauft.«

»Wieso unvernünftig?« Ich fand die Sache mit dem Betrinken um einiges unvernünftiger.

»Na ja, wenn ich mich besinnungslos gesoffen hätte, hätte ich wenigstens noch von einem hilfsbereiten Mädchen aufgefangen werden und eine schöne Nacht mit ihr verbringen können. Das wäre effizienter gewesen, als den Lottoschein auszufüllen. Denn wir beide wissen ja, dass die Chance, den Jackpot zu knacken, bei 1:140 Millionen liegt.« Ja, das wussten wir.

»Da ist es wahrscheinlicher, bei einem Flugzeugabsturz zu sterben«, bestätigte ich.

»Eben. Ich hab trotzdem den Jackpot geknackt. War mir total egal. Ich wollte nur diese Frau. Aber die wollte mich nicht. Da konnten mich auch die Millionen nicht trösten. Und sie wieder zu mir zurückholen sowieso nicht.« Die Liebe besiegte alles, auch ein übervolles Bankkonto.

»Wissen Sie noch, welche Zahlen Sie angekreuzt haben?«

»Ob ich noch weiß, welche Zahlen ich angekreuzt habe? Das wäre in etwa so, als würdest du mich fragen, ob ich noch weiß, welche Augenfarbe meine Angebetete hatte. Die Zahlen hatten alle was mit ihr zu tun. Geburtstag, Geburtsjahr, Gewicht.« Ich schaute erstaunt auf.

»Gewicht? Gingen die Lottozahlen damals weiter als bis neunundvierzig?« Verschämt hielt ich die Luft an und versuchte, meine mächtigen Knie mit den Händen zu bedecken. Der muskulöse Kaschi war offenbar ein Mann, der auf XXS-Frauen stand.

»Jule, du bist herrlich. So seid ihr Frauen. Mann, ich hab die neunundvierzig und die fünfzehn genommen und das zusammengerechnet, dann hatte ich ihr Gewicht, glaube ich. War mir doch wurscht, was die gewogen hat. Ich brauchte Zahlen.« Erleichtert atmete ich wieder aus.

»Okay!«, sagte ich so nüchtern wie möglich. »Und was haben Sie dann mit dem Geld gemacht?«

Kaschi zuckte mit den Achseln. »Das, was ich vorher eigentlich schon tun wollte. Ich habe mich sinnlos betrunken. Verzockt und versoffen hab ich es. Und es in die Mädchen gesteckt.«

Meine Gesichtszüge entglitten kurz, ich unterdrückte ein Lächeln, da die Formulierung mit den Mädchen zumindest zweideutig war. Als Frau sollte man über solche plumpen Scherze zwar nicht lachen, aber ich vermutete seit jeher, dass ich ein Junge werden sollte.

»Und dann war das ganze Geld weg?« Es überraschte mich, dass man umgerechnet rund zwei Millionen Euro so schnell verzocken konnte.

»Ja, das sind viele Schnäpse, Jule, glaub's mir. Aber es war mir egal. Carl hat mich wenigstens noch überredet, den Wohnwagen zu kaufen.«

»Aber nicht den hier, oder?«

»Nein, nein. Ich hatte diesen modernen, in dem ich Würstchen verkauft habe. Das war super. ›Kaschis heiße Kiste‹. Das Schild habe ich ja noch da draußen.« Stimmt. Darüber wäre ich vorhin beinahe gestolpert. »Das war eine tolle Zeit. Das Geschäft lief ganz gut. Ich hatte immer was um die Ohren. Die Leute sind gern zu mir gekommen, die zwei Stühle hier standen vor dem Wohnwagen.« Er deutete auf die Campingstühle, auf denen wir saßen. »Die Stühle haben schon so manch tiefschürfendes Gespräch belauscht. Wir haben über Gott und die Welt, über Fußball und die Frauen gesprochen. Ich sag dir, eine leckere Currywurst löst die Zunge.« Prompt knurrte mein Magen.

»Oh, kann ich dir irgendwas anbieten, Jule? Tee, Kaffee, Snickers?« Ich schüttelte den Kopf.

»Nein, danke, ich trinke gar keinen Kaffee.«

»Ach ja, ihr zwei Kakaotrinker. Verrückt. Das steckt wohl in den Genen. Carl war manchmal hier und hat Currywurst mit meiner Spezialsoße gegessen. Extra scharf. War eine tolle Zeit. So 'ne Art Hassliebe zwischen uns, wenn man das überhaupt sagen kann über eine Männerfreundschaft.«

Ich fand schon, dass das möglich war. Liebe war ja schließlich kein Wort, das nur Paaren vorbehalten war. In Freundschaften steckte oft mehr Leidenschaft als in ausgelutschten, belanglosen, eingefrorenen Beziehungen. Apropos: Ulf hatte schon lange nichts mehr gesagt und von sich hören lassen. Ihn würde ich vermutlich auch bald entsorgen können, wenn er das gedanklich nicht schon selbst längst getan hatte.

Wieder war ich abgelenkt. Kaschi schien es mir nicht übel zu nehmen.

»Und was ist dann mit dem Wohnwagen passiert?«, fragte ich.

»Irgendjemand hat ihn abgefackelt, letztes Jahr. In Hamburg werden ständig Autos angezündet.«

»Ja, das stimmt, zuerst ja eher große Schlitten gut betuchter Hamburger. Aber in letzter Zeit wird auch vorm kleinsten Fiat Panda nicht mehr haltgemacht.«

»Die spinnen. Was das nun mit meinem Wohnwagen sollte, konnte nie geklärt werden. Die Versicherung hat nichts gezahlt, weil sie erst dachten, ich hätte das selbst gemacht. So ein Blödsinn. Vielleicht waren es andere Würstchenbudenbesitzer, denen die Konkurrenz zu groß wurde. Was weiß ich!« Er klang, als würde ihn der materielle Schaden nicht berühren. Die emotionale Enttäuschung saß viel tiefer.

»Wenigstens können Sie jetzt offenbar in Frieden leben.«

Kaschi kratzte sich am Kopf.

»Hier in der Gegend haben sich ein paar Leute zusammengetan, die bei mir immer gegessen haben. Sie haben mich als Hausmeister für den Hinterhof engagiert. Keiner sagt was, wenn ich hier mein Lager aufschlage, dafür fege ich manchmal den Hof durch.« Und so einen Wachhund wie Kaschi zu haben, schadet auf St. Pauli auch nicht, dachte ich mir. Ich konnte mir gut vorstellen, dass seine Loyalität seinen Freunden gegenüber grenzenlos war und er jeden Verbrecher in die Flucht schlagen würde, wenn es darauf ankäme.

»Das sehe ich! Alles blitzblank«, erwiderte ich laut lachend. »Von wem ist der VW-Bulli hier eigentlich?«

»Der Wagen gehörte Carl, mit dem waren wir in Griechenland. Den hat uns damals so ein junger Typ aus unserer Stammkneipe, der irgendwas mit Autos zu tun hatte, besorgt. Der Wagen hat schon lange seinen Geist aufgegeben, und anstatt ihn verschrotten zu lassen, haben wir ihn hierhergeschafft.« Wieder eine Neuigkeit. Ganz vage konnte ich mich daran erinnern, dass Carl einen blauen Bulli gehabt hatte, in dem ich sogar als Kind mal gespielt hatte. Der Wagen musste ja mindestens so alt sein wie ich. »Gelegentlich kommt Carl hierher. Wir reden dann über die guten alten Zeiten.«

Kaschi blickte auf ein Foto in einem Bilderrahmen. Ich folgte seinem Blick und erkannte Carl. Einen jungen, strahlenden, braungebrannten Carl in der Love-and-Peace-Ära, in T-Shirt und Shorts am Strand. Er hielt zwei Mädchen im Arm, die mir entfernt bekannt vorkamen. Zwei wie so viele aus den Zeitschriften in denen Mädchen im Hippie-Look gestylt wurden, mit langen glatten Haaren, Blumenhosen und übergroßen Sonnenbrillen. Kaschi, der das Foto komplettierte, sah genauso ausgelassen, jung und lebenshungrig aus wie die anderen. Happy Hippies eben.

»Weiß die Frau eigentlich, dass Sie mit Ihren Zahlen den Jackpot geknackt haben?« Kurz hatte ich gehadert, ob ich diese Frage stellen konnte, entschloss mich aber dazu, weil ich nicht glaubte, dass Kaschi ein Typ war, der so viele Jahre später noch zusammenklappen würde.

»Nö. Ich glaub nicht. War dann ja auch vorbei. Was soll's.« Kaschi unterbrach abrupt die Gemütlichkeit, erhob sich aus dem Gartenstuhl und öffnete die Tür des Wohnwagens. »Ich muss hier noch ein bisschen aufräumen. Als Hausmeister hat man schließlich so seine Aufgaben.« Mir war klar, dass dies eine Ausrede war und Kaschi noch nie auch nur einen Schlag in diesem verwilderten Hinterhof getan hatte. Vermutlich langweilte er sich elendig.

»Danke für das Interview. Haben Sie ein Radio? Ach ja, da hinten.« Ich entdeckte ein kleines, braunes Gerät, aus dem vermutlich schon in den Siebzigern Janis Joplin und The Doors geklungen hatten.

»Ja, ich schalte es mal ein. Wann läuft die Geschichte denn?«

»Wenn ich mich beeile, noch heute Nachmittag.«

»Schön, dich mal kennengelernt zu haben, Jule. Mach's gut.«

Nur ungern wollte ich diesen Ort verlassen. Ich war mir selbst nicht ganz geheuer. Offenbar fühlte ich mich bei alten Männern am wohlsten, die entweder in dunklen Gewürzlöchern lebten oder in schrottigen Wohnwagen. Immerhin konnte man mir nicht vorwerfen, ich sei ein verwöhntes Luxusweib. Gerne wollte ich noch etwas Kluges zum Abschied sagen.

»Sie haben echt starke Oberarme. Was für einen Umfang haben die denn nun?« Na gut, streichen wir das Wort klug.

»Keine Ahnung, dreiundvierzig Zentimeter vielleicht. Wieso?«

Ich winkte ihm lächelnd zu, trat meinen Rückweg durch die wilde Hinterhofnatur an, und bevor ich mich ein zweites Mal dem Kampf mit der Wäscheleine stellte, drehte ich mich noch einmal um.

»Dreiundvierzig. Falls ich mal Zahlen für einen Lottoschein brauche!«

Glück ist das Einzige, das sich verdoppelt,
wenn man es teilt.
ALBERT SCHWEITZER

Die Sache mit dem Gewicht kam gut an. Unser Moderator André freute sich ein Loch in den Bauch, als er einige Stunden später in der Sendung Kaschi lauschte, der seine persönliche Jackpot-Zahlenkombination erklärte.

»Jetzt stell dir mal vor, die hätte ein Stück Kuchen mehr gegessen und ein Kilo mehr auf die Waage gebracht, dann wäre es mit den sechs Richtigen nichts geworden.« Diese Zwischenbemerkung war selbstredend nicht abgesprochen, und ich erwiderte leise sinnierend, so als würde ich mit mir selbst sprechen: »Ich glaube, eine Richtige wäre ihm wichtiger gewesen als sechs Richtige.« Ob unser Moderator den doppelten Sinn verstand, blieb offen. Ich erwähnte noch, dass er sowieso Unglück im Glück gehabt hatte, da ihm nichts geblieben war, nicht einmal der Wurst-Wohnwagen.

»›Kaschis heiße Kiste‹ ist ein bisschen zu heiß gelaufen, was?« Erwähnte ich bereits, dass unser Moderator zwar ein Mann mit viel Humor war, den Bogen mit seinen Wortspielchen aber gelegentlich überspannte und ins Geschmacklose abdriftete?

»Ist denn nun klar, wer den Jackpot geknackt hat? Hast du ihn gefunden?«

»Nein, das ist ja auch *top secret*. Viele möchten einfach nicht in der Öffentlichkeit stehen. Ich suche weiter, und so lange erzählen wir die Geschichten anderer Lottogewinner in und um Hamburg.«

»Wusstest du eigentlich, dass uns vorhin jemand gemailt hat?« André reichte mir einen Ausdruck, was man eigentlich während eines Live-Gesprächs nicht tat. Aber wann tat André schon einmal etwas, was andere taten. Ich überflog die Zeilen.

»Oh, der Kindergarten ›Stoppelhopser‹.«

»Ja, genau. Du hast doch erzählt, dass sie kurz vor der Pleite stehen. Und weißt du, was jetzt passiert ist?« Ja, ich wusste es, schließlich war ich gerade dabei, die Mail zu lesen.

»Sie haben eine anonyme Spende bekommen?« Das war wirklich eine große Überraschung.

»So war's. Ich habe da gleich mal angerufen.« Bestimmt hatte er anrufen lassen. »Ein Umschlag ohne Absender lag beim Kindergarten im Briefkasten mit jeder Menge Scheinen drin. Die Stoppelhopser konnten ihr Glück kaum fassen. Die Kita ist gerettet, weil du drüber berichtet hast!« André neigte zu Übertreibungen. Wer weiß, ob es tatsächlich an unserem Bericht lag.

»Und vom Absender wirklich keine Spur?«

André zuckte die Achseln. »Kein Name, keine Adresse, auf dem Umschlag war nur ein grüner Aufkleber. Ein Glücksklee!« André spielte noch das Jubeln einer Kindergruppe ein. Sicherlich handelte es sich hierbei nicht um die Stoppelhopser. Das mussten Jubelrufe aus dem antiquierten Geräuscharchiv sein, von Kindern, die inzwischen vielleicht schon stramm auf die Rente zugingen.

Wie gut, dass ich es ausgestellt hatte: Mein Handy gab lautlose Blinkzeichen. Manchmal vergaß ich in der Eile, das Handy auf leise zu stellen, bevor ich ins Studio ging. Unter höchster Androhung von körperlichen Qualen und Honorarabzug schärfte uns Dotz immer und immer wieder ein, unsere kleinen handlichen Spielgenossen in der Redaktion liegen zu lassen, bevor wir einen Auftritt im Studio hatten. Trotzdem schmuggelten wir die Handys gerne mit rein. Demjenigen, der sein Handy während einer Live-Sendung anließ, drohte gar die Todesstrafe. Angeblich würden die Strahlungen die gesamte Studiotechnik außer Gefecht setzen und die Schwerkraft vermutlich ebenso.

Ich hatte einmal miterlebt, wie unser Chef selbst vor großen Namen nicht Halt machte und bei André in die Sendung stürmte, als er dessen Handy in der Live-Sendung klingeln hörte. Mit wutverzerrtem Gesicht durchquerte er im Stechschritt die Redaktion, riss trotz Rotlichts die Studiotür auf und wollte André gerade sein klingelndes Spielzeug aus der Hand schlagen. Der schaute Dotz verwirrt an und konnte ihm gerade noch klarmachen, dass er einfach nur ein vorher aufgenommenes Klingeln per Soundeffekt eingespielt hatte. Dotz' geballte Faust zuckte kurz vorm Ziel zurück. So wütend hatte ich Dotz noch nie gesehen und André noch nie so ängstlich.

Auf diversen folgenden Sommerfesten und Weihnachtsfeiern hatte er im geselligen Teil die Geschichte zum Besten gegeben, wobei er je nach Alkoholkonsum die Story so ausschmückte, dass er sich Dotz mutig in den Weg gestellt habe. Seine Erzählung beendete André jedes Mal mit der Pointe, froh gewesen zu sein, dass Motz nicht bemerkt habe, dass er bei Facebook eingeloggt gewesen sei.

»Claussen, hallo?«

Ich meldete mich leise am Handy, nachdem ich vorsichtig die Redaktion nach meinem Chef abgesucht hatte. Dem traute ich auch zu, dass er sich hinter einem Aktenschrank versteckte, um das Handy einzukassieren. Wie in der Schule.

Wir vermuteten übrigens, Dotz war bloß deshalb so verbittert, weil er mit einem »dieser Teufelsdinger« sein eigenes Leben ausgestellt hatte. Im Grunde war er neidisch auf das Klingeln unserer Handys, wartete er doch selbst seit Jahren auf den Anruf seiner Exfrau, mit der er in einem seiner cholerischen Augenblicke per SMS Schluss gemacht hatte. Sagen wir es mal so: Unser Chef war einfach verstrahlt. Und das hatte mit der Handymastendichte in Hamburg leider rein gar nichts zu tun.

»Hallo, Frau Claussen, Markus Röck hier, ich wollte mal hören, ob Ihr Chef Sie am Leben gelassen hat?« Ein Grinsen breitete sich auf meinen Lippen aus.

»Na, gerade eben so. Er hatte Strick, Arsen und Knarre schon parat.«

»So wie der klang, würde ich ihm alles zutrauen. Der geht doch bestimmt über Leichen.«

»Nur leider ist er nicht totzukriegen«, gab ich zurück. Es machte Spaß, mit Markus Röck zu scherzen, auch wenn er durch die Freisprechanlage schlecht zu verstehen war. »Sagen Sie mal, im Büro sind Sie nie, oder? Sie werden wohl nur dafür bezahlt, dass Sie im Cabrio durch die Gegend fahren.«

»Nee, nee«, lachte er. »Es ist nicht so, wie Sie denken!«

»Das sagen sie doch alle.« Aus dem Augenwinkel bemerkte ich, wie Melanie mich interessiert fixierte. Ich versuchte, mich zu beherrschen, und das Teenagerkichern einzustellen.

»Ich bin auf dem Weg zu einem Finanzberatungsgespräch an einer Autobahnraststätte. Ich *muss* also im Auto fahren.« Der Lotto-Mann klang sichtlich amüsiert.

»Autobahnraststätte?«

Bestimmt hatte ich mich verhört. Im Gegensatz zu unserem Volontär. Daniel versuchte unauffällig jedes meiner Worte mitzuhören, weswegen ich durch die Doppeltür auf den Flur in Richtung Toiletten floh. Daniel hatte mich mitleidig angeschaut, so als könne er es nicht fassen, dass eine Frau meines Alters noch fröhliche Telefonate mit Männern führte. Und dabei rot anlief. Meine Wangen waren tatsächlich gerötet, bestätigte der Blick in den Spiegel auf dem Damenklo.

Kein Wunder, bei jedem Live-Auftritt im Radio schoss mir das Blut in den Kopf. Daniel kannte nur den entgegengesetzten Weg seines Blutes in untere Regionen. Noch wog er sich in Sicherheit, sollte er jedoch noch ein einziges Mal so abfällig grinsen wie eben, würde ich schneller zurückschlagen, als er seinen »Foto«-Apparat bedienen konnte.

»Was machen Sie auf einer Autobahnraststätte?«

»Tanken?«, schlug er vor.

»Wenn ich mich recht erinnere, haben Sie eine Tankstelle gleich um die Ecke in der City Nord.«

»Das stimmt«, erwiderte Markus Röck. »Aber der Tank war noch nicht leer, ich musste ein Stück fahren, sonst hätte sich das Tanken nicht gelohnt.« Mir begann dieses Gespräch richtig Spaß zu machen.

»Jetzt sagen Sie schon, was machen Sie da?«

Er senkte die Stimme und war kaum noch zu verstehen. »Das ist ein Geheimnis. Ich treffe mich mit einem Lottogewinner.«

»Echt? Dem Jackpot-Knacker?«

»Vielleicht. Der hier hat auf jeden Fall ein schönes Sümmchen gewonnen. Ich darf es eigentlich nicht verraten, versprechen Sie, es nicht weiterzuerzählen?«

»Na, klar. Verspreche ich«, sagte ich laut und dachte: höchstens im Radio. Nein, das würde ich selbstredend nicht tun. Markus Röck hatte mir so viele gute Infos zugespielt, ich wollte sein Vertrauen nicht missbrauchen, nur um mir einen beruflichen Vorteil zu verschaffen. Außerdem hatte ich das Gefühl, gerade eher privat mit ihm zu sprechen.

»Der Herr, mit dem ich mich an der Autobahnraststätte treffe, will nicht, dass seine Frau von dem Gewinn Wind bekommt. Er plant, sich von ihr zu trennen, und hofft, dass ich das Geld wegschaffen kann.«

»Wohin denn? Schweiz, Liechtenstein?« Meine Fantasie schlug dreifache Salti. Wie herrlich musste es sein, wenn man mit seinen Milliönchen jonglieren konnte. Ich hatte ja nicht einmal genügend Geld, um es von meinem Konto in die Kasse des Schuhladens zu transferieren.

»Na, mindestens Cayman-Inseln, würde ich mal … Ahnung, was der sich vorst… Ein kleiner Spinner, der meint, er …« Leider kamen Markus Röcks Sätze nur noch abgehackt bei mir an. Ungern wollte ich das Gespräch beenden, aber es hatte bei der Verbindung ja keinen Sinn.

»Sie klingen, als würden Sie eine Klippe runterrauschen und keinen Felsvorsprung auslassen.« Lange Zeit hörte ich gar nichts mehr und befürchtete schon, er und sein schönes Cabrio seien auf dem Klippengrund zerschellt.

»Aha.« Plötzlich war er wieder klar und deutlich zu verstehen. Er musste die Freisprechanlage ausgestellt und das Handy in die Hand genommen haben. Ob Ulf wohl auch einen Punkt in Flensburg und vierzig Euro Strafe für mich riskieren würde?, schoss es mir durch den Kopf. Ulf riskierte ja nicht einmal die paar Cent für einen Anruf bei mir. Aber darüber sollte ich mich erst nach diesem netten Telefonat ärgern.

»Und Sie klingen, als würden Sie gerade Ihr Wohnzimmer von oben bis unten fliesen.« Recht hatte er, ich telefonierte ja aus dem Damen-WC.

»Damit steht es 1:1.«

»Vielleicht sollten wir es noch einmal ohne Telefon versuchen, ich meine, uns zu unterhalten. Wollen wir mal zusammen abends essen gehen? Ich könnte Ihnen erzählen, ob der Gewinner seine Frau überlisten konnte.« Ein Abendessen mit Markus Röck könnte durchaus unterhaltsam sein und über den Kummer mit Ulf hinwegtrösten.

»Das würde mich sehr interessieren, zur Vorspeise. Zum Hauptgang müssten Sie natürlich schon mehr Insiderstorys auspacken, okay?«

»Und zum Dessert erzähl ich Ihnen, wie eine australische Familie dreimal den Lottojackpot geknackt hat – und was das mit der Schwangerschaft der Tochter zu tun hat.«

Markus Röck sollte beim Radio anheuern. Das, was er da

gerade gemacht hatte, war ein lupenreiner Teaser. So nannten wir es in der Fachsprache, wenn man die Hörer verbal lockte, sozusagen heiß machte, um sie bei der Stange zu halten.

Dieses Treffen würde ich mir nicht entgehen lassen, allerdings überlegte ich kurz, ob ich es aufgrund der Themennennung »Schwangerschaft« womöglich doch lieber von Abendessen auf Mittagstisch ändern sollte. Markus Röck schlug aber schon halb acht am kommenden Donnerstagabend vor.

»Wo wollen wir uns denn treffen?«, fragte er mich. »Machen Sie gerne einen Vorschlag.«

»Ich überlege mir was«, versprach ich. »Eines ist aber schon mal klar. Nämlich, wo wir uns *nicht* treffen werden.«

»Na, wo denn?«, wollte er wissen, bevor wir auflegten. Sein amüsiertes Grinsen war unüberhörbar.

»An der Autobahnraststätte!«

GLÜCKSKLEE (Oxalis tetraphylla) *ist eine Pflanze aus der Gattung des Sauerklees. Das vierblättrige Kleeblatt gilt in vielen Kulturen von jeher als Glückssymbol.*

Das Stirnband war weg. Ralf tanzte uns die Zumbaübung ohne wippende Haare vor. Verena und ich stießen uns in die Seite, was nicht zur Choreografie gehörte.

»Oh mein Gott, er hat es tatsächlich getan.« Verena schlug die Hände über dem Kopf zusammen, obwohl seine Hände gerade seitlich zum Körper einsetzten. So asynchron waren wir selten. Mir schoss mein Ratschlag an Ralf in den Kopf, doch seine Frisur zu überdenken, wenn er bei Verena landen wollte. »Wehe, der quatscht mich gleich noch mal an.« Verena visierte ihr Handtuch und die Wasserflasche an, damit sie nach Abpfiff direkt in die Umkleidekabine stürmen konnte.

Aufs Zumbatanzen konnten wir uns diesmal nur peripher konzentrieren. Unsere Mitstreiter rechts und links warfen uns genervte Blicke zu, weil wir durch ungelenke, falsche Schrittkombinationen die anderen komplett aus dem Rhythmus brachten.

»Er hat raspelkurze Haare!« Ich schüttelte entsetzt den Kopf. Mit dem peinlichen Stirnband und den langen Haaren hatte er zumindest noch ansatzweise wie Rafael ausgesehen, mit der neuen megakurzen Frisur wirkte selbst sein eigentlicher Name Ralf zu exotisch. Mindestens fünfzehn Zentimeter Haarpracht mussten auf dem Fußboden des Friseursalons zurückgeblieben sein.

»Es sieht fürchterlich aus!« Verena schüttelte sich angeekelt.

Als die lateinamerikanische Kür wie immer mit einem »Olé« im Nichts verebbte, stand Verena schon an der Tür und sprintete panisch in die Duschen. Einen ähnlich gehetzten Gesichtsausdruck hatten nur Menschen, die abhauten, weil sie gerade etwas geklaut hatten und nicht erwischt werden wollten, oder die sich hinter einer Litfaßsäule versteckten, weil sie auf der anderen Straßenseite entweder die Schwiegermutter oder den Chef entdeckten, bei der oder dem sie sich gerade krank gemeldet hatten.

»Sag mal, war Verena nicht eben noch da?« Ralf war wie ein flinkes Wiesel durch die Zumbateilnehmer getänzelt und neben mir stehen geblieben.

»Äh, was? Nein, äh ja, aber ihr war schlecht, sie ist schnell weg.«

Ralf schaute besorgt. »Was genau hat sie denn? Hat sie auf etwas allergisch reagiert?« Ja, auf dich, du Vollidiot, wollte ich ihn anschreien. Aber das stand mir nicht zu. Immerhin hatte ich schon die Sache mit den Haaren verbockt. »Dabei war ich extra beim Friseur«, sinnierte Ralf weiter.

»Jetzt, wo du's sagst … Ich muss los! Mach's gut.«

In der Umkleidekabine herrschte helle Aufregung. Zunächst befürchtete ich, Verena könne es tatsächlich schlecht gehen. Um sie herum hatte sich eine kleine Gruppe gebildet. Bei näherem Hinsehen stellte sich glücklicherweise heraus, dass meine beste Freundin quietschfidel war. Die Gruppe starrte auch vielmehr auf Helen, die den Umkleideschrank neben Verena belegt hatte.

»Wie kommt das denn da rein?« – »Von wem ist es denn?« – »Wer war das denn?«

Gefühlte tausend Fragen prasselten auf Helen ein, die sie alle nur mit einem Schulterzucken und »Keine Ahnung« beantworten konnte. Sie hielt einen Umschlag in der Hand und blickte ungläubig in die Runde.

»In dem Umschlag sind zwei Freikarten fürs Kino«, brachte mich Verena auf den neuesten Stand.

»Wie kommen die denn da rein?«, fragte ich. Verena und die anderen Mädchen verdrehten die Augen.

»Na, Jule, das ist ja mal eine ganz ausgefallene Frage. Keine Ahnung!« Helen hob und senkte erneut die Schultern, eine im Grunde unnötige Übung, da sie in den vorangegangenen fünfundvierzig Minuten sämtliche Körperteile zur Genüge strapaziert hatte.

»Du bist doch ein bisschen später gekommen. Hast du gesehen, ob sich jemand in die Umkleidekabine an den Spind geschlichen hat?« Andrea schaute mich interessiert an, weil sie hoffte, ich könne die Lösung des Rätsels liefern. Tatsächlich war ich mal wieder als Letzte eingetroffen, das Telefonat mit Markus Röck hatte mich kostbare Minuten gekostet, wovon sich natürlich jede Sekunde gelohnt hatte.

»Nee, ich hab mich schnell in meine Sachen geschmissen. Hier war niemand!« Ich hatte wirklich niemanden bemerkt, war aber gedanklich auch eher noch an der Autobahnraststätte, so dass ich wahrscheinlich auch nicht bemerkt hätte, wenn King Kong und Godzilla hinter meinem Rücken die blonde Frau entführt und gevierteilt hätten.

»Da ist noch was drin!« Helen beendete abrupt meine Gedankenspiele. Aus dem Umschlag zog sie einen Zettel, auf dem eine Nachricht getippt war: »Jennifer Rohse, Babysitterin, Telefonnummer: 0172… Freitagabend, bereits bezahlt. Absolut vertrauenswürdig. Sie weiß Bescheid.« Kaum hatte Helen die Sätze vorgelesen, brach ein Stimmengewirr los.

»Kennst du die Handschrift?«

»Nein, es ist mit Schreibmaschine geschrieben.«

»Ein Name dabei?«

»Nö!«

»Sonst was?«

Helen drehte und wendete den Zettel und die Kinogutscheine. Mir schwante plötzlich etwas. Konnte es tatsächlich sein, *dass …?* Unauffällig griff ich nach dem Umschlag, den Helen achtlos auf die Bank gelegt hatte. Verena beobachtete, wie ich den Umschlag inspizierte. Und tatsächlich. Auf der Rückseite prangte er, grün und klein in der Ecke. Der Glückskleeaufkleber.

»Den Aufkleber kenne ich!«, sagte ich leise. Verena stieß die anderen an und deutete auf mich.

»Es ist total witzig, aber du hast dir doch neulich genau das gewünscht, oder, Helen?« Ich erinnerte mich an den Tag, als ich mit meinen Freunden das Interview zum Thema Jackpot gemacht hatte. Als Holger sich in seinem Größenwahn eine Yacht wie Abramowitsch ersehnt hatte.

»Ja, das stimmt. Als es um die Million ging. Ich wollte einfach nur mal mit Jens ins Kino gehen, ohne Kind.«

Verena zählte eins und eins zusammen. »Das lief im Radio, und plopp!, hast du den Wunsch erfüllt bekommen.« Andere schüttelten den Kopf.

»Gibt's doch gar nicht. Wer macht denn so was?«

»So unwahrscheinlich ist das gar nicht.« Ich fand es selbst erstaunlich und konnte mir nicht vorstellen, wer so genau zuhörte und sich dann die Mühe machte, wildfremder Menschen Träume zu erfüllen.

»Ich habe doch gar nicht meinen Namen gesagt.« Helen verstand die Welt nicht mehr.

»Na ja, ich habe in dem Bericht das Wort Zumba erwähnt.«

»Stimmt, und in Hamburg gibt es nur einen einzigen Zumbakurs, oder wie?«

»Natürlich nicht, aber der Glücksklee. Das ist Wahnsinn!«

»Was meinst du denn genau?« Verena wurde ungeduldig. Immerhin lenkten sie die Kinogutscheine von ihrem unliebsamen Verehrer ab. Ich blickte in die Runde und blieb an Andreas Gesicht hängen.

»Weißt du noch, was du gesagt hast?« Sie kratzte sich am Kopf.

»Ach ja, klar, die Sache mit dem Kindergarten. Die haben große finanzielle Probleme.«

»Jetzt nicht mehr!« Andrea runzelte die Stirn.

»Wie meinst du das?«

»Bei den Stoppelhopsern lag auch ein Umschlag im Briefkasten. Mit genügend Geld, um wieder auf die Beine zu kommen.«

»Das wusste ich noch gar nicht. Das ist ja super!« Andrea freute sich ehrlich. »Aber wie kommst du darauf, dass der Kindergarten etwas mit Helens Gutscheinen zu tun haben könnte?«

Ich hielt den Briefumschlag hoch. »Der Glückskleeaufkleber hier. Der prangte auch auf dem Umschlag für die Stoppelhopser.« Einige der Frauen lachten, andere schüttelten den Kopf, wieder andere schlenderten zur Dusche, weil sie zwei Kinogutscheine nicht ganz so sensationell fanden, wie sie vermutlich eine Yacht gefunden hätten.

Ich fand das alles sehr kurios und überlegte, ob sich vielleicht jemand aus dem Sender einen blöden Scherz mit mir erlaubt hatte. André unter Umständen, er hatte mir ja auch die Mail des Kindergartens vorgelegt. Aber wieso sollte ausgerechnet unser egomaner Moderator auf einmal seine Ader für Mitmenschlichkeit entdeckt haben? Die Idee schlug ich mir aus dem Kopf.

Unsere Hörer waren teils sehr warmherzig und großzügig, brachten gerne Kuchen oder Blumen vorbei. Wieso sollten sie nicht Kindergärten mit Geld beglücken? Sich in Sportumkleidekabinen einschleichen, um Babysittergutscheine zu hinterlegen. Verrückte Vorstellung. Mir gefiel das. Menschen, die mehr hatten als andere und davon etwas abgaben. So wie Rafael versuchte, uns, die wir zu wenig Körpergefühl hatten, etwas von seinem abzugeben. André gab den Hörern etwas von seinem Humor ab, ob sie wollten oder nicht. Und ich gab, ja, mir fiel nichts ein. Ach doch, ich würde gerne etwas von meinem überflüssigen Kniefett abgeben.

»Habe ich dir schon mal was abgegeben?«, fragte ich Verena zusammenhangslos.

»Was? Ja, klar, neulich von deinem Nachtisch beim Italiener. Wieso?«

»Nur so!« Ich winkte ab und war froh, dass ich Verena tatsächlich von meiner Panna cotta hatte kosten lassen. Das war schon eine große Geste, ein viel größerer Verlust, als es für einen Millionär war, einen Tausender springen zu lassen. Aber was sinnierte ich? Um mich ging es hier schließlich nicht.

»Was machst du denn?«, fragte ich Helen, die in ihrer Tasche wühlte. »Suchst du nach noch mehr Umschlägen?«

»Nein, ich will nur Jens simsen, dass wir Freitag ins Kino gehen. Ich finde das total süß. Nicht, dass wir uns das nicht auch so hätten leisten können, aber das ist doch echt nett, wer auch immer von euch das war!« Sie schaute spitzbübisch in die Runde, wir alle kopfschüttelnd zurück.

»Ich war das nicht«, erklang es wie aus einem Munde.

»Soll ich mal Holger anrufen und fragen, ob vor seiner Haustür eine Yacht parkt?« Verena amüsierte sich königlich über den After-Sports-Club in der Umkleidekabine. Leider hatte sie etwas zu laut gesprochen.

»Verena, *chica*, bist du noch da drin?« Rafael musste vor der Tür gelauert haben. Panisch versteckte sich meine Freundin hinter meinem Rücken.

»Bitte, bitte, hilf mir. Eben wolltest du wissen, ob du mir schon mal was abgegeben hast. Ich würde dir gerne was abgeben.« Sie zeigte zur Tür. »*Ihn!*« Mein Zeigefinger ging flink von links nach rechts.

»Nichts da!« Trotzdem ging ich zur Umkleidekabine und hielt mein Handtuch wie zum Schutz vor neugierigen Blicken vor meinen komplett angekleideten Körper. »Verena geht es nicht gut. Habe ich doch gesagt.«

»Kann ich helfen?« Ralf tat sein Möglichstes, um einen Blick in die Umkleidekabine zu erhaschen. Mann, nervte der.

»Lieber nicht. Sie hat Magenprobleme.«

»Gefallen ihr meine Haare nicht?« Ich verdrehte die Augen, kam mir vor wie bei den Stoppelhopsern oder wo auch immer, auf jeden Fall wie im Kindergarten.

»Die Haare sind nicht dein Problem, sondern was ganz anderes. Du hast viel zu wilde, unorthodoxe Schrittkombinationen gemacht, ihr geht's richtig schlecht. Sie muss nach Hause.«

»Soll ich ...«

»*Nein*, ich bringe sie. Du solltest mal lieber ganz still sein. Bist du sicher, dass das echte Zumbaschritte waren? Dabei dürfte einem doch eigentlich nicht so schummrig vor Augen werden, oder?«

Ernst fixierte ich Ralf, der inzwischen einen halben Schritt zurück gemacht hatte.

»Doch, doch, das ist alles korrekt!« Er stammelte so sehr, dass ich den Verdacht hatte, dass er irgendetwas auf dem Kerbholz hatte. Sei es illegaler Zumba-Choreografie-Handel, unerlaubtes Abspielen von Ricky-Martin-Titeln, oder aber er hatte die Zeche beim Friseur geprellt. Es reichte jedenfalls aus, dass er sich seine uralte, aufgeplatzte blaue Adidas-Tasche schnappte und zum Ausgang eilte.

»Den wären wir los!« Verena umarmte mich dankbar.

Wie oft hatten wir uns schon gegenseitig gerettet! In einem gemeinsamen Spanienurlaub vor vielen Jahren hatte ich einem zu hartnäckigen Verehrer von Verena mal als Ersatz die dröge Rezeptionistin auf den Hals gejagt. Als er auf diese nicht angesprungen war, musste Abführmittel herhalten. Verena und ich hatten danach unsere Ruhe. Der Kerl hatte sich in die Arzthelferin verknallt, die ihm persönlich half, das Rezept gegen Darmprobleme einzulösen. Unsere Freundschaft barg einige Geheimnisse, die selbst die Kriminalpolizei im Nachhinein noch würden aufhorchen lassen.

Wir sprangen schnell unter die Dusche, zogen unsere Straßenklamotten an und warteten dann noch ein paar Minuten auf der Bank in der Umkleidekabine, um ganz sicherzugehen, dass wir Ralf nicht doch noch in die Arme liefen. Helen, Andrea und die anderen Damen hatten bereits fröhlich plaudernd das Sportstudio verlassen. Verenas Handy piepste.

»Keine Sorge, es ist nicht Ralf, nur Holli. Nein, er sieht keine Yacht, schreibt er und fragt, ob wir bekloppt sind.« Der hatte wegen seiner immensen Immobiliengeschäfte die lächerliche Yacht wohl schon längst wieder vergessen. Was für ein kurioser Tag. Ich erzählte Verena von Markus Röck und unserer Verabredung.

»Du gehst mit einem Lottotypen essen? Hat er dir verraten, wer den Lottojackpot geknackt hat?« Ich schüttelte den Kopf.

»Vermischen wir da nicht Berufliches und Privates, Frau Claussen?«, ermahnte sie mich mit gespielt ernster Stimme.

»Ach, das ist doch nur so eine Art Meeting.« Wir waren auf dem Weg zum Parkplatz. Verena nahm mich in ihrem Auto mit, um mich zu Hause abzusetzen.

»So, so, ein Meeting. Na, dann pass mal auf, dass dir nicht schummrig vor Augen wird.«

Das Gerücht ist wie Falschgeld:
Rechtschaffene Menschen würden es nie anfertigen,
aber sie geben es bedenkenlos aus.
CLARE B. LUCE

Dotz knallte mir eine. Nicht ins Gesicht, er knallte mir eine Zeitung auf den Tisch. Zwei Tage nachdem Helens Kinogutscheine aufgetaucht waren, und einen Tag vor dem Treffen mit Markus Röck feuerte mein Chef eine ›Hamburger Morgenpost‹ auf meinen Schreibtisch.

»Können Sie mir das vielleicht erklären?« Sein Gesicht war feuermelderrot. Noch nie hatte ich intensiver das Bedürfnis verspürt, einen Krankenwagen zu rufen, so kurz stand Dotz meiner medizinischen Einschätzung nach vor einem Herzinfarkt. Die sollten ihn meinetwegen gleich abtransportieren, noch eine Minute länger mit ihm allein im Raum, und *ich* würde in der Notaufnahme landen.

»Was meinen Sie denn?« Der Versuch, meiner Stimme Gleichgültigkeit und Stärke zu verleihen, misslang kläglich.

»Haben Sie auch schon das Lesen verlernt?« Nein, hatte ich nicht. Die Buchstaben auf der ›Morgenpost‹ verschwammen vor meinen Augen, weil ich so sehr zitterte. Warum nur brachte der Mann mich so aus der Fassung? Langsam schärfte sich mein Blick und wanderte über die Titelseite. Ich erkannte einen modernen Wohnwagen. Davor hing ein Schild, das mir bekannt vorkam. Die Buchstaben auf Seite 1 setzten sich zu einer Schlagzeile zusammen.

»›Kaschis heiße Kiste‹ aufgemöbelt.« Ich traute meinen Augen kaum. Karsten Kaschi Telgmann, mit dem ich vor wenigen Tagen noch in seinem verwarzten Wohnwagen gesessen hatte, thronte vor einem nigelnagelneuen Wagen, der ein Vermögen gekostet haben musste.

»Wieso haben wir das nicht? Wieso lese ich eine Geschichte, die ursprünglich von uns kommt, in der Zeitung?« Dotz spuckte jedes seiner Worte unerbittlich aus und zielte dabei genau auf mein empfindliches Hörorgan.

»Das wüsste ich auch gern«, antwortete ich wahrheitsgemäß.

»Machen Sie sich lustig über mich?« Ich gewann allmählich meine Sicherheit wieder, weil ich die Frage wirklich nicht beantworten konnte. Es war mir ein Rätsel, wie Kaschi innerhalb kürzester Zeit wieder Würstchen verkaufen konnte.

»Versteh ich auch nicht.«

»Wieso haben Sie ihn denn nicht angerufen und nachgehakt?«

Ein kehliges Lachen drang aus meiner Kehle. »Der hat gar kein Handy.«

»Ach nein, und was hat er da in der Hand?« Ich zog die Zeitung näher an mich heran. In der rechten Hand hielt er eine Currywurst, in der linken tatsächlich ein iPhone.

»Das hatte er neulich noch nicht!« Meine Ausrede klang kläglich.

»Meine Mutter war letztes Jahr auch noch nicht tot. Die Dinge ändern sich Claussen, täglich!« Mochte ja sein, dafür hatte ich Kaschi überhaupt ausgegraben. »Klären Sie auf, was da passiert ist. Lesen Sie den Artikel.« Das tat ich gerade und suchte vergeblich nach einem grünen Glückskleeaufkleber. Der war entweder nicht da, oder der ›Mopo‹-Reporter hatte ihn übersehen. Dotz fabulierte unterdessen weiter: »Auf einmal stand der Wagen vor seiner Tür. Sehr, sehr dubios. Und wissen Sie, was merkwürdig ist?«

»Was denn?« Keine Ahnung, was er noch in petto hatte, sein Tonfall verhieß jedenfalls, dass es keine Gehaltserhöhung war.

»Der Kindergarten, Ihre Freundin im Fitnessstudio …« Ich bereute zutiefst, dass ich auf der gestrigen Morgenkonferenz von den Babysitter- und Kinogutscheinen erzählt hatte. »… und jetzt der Wohnwagen. Ich finde es irre, dass sich alles zum Guten wendet, über das Sie berichten.« Dotz lächelte vor sich hin. »Claussen, finden Sie heraus, was genau hinter der ›heißen Kiste‹ steckt. Schließlich haben Sie das Ganze an Land gezogen.« Eben! Sagte ich doch. »Man soll mir nicht nachsagen, ich sei nicht fair.« Genau. Fies, aber fair. »Das ist wirklich toll!« So schnell konnte es bei Dotz gehen. Eben war er noch kurz davor, einen in der Luft zu zerreißen, und kurz darauf war er voll des Lobes. Das war mir zu viel Achterbahnfahrt. Obwohl ich das Lob schon noch gerne mitnahm. Das ist wirklich toll, hatte Dotz gerade gesagt.

»Was ist toll?«, fragte ich nicht ganz uneigennützig nach.

»Na ja«, antwortete Dotz. »Dass ich auf die geniale Idee mit den Lottogewinnern gekommen bin. Ich habe einfach einen Riecher für Storys. Diese Sache mit ›Kaschis heißer Kiste‹ kann uns einen Riesennamen machen, wenn Sie da dranbleiben!« Hatte er gesagt, dass *ich* auf die geniale Idee gekommen bin? Wenn man sehr viel Interpretationsspielraum zuließ, dann konnte dieses erbärmliche Eigenlob von Dotz doch auch den Hauch einer Anerkennung für meine Arbeit beinhalten, oder? Aber wie hatte mein Deutschlehrer schon immer gesagt? Du sollst nicht interpretieren, Jule, halte dich an die Fakten!

Peinlich? Nein, das wäre nicht das richtige Wort. Erbärmlich? Vielleicht ein wenig. Erniedrigend? Ja, das war es. Ich fühlte mich erniedrigt, als ich bei dem Kollegen der ›Morgenpost‹ anrief, um nach Kaschis neuer Handynummer zu fragen. Selbstverständlich hatte ich zuvor alles getan, um genau diesen Schritt umgehen zu können. Einen Redakteur der Konkurrenz um Informationen zu bitten, die man eigentlich lange vor ihm hätte haben müssen, war wirklich das Allerletzte für eine Journalistenseele. Ich hatte sogar die knapp zwanzig Euro für ein Taxi springen lassen, um

Daniel zum Hinterhof auf St. Pauli zu jagen, damit er dort Kaschi und dessen neues Handy ortete. Ausgerechnet der! Ich selbst musste leider auf einer langweiligen Konferenz ausharren zum Thema »Neue Strukturen und bessere Zusammenarbeit im Redaktionsschreibsystem«, nachdem es neulich fatalerweise beinahe zu einem Eklat gekommen wäre, weil uns bei einem Gewinnspiel plötzlich die Telefonnummern der Quizteilnehmer fehlten. Irgendjemand hatte sie, anstatt sie im Schreibsystem auf ewig festzuhalten, auf einen stinknormalen Zettel geschrieben, der daraufhin im stinknormalen Papierkorb gelandet war.

Der Vortrag des Systemadministrators war so zum Gähnen, dass, wie immer nach solchen Konferenzen, beschlossen wurde, das Ganze in einem zehnseitigen Schreiben zusammenzufassen, damit wir es dann nächstes Mal würden besser machen können. Den Spruch hatte ich allein in meiner kurzen Zeit beim Sender schon an die acht Mal gehört. Als ich den Sitzungssaal verließ, war ich mir sicher, dass es kaum eine Gelegenheit gab, eineinhalb Stunden mit weniger Ergebnissen abzuschließen. Ich hatte mich getäuscht.

Daniel kam von seiner Expedition »Kaschi« mit exakt null Ergebnissen zurück. Kein Kaschi, keine Handynummer, der Trottel hatte nicht mal den Hinterhof gefunden.

»Da war nur die Currywurstbude direkt auf der Reeperbahn, aber da war dieser Kaschi nicht.«

»Hat irgendjemand gesagt, du sollst zur Wurstbude auf der Reeperbahn?« Gerade eben so konnte ich meinen Zorn noch im Zaum halten und warf ihm nicht vor, nur auf einen besseren Blick auf die Prostituierten vor der Davidwache aus gewesen zu sein. Es hätte nicht mehr lange gedauert, und ich hätte ihm in meiner Wut noch voreilig die Wohnzimmeraffäre serviert.

»Du hast was von Wurstwohnwagen gesagt.« Daniel checkte seine E-Mails auf dem Handy, während er mit mir sprach. Er war nicht die Spur zerknirscht. Den Rechercheauftrag hatte er schon längst als netten Ausflug zur Reeperbahn abgelegt. Seinen unreifen Freunden würde er am Abend stolz erzählen, dass sein Chef ihn sogar an die ganz schweren Fälle im Rotlichtmilieu ranließ. Da wollte ich lieber nicht Mäuschen spielen.

»Also, zusammengefasst, du hast gar nix auf die Reihe gebracht?«

»Na ja, ich hab mir von dem Geld, das du mir gegeben hast, eine Currywurst gekauft!« Er fand offenbar, dass das ein selbstverständlicher Lohn war für so eine verantwortungsvolle Aufgabe.

»Ach, vergiss es.«

Und so wählte ich widerstrebend die Nummer des Autors Thomas Christen bei der ›Morgenpost‹ und versuchte, meiner Stimme eine gewisse Überheblichkeit zu verleihen.

»Hier ist Jule Claussen von der ›Elbe-Welle‹. Herr Christen? Sie haben doch die Geschichte über Lotto-Kaschi geschrieben, oder?« Beinahe hätte ich abgeschrieben gesagt. Schließlich hatte ich die ganze Story ausgegraben.

Wie so häufig wallte Ärger in mir auf. Wenn ich mich erst einmal völlig irrational in etwas hineingesteigert hatte, häufte ich die kleinen ärgerlichen Punkte alle zu einem großen Wutberg an und verlor die Dimensionen. Dieser blöde Redakteur der ›Mopo‹ hatte doch überhaupt keine Ahnung, was mir diese ganze Geschichte bedeutete.

Er wusste nicht, dass Kaschi ein alter Freund von Carl war, dass Carl mein Vaterersatz war, dass ich selbst keinen Vater hatte, oder besser, ihn nie kennengelernt hatte, dass ich keine Mutter mehr hatte und dass ich offenbar auch keinen Freund mehr hatte, weil Ulf, der gleichgültige Ignorant (ja! doppelt gemoppelt!) sich nicht mehr bei mir meldete – und meine Laune darunter vielleicht ein ganz klein wenig litt. All das wusste der ›Mopo‹-Typ nicht. Für ihn war es eine Story wie jede andere, so ähnlich wie das tägliche Horoskop erfinden.

»Ja, genau. Ich hab das doch bei Ihnen im Radio gehört, dann bin ich hin, und da hatte er gerade seinen neuen Wagen und das Handy entdeckt. War 'ne super Story!« Ich kratzte mich am Kopf. Wie konnte ich ihm die Handynummer entlocken, ohne meinen Kopf zu verlieren?

»Ich müsste Herrn Telgmann noch etwas fragen, also ich nenn ihn natürlich Kaschi, aber mein Handy hat leider seinen Geist aufgegeben, da hatte ich seine Handynummer drin. Könnten Sie mir die vielleicht mal eben geben?« Wer mich kannte, hätte sich totgelacht über meinen Versuch, seriös und huldvoll zu klingen. Ich meinte, auch in Thomas Christens Stimme einen süffisanten Unterton zu vernehmen.

»Na klar gebe ich Ihnen die Nummer von Herrn Telgmann, also, ich nenn ihn natürlich auch Kaschi.« Blödmann. Obwohl, nicht humorlos. Ich hätte es langweilig gefunden, wenn er die Gelegenheit nicht wahrgenommen hätte, mich hopszunehmen. Schnell notierte ich die Nummer.

»Stimmt, ja«, sagte ich. »Eigentlich konnte ich sie auch fast auswendig, hatte nur zwei Ziffern verdreht.« Das war auch typisch für mich. Anstatt Ruhe zu geben, mich zu bedanken und aufzulegen, steigerte ich mich immer weiter rein.

»Grüßen Sie Kaschi schön von mir. Ach ja, ich soll Sie übrigens auch von ihm grüßen. Er wollte Ihnen so gerne persönlich sagen, welch großes Glück er hatte.« Mit diesem Satz hatte Thomas Christen mich eigentlich bloßgestellt, weil klar war, dass ich noch nie die Handynummer besessen hatte.

Er klang aber nicht gehässig, sondern einfach nur amüsiert und freundlich. Von wegen fieser Konkurrent. So bissig waren die Journalisten der anderen Blätter und Sender im Hamburger Medienhaifischbecken wohl doch nicht. Zumindest nicht alle. Kam immer drauf an, wie man ihnen begegnete. Wie er wohl aussah, der Herr Christen?

Gegen ein Treffen in einer Bar zum Austausch weiterer Handynummern von Personen des öffentlichen Interesses hätte ich nichts einzuwenden gehabt und es vielleicht indirekt sogar selbst vorgeschlagen, wenn ich nicht schon dem Abend mit Markus Röck entgegengefiebert hätte. Zu viele Zusatzzahlen waren nicht gut. Aber ich spürte durchs Telefon, dass ich den Kollegen mochte.

»Danke schön«, verabschiedete ich mich. »Und wenn du mal was brauchst, ruf mich gerne an«, wechselte ich unauffällig zum Du über.

»Mach ich, danke.«

»Ach, noch was. Ich hatte die Handynummer gar nicht. Auch die Geschichte mit dem neuen Wagen hab ich von dir.«

»Weiß ich doch. Egal!«

Kaschi ging tatsächlich an sein neues Handy.

»Ja, hallo, hier Telgmann.« Er klang um einiges ernsthafter und gediegener.

»Hier ist Jule Claussen, hallo!«

»Ach, super, Jule. Auf dich hab ich gewartet. Hatte deine Nummer nicht.« Er klang hocherfreut.

»Kann ja mal vorkommen«, warf ich ein und seufzte. »Erzähl mal bitte. Stimmt das wirklich, dass nach unserem Bericht im Radio ein nigelnagelneuer Wohnwagen vor deiner Tür stand?«

»Und stimmt das alles?« André wiederholte live die Frage, die ich kurz vorher Kaschi am Telefon gestellt hatte.

»Ja, genau so war es. Wir haben seine Lottogeschichte im Radio erzählt, dass er das ganze Geld verspielt hat, von seiner unglücklichen Liebe, vom abgebrannten Wohnwagen. Und zack, steht am nächsten Tag ein eins a Wohnwagen vor seiner Tür.« Ich konnte es selbst nicht fassen. Eine Art Samariter hatte Kaschi eine Riesenüberraschung vor die schrottige, verrostete Tür gestellt, einfach so.

»Und ist klar, wer der Spender war?«

»Nein, keinen blassen Schimmer. Irgendjemand Anonymes. Der größte Witz war, dass in dem Wagen schon eine Riesenpackung Currywürste im Kühlschrank lagerte.« André begeisterte sich für das Thema. Das merkte man daran, dass er eine Anschlussfrage stellte, die keinen Zweifel daran ließ, dass er meinen Schilderungen ausnahmsweise aufmerksam gelauscht hatte.

»Und will er seine ›heiße Kiste‹ wieder aufmachen?«

»Ich gehe fest davon aus.« Ich sah vor meinem geistigen Auge, wie Dotz in seinem Büro eifrig in die Hände klatschte und ein Konzept entwarf, wie man die Story würde weiterspinnen können. Besuch und Testessen im Currywurstwagen. Gewinnspiel und Verlosung von einer Woche Mittagstisch für eine Firma in ›Kaschis heißer Kiste‹. Wenn Dotz besonders gehässig war, würde er unseren überheblichen Volontär vielleicht eine Woche in die Wurstlehre schicken, damit dieser dann sein Leben lang den Geruch von Curry, Ketchup, Senf und Fett nicht mehr loswurde.

»Hat Kaschi denn eine Vermutung, wer es gewesen sein könnte?«, fragte André weiter.

Ich schüttelte erneut den Kopf. »Nein, wirklich nicht. Allerdings, und das ist wirklich kurios: Ich habe ihn gebeten, den Wohnwagen genau zu inspizieren und nach einem kleinen Aufkleber zu suchen. Und tatsächlich: Am Schutzblech hinten klebte ein kleiner grüner Glücksklee.« In diesem Moment wachte André vollends aus seiner jahrelang eingeübten Schockstarre auf.

»Ehrlich? Genau wie bei den Kinogutscheinen und dem Umschlag für den Kindergarten?« Ich nickte und fragte mich zugleich, ob ich mich komplett in André getäuscht hatte.

Ich hätte schwören können, dass er bereits eine Sekunde nach Sendungsende sämtliche Themen seiner Show vergaß, inklusive meines und seines Namens. Hier bewies er das Gegenteil. Kaschi war ihm noch geläufig, und selbst die »Stoppelhopser« hatte er im Repertoire.

»Ja, genau der gleiche Aufkleber. Wahnsinn, oder?«

Ich wartete darauf, dass unser Top-Moderator mich entließ und die nächste Musik einspielte. Aber falsch gedacht. Stattdessen rekapitulierte André: »Nur damit die Hörer das richtig verstehen. Du bist auf der Suche nach dem neuesten Hamburger Lottogewinner, der anonym bleiben will, machst deshalb Berichte über Lottogewinner und solche, die es mal werden wollen.« Solch einen langen Satz hatte André noch nie eigenständig formuliert. Ich war beeindruckt. »Dann erzählst du von einer Kita, die eine Finanzspritze braucht, von einer Frau in deinem Sportclub, die sich von einem Lottogewinn einen Babysitter und einen Kinobesuch leisten würde. Und du besuchst Kaschi, dessen ›heiße Kiste‹ vor einiger Zeit abgebrannt ist. Und was passiert? Jedes Mal, nachdem du darüber im Radio berichtet hast, kommt eine geheime Fee und schüttet ihr Goldsäckchen über der jeweiligen Person aus! Lässt einen Glückskleeaufkleber zurück. Und keiner weiß, wer es war.« War alles einwandfrei wiedergegeben. André würde ab sofort keine vorgeschriebenen Texte mehr von mir bekommen, beschloss ich.

»Genauso war es«, sagte ich. Ich schielte zur Uhr, befürchtete, dass wir längst die strikt festgelegte Sendezeit überschritten hatten. Aber das konnte André nicht abhalten, weiter nachzuhaken. Er ließ mich noch nicht von der Angel, würde Motz später feststellen.

»Ich komme nur zu einer Lösung«, beendete André seinen Monolog. »Könnte es sein, dass *du* der Glücksbringer bist?«

Ich starrte ihn entgeistert an, so als habe er gerade behauptet, ich und nicht Monika Lewinsky sei die Geliebte von Bill Clinton gewesen.

»Na, klar!«, erwiderte ich mit ironischem Unterton. »Ich habe ja auch den Lottojackpot geknackt, und mit dem Geld mache ich heimlich Wünsche wahr.« Eine Sache, die ich leider vergessen hatte: Im Radio funktionierte viel. Fröhlichkeit, Schleimerei,

Freundlichkeit, Arroganz, Lügen und Gerüchte funktionierten sogar ganz wunderbar, aber keine Ironie. *Niemals!* Das lernte man gleich zu Beginn seiner Laufbahn als Radiojournalist, und es sollte mir jetzt zum Verhängnis werden.

»Das ist ja total irre!«, antwortete André kopfschüttelnd und beinahe ehrfürchtig. Immer noch waren wir live on air. »Du bist also die anonyme Glücksbringerin und hast die Millionen auf dem Konto. Und trotzdem arbeitest du hier, als wenn nichts wäre?«

Ich wollte gerade protestieren und sagen, dass das alles nur Spaß war, ein großes Missverständnis, aber André hatte mir den Hahn, sprich mein Mikrofon, schon zugedreht. Zurück blieben Zehntausende Hörer, die dachten, ich sei die Lottogewinnerin, nach der ich seit Tagen suchte. Ich suchte mich also sozusagen selbst. Wie bescheuert war *das* denn! Ich versuchte zu retten, was noch zu retten war.

»Sag mal, spinnst du? Was erzählst du denn da?«

»Wieso?« André verstand die Aufregung nicht. »Du hast es doch selbst erzählt.«

»Das war ein Spaß.« Niemals hätte ich gedacht, dass man meine Ironie nicht sofort verstehen würde. Ich hätte mich sonst wohin beißen können, weil ich mir mit einem dahingesagten Satz vermutlich einen Riesenärger eingebrockt hatte.

»Ist doch egal, jetzt ist es raus. Wahrscheinlich wolltest du es nicht erzählen, damit dich nicht alle anbetteln. Wie viele Millionen hast du gewonnen?« Ein Schwall Hitze durchzog meinen Körper, mir wurde ähnlich schwindelig wie Verena neulich beim Zumba. Was passierte hier gerade?

»Ich habe noch nie was im Lotto gewonnen«, spie ich André nahezu hysterisch entgegen.

»Ja, ja, alles klar, aber mach dir keine Sorgen, ich sag's keinem weiter!« André lachte sich scheckig. »Was stellst du denn jetzt an mit dem Geld?«

»Gar nichts!«, schrie ich.

»Typisch Frau. Millionen gewinnen, aber schön weiter bei Penny an der Kasse sitzen und sich nichts trauen.« Hatte ich André eben noch für seine aufmerksame Gesprächsführung gelobt? Ich nahm alles zurück.

Gerade überlegte ich, wie lange ich unentdeckt bliebe, wenn ich André sein Mikro ins Auge rammen oder ihn mit der Schnur des Kopfhörers erwürgen würde, als die Studiotür von Dotz aufgestoßen wurde.

»Also, das ist ja wohl die Höhe!« Er schrie noch ein paar Oktaven lauter als ich eben. »Wie haben Sie uns denn bitte an der Nase herumgeführt, Claussen. Den Lottojackpot knacken und dann noch Berichte darüber vorschlagen.« Er scannte mich abschätzend mit einem bohrenden Blick.

»*Ich* habe das doch nicht vorgeschlagen. *Sie* haben mir den Auftrag gegeben.«

»Du hast es zugegeben!«, feixte André.

»Papperlapapp«, unterbrach uns Dotz.

Er und André hatten sich so in die Jackpotgeschichte reingesteigert, dass sie keine rationalen Gedankengänge mehr anstellten. Denn dann wäre ihnen vielleicht aufgegangen, dass es noch unwahrscheinlicher war, im Lotto zu gewinnen, als mit einem Flugzeug abzustürzen. Und eine Radioreporterin zu sein, die einen Lottogewinner suchte und dann selbst den Jackpot geknackt haben sollte, ging rein rechnerisch in den ganz unteren Minusmöglichkeitsbereich.

Aber Dotz hatte sich festgebissen. Unterstrichen wurde diese fatale Fehlinformation noch durch eine launige Moderation von André. Ohne dass ich eine Möglichkeit gehabt hätte, mich zu wehren, sagte er, dass die Lottojackpotgewinnerin gefunden sei, seine Kollegin Jule Claussen nämlich. (Herzlichen Dank auch für die erneute Namensnennung!) Und dass er die Hörer selbstverständlich in den kommenden Tagen auf dem Laufenden halten würde, was ich mit dem Geld anstelle, ob ich so eine spießige Anlagemaus sei oder doch eher auch mal was raushaue, zum Beispiel eine Runde schmeiße für den ganzen Sender.

»Ich wäre froh, wenn ich mir meine Traumstiefel leisten könnte!«, sagte ich den Tränen nahe, als Dotz mich wieder feindselig ansah. Aus der Nummer würde ich so schnell nicht mehr rauskommen. Schließlich wusste man doch, dass alles, was in der Zeitung stand oder im Radio gesagt wurde, stimmte.

Mich erinnerte das Ganze an einen schlechten Krimi: Nach Tagen der Jagd auf den Serienkiller konnte man ihn noch immer nicht dingfest machen. Da musste ein Kleinkrimineller herhalten, den man in U-Haft stecken konnte, um die Bürgerinnen und Bürger wieder einigermaßen zu beruhigen. Nach der glücklosen Suche nach dem richtigen Lottomillionär waren meine Kollegen offenbar ungeduldig geworden. Der Gewinner musste endlich her! Sonst sprangen die Hörer ab. Und deshalb steckten sie jetzt einfach mich gewissermaßen auch in U-Haft. Adieu, freies Leben! Aber wer konnte es meinen Kollegen auch verdenken. Äh, ja doch: *Iiiich!*

Warum hatte ich nicht die Klappe gehalten? Ich hätte die Intelligenz meiner Gegner nicht überschätzen sollen. Die glaubten noch, was man sagte.

Ich wagte nicht, mir auszumalen, wer eben alles zugehört hatte. Mein alter Mathelehrer vielleicht, der fand, ich konnte noch nie mit Zahlen umgehen. Mein erster Freund Niklas, der mir in der zweiten Klasse versprochen hatte, uns als Erwachsene eine Traumvilla mit Murmelbahn zu kaufen. Oder aber die Frau im Eisladen, der ich immer noch dreißig Cent schuldete, weil ich neulich nicht genügend Kleingeld zur Hand hatte, aber unbedingt drei Kugeln haben wollte.

Ich bekam prompt ein schlechtes Gewissen, weil all diese Menschen jetzt dachten, ich sei stinkreich und megageizig, obwohl mein Kontostand in Wahrheit schon am Dispo kratzte. Von wegen, lass die Leute reden. Vielleicht sollte ich meine Bankberaterin in die Sendung einladen? Besser nicht. Mit der wollte ich so schnell keinen Kontakt haben, sonst würde sie mich wieder nach meinen festen Einnahmen fragen. Sie hatte Schwierigkeiten zu glauben, dass meine Honorare von Monat zu Monat variierten, je nach Auftragslage.

»So sind Sie, Claussen. Die Millionen auf dem Konto scheffeln, aber der Hansen die Lottobeiträge nicht gönnen.«

Dotz' gehässige Kommentare waren absolut lächerlich. Ich war pleite. Das wussten alle. Carl wusste es, meine Kollegin Melanie auch. Die mich jetzt allerdings sehr befremdlich musterte, als ich durch die Redaktion ging. Keiner sagte ein Wort, bloß Daniel fragte vorlaut, ob das echt stimme oder ob ich was mit dem Schneider aus der Elbchaussee angefangen hätte. Selbst diesen dreisten Spruch ignorierte ich.

Jeder wusste, dass ich mich finanziell übers Monatsende rettete. Der kalte Schweiß lief mir den Rücken runter, als mir aufging, dass ich sehr häufig mit neuen Klamotten in die Redaktion kam und gleichzeitig jammerte, dass ich mir diese gar nicht leisten konnte. Ob tatsächlich alle dachten, das sei gelogen? So ein Quatsch. Kein Mensch würde glauben, was André durchs Radio posaunt hatte. Nicht, dass ich die Aussicht auf einen rosigeren Kontostand nicht durchaus aufmunternd gefunden hätte, dachte ich in einem Anflug von Sarkasmus. Vielleicht sollte ich mir mal einen Kontoauszug ziehen. Man wusste ja nie, unter Umständen prangte auf dem Auszug eine Zahl mit sechs Nullen. Quatsch.

Verena wusste, dass ich liebend gerne mit ihr in die Karibik geflogen wäre, was absolut unrealistisch war. Ich hatte sogar lange hin und her überlegt, ob ich mich in dem Sportclub anmelden sollte. Aus Angst, einmal zum Zumba zu gehen und danach noch monatelang den Beitrag zu zahlen, so wie es etliche Sportstudioambitionierte rund um Neujahr taten, um dann nach spätestens drei Übungseinheiten eine eher passive Mitgliedschaft einzugehen.

Kein Mensch würde es glauben. Morgen wäre der Spuk vorbei, und ich könnte weiter auf die Suche nach dem wahren Gewinner gehen. Ich atmete frei auf, als ich ins Freie trat, etwas frustriert zwar, aber sicher, dass sich alles aufklären würde. Ich dachte an Markus Röcks goldene Regeln für Lottogewinner. Regel Nummer eins besagte, dass man niemandem im näheren Bekanntenkreis vom Lottogewinn erzählen sollte. Wie wahr, dachte ich, als mein Handy klingelte.

»*Waaas*? Warum hast du das denn nicht erzählt?«

Geld allein macht nicht glücklich,
aber in einem Taxi weint es sich besser als in der Straßenbahn.
MARCEL REICH-RANICKI

Ich war mir nicht sicher, ob sie es mir wirklich abkaufte.

»Aha, du hast also nicht im Lotto gewonnen?«, fragte Verena. Sie klang ähnlich skeptisch wie damals in der Vierten meine Klassenkameradin Sandra, als ich ihr weiszumachen versuchte, ich hätte ihren Schwarm nicht geküsst.

»Natürlich habe ich ihn nicht geküsst, äh, nicht geknackt, meine ich.«

»Du bist ja total durcheinander«, bemerkte Verena. »Brauchst du Hilfe?« Ich kicherte hysterisch.

»Du meinst beim Ausgeben des Geldes?«

»Mensch, Jule.« Inzwischen war mir alles egal. Mit meiner Freundin Verena würde ich ja wohl Scherze über mein angebliches Millionenvermögen machen können. Mir entging, dass ihre Sätze weiter diesen fragenden, zögernden Unterton hatten.

»Du kannst dich ja mal ein wenig ausruhen. War bestimmt ein anstrengender Tag.« Ich nickte erschöpft, was Verena durchs Telefon nicht sehen konnte. Ich sehnte mich nach meinem Bett und nach Carl. Also, nicht zusammen. Nacheinander. Logisch. Ich musste wirklich durcheinander sein, dass ich schon so wirre Verknüpfungen anstellte.

»Wollen wir uns morgen treffen?« Verena sagte sofort zu.

»Das trifft sich gut. Könntest du mir vielleicht helfen, ein Bett abzuholen?« Verena erzählte, dass sie bei eBay ein günstiges Rattanbett gefunden hatte, das im Laden gleich um die Ecke viermal so viel kostete. Sie war geradezu euphorisch ob des Schnäppchens und hoffte, dass ihr niemand das Bett vor der Nase wegschnappte. Mit der Besitzerin war sie sich im Grunde einig.

»Hilfst du mir, es in mein Auto zu schleppen und aufzubauen?«

»Na klar!«, antwortete ich.

»Oder kaufst du nichts Gebrauchtes mehr?«, hörte ich Verena fragen. Vermutlich hatte ich mich verhört.

»Hol mich einfach morgen ab. Vielleicht melde ich mich krank und gehe zu Carl, um abzuschalten.«

Wie nach einer durchzechten Nacht fühlte ich mich, als ich am nächsten Morgen im »Würz« auf meiner Orangenkiste saß. In der Nacht hatten die Träume Purzelbäume geschlagen. Geldscheine über Geldscheine wirbelten durch die Luft, die Dotz aus einem Aquarium auf mich warf. Die Scheine verwandelten sich in Aale, und Markus Röck verfrachtete mich in sein Cabrio, das allerdings in einem Meer an ausgefüllten Lottoscheinen versank. Ich wühlte mich durch den Haufen, um den einen, wahren Jackpotschein zu finden. Verena zog mich aus dem Auto in ein Flugzeug, wir landeten in der Karibik in einem Hotel, in dem Ralf Stirnbänder verkaufte, und an der Bar stand Carl, der aus einer Million Sorten Kakao wählen konnte.

»Möchtest du wieder den mit Orange?« Carl wedelte vor meinen Augen mit der braun-orangefarbenen Dose, die ich neulich ausgesucht hatte.

»Ja, gerne!« Mir war es komplett egal, was er mir in die Tasse schenkte. Ich hätte vermutlich nicht mal gemerkt, wenn er mir Tee oder Fleischbrühe serviert hätte.

»Carl, alle Welt denkt, ich hätte im Lotto gewonnen.«

»Ich weiß«, antwortete Carl mit der Ruhe eines Menschen, der schon viel größere Dramen als einen schnöden falschen Lottogewinn erlebt hatte. »Und, hast du?«

»Quatsch. Natürlich nicht. Das ist ein Missverständnis. Der Vollidiot von Moderator hat mich da in was hineingetalkt.«

»Was hat er gemacht?« Carl konnte manchmal echt nerven. Ausgerechnet jetzt wies er mich darauf hin, dass er Anglizismen in der deutschen Sprache total uncool fand.

»Er hat mich reingelegt. Ich habe kaum einen Euro auf dem Konto. Ich könnte mir nicht mal die Zweihundertneunundvierzig-Euro-Stiefel leisten.« Carl hielt in der Bewegung inne. Gerade hatte er die Kakaotasse zum Mund führen wollen.

»Zweihundertneunundvierzig Euro? Hast du nicht neulich was von fünfzig Euro gesagt?« Mit jedem Wort machte ich die Lage schlimmer. Ich erinnerte mich, dass ich Carl einen Preis genannt hatte, der aus Zeiten seiner Einschulung stammte, bloß um ihn nicht zu schocken. Die Diskussion um den unerbittlichen Preisanstieg würde ich jetzt nicht überleben.

»Stimmt, du musst dich verhört haben bei dem Preis.« Ich ließ offen, von welchem Preis die Rede war.

»Also, du hast nicht im Lotto gewonnen?«

»Nehein!« Wie oft würde ich die Frage in nächster Zeit noch beantworten müssen?

Bevor ich ins Bett gefallen und mich auf die Traum-Achterbahnfahrt begeben hatte, hatte ich noch schnell via Onlinekonto gecheckt, ob nicht möglicherweise ein Glücksbringer mein Konto großzügig aufgefüllt hatte. Aber nichts. Weder bunte Geldscheine noch grüne Glückskleeaufkleber waren zu finden.

»… sonst hätte ich zwei Lottogewinner gekannt.« Den Anfang von Carls Satz hatte ich nicht mitbekommen.

»Stimmt. Darüber wollte ich eigentlich mit dir reden. Du kennst Kaschi ja richtig gut. Ihr wart zusammen im Urlaub.« Carl zuckte nur mit den Schultern.

»Ja, damals in Griechenland.«

»Das hast du mir nie erzählt.«

»Du hast nie gefragt!« Das hatte ich mir ja bereits selbst

angekreidet. Dass ich Carls Privatleben seit jeher ausgespart hatte. Peinlich berührt ließ ich eine Handvoll Paprika in einen Jutesack rieseln. Immer, wenn mir etwas unangenehm war, versuchte ich mich mit irgendwelchen Spielereien abzulenken.

»Lass den Paprika in Ruhe, er kann nichts dafür.« Durch die sich überschlagenden Ereignisse und die aufwühlenden Verdächtigungen rund um meinen angeblichen Gewinn hatte ich die entscheidenden Fragen an Carl verdrängt. In der Ruhe der bekannten, wohligen Umgebung fielen sie mir wieder ein.

Ich erzählte Carl von den grünen Aufklebern und fragte ihn, ob er wusste, dass Kaschi einen neuen Wohnwagen geschenkt bekommen hatte, anonym.

»Ja, das hat er mir ja gestern erzählt.«

»Du warst da?«

»Nein, er war hier.«

»Wann das denn?«

Carl zuckte die Schultern. Ihm war es egal, ob es vormittags halb elf oder kurz vor Feierabend war. »Irgendwann um die Mittagszeit, glaube ich.«

Ich schloss die Augen, und mein Zwerchfell begann zu beben. Auf und ab ging es, so sehr schüttelte mich mein Lachen. Gegen Mittag hatte ich Daniel per Taxi zu Kaschi nach St. Pauli gejagt, während der hier im »Würz« saß.

»Was hat er dir denn noch von unseren Reisen erzählt?« Carl war schon einen Schritt weiter.

»Wie, was erzählt? Nix. Ach so, doch, von seiner großen Liebe vor tausend Jahren. Aber, findest du es nicht unglaublich, dass ihm jemand den Wagen schenkt?«

»Doch, das ist ein Ding. Ist doch super. Endlich verkauft er wieder Currywürste.« Mir lief selbst zu dieser frühen Stunde das Wasser im Mund zusammen. Etwas Fettiges mit einer riesigen Portion Pommes könnte ich jetzt auch gut vertragen. Auch wenn Ulf anderer Meinung war. Nach der gestrigen Aufregung hatte ich das Essen eingestellt, was bei mir nie länger als vierundzwanzig Stunden anhielt.

»Ich finde ihn richtig nett und lustig, den Kaschi. Hat er wirklich so viel in Spielhallen rumgehangen und sein Geld verdaddelt und versoffen?« Ich wählte absichtlich den Begriff versoffen, um Carl zu provozieren, der ja schließlich Kaschis Freund war, diesen aber offenbar nicht von seinen Fehltritten hatte abhalten können.

»Ja, kann schon sein. Er hat nicht so viel über das Geld gesprochen.« Merkwürdige Freundschaft. Verena und ich würden stundenlang darüber reden, wenn eine von uns so eine Stange Geld zur Verfügung hätte. Ich erschrak über mich selbst, hatte ich doch glatt vergessen, dass halb Hamburg genau das von mir dachte. Der betörende Duftmix aus Zitronengras, Kräutern der Provence und Anis hatte mir das letzte Fünkchen Verstand vernebelt.

»Kaschi würde übrigens gerne noch mal mit dir sprechen, um dir die Geschichte mit dem Wohnwagen zu erzählen.« Carl erhob sich in Zeitlupe aus seinem Sessel und schlurfte in Richtung Küche.

»Die kenne ich doch schon längst.« Ich erinnerte mich an das Telefonat mit Thomas von der ›Mopo‹.

»Ach so!«, meinte Carl und drehte sich wieder um. »Dann brauchst du seine Handynummer ja gar nicht mehr. Die hatte er extra hiergelassen.«

Das Läuten der Ladentür bewahrte mich davor, mir selbst an die Stirn zu schlagen. »Warum in die Ferne schweifen? Sieh, das Gute liegt so nah!«, traf offenbar auch für Handynummern zu. Egal, abgehakt. Ich hatte ganz andere Probleme. Und Carl erst.

Maria Resche stand mit einem kämpferischen Gesichtsausdruck in der Tür. Wie immer einen Schritt drin, einen Fuß auf der Treppe. Hinter ihr hatten sich zwei weitere Mieter platziert, die sich nicht richtig reintrauten. Sie sahen so aus, als seien sie überredet worden, an einer Demonstration teilzunehmen, würden aber viel lieber in der warmen Badewanne liegen. Apropos Badewanne.

»Der Keller steht unter Wasser!«, zeterte die Resche los. »Das machen wir wirklich nicht mehr mit. Wann gedenken Sie, etwas zu tun?« Carl seufzte. Der Kakao würde kalt werden, bis das Kellerthema gelöst war.

»So tief Wasser. Bonny wäre fast ertrunken.« Theatralisch zeigte meine Nachbarin auf ihre Knie. So hoch sollte das Wasser bei uns stehen?

»Na, na, nun übertreiben Sie mal nicht. Es hat ja gar nicht geregnet.« Carls Laune konnte so schnell niemand trüben, zu oft hatte er sich schon das Gemecker von Frau Resche angehört.

»Herr Reblien und Frau Schnatt machen da auch nicht mehr lange mit.« Maria Resche winkte die beiden heran, die zögerlich von einem Fuß auf den anderen traten.

»Lassen Sie bitte jemanden kommen, der sich drum kümmert«, bat Herr Reblien und machte auf dem Absatz kehrt. Frau Schnatt folgte ihm prompt.

»Sie interessieren sich nicht für Ihre Mieter!«, bemängelte die Nörglerin.

»Ich kümmer mich schon drum, keine Sorge. Kümmern Sie sich mal um Ihren Hund. Vielleicht sollten Sie ihm das Schwimmen beibringen.« Maria Resche drehte sich zur Seite, ich hatte das Gefühl, einen wehmütigen Zug um ihre Augen zu erkennen. Ihr Hund war offenbar ihr Ein und Alles, und die Vorstellung, dass er in den Fluten des Kellers ertrinken könnte, schien sie aus der Fassung zu bringen. Carl war manchmal aber auch wirklich etwas gefühllos.

»Ich komme mal mit«, bot ich an und leerte meine Kakaotasse. Carl machte keine Anstalten, sich den Keller anzuschauen. Kurze Zeit später stand ich wieder kopfschüttelnd im »Würz« und nahm innerlich zurück, dass ich Verständnis für Maria Resche hatte aufbringen wollen. Sie war die griesgrämigste Nachbarin, die man sich vorstellen konnte, und übertrieb maßlos.

»Na, wie hoch steht es denn?«, fragte Carl lapidar, weil er diese und ähnliche Szenen schon x-mal erlebt hatte.

»Von wegen knietief«, gab ich erschüttert an. »Es ist eine winzige Pfütze.«

Carl winkte ab. »Oder der Köter hat das ganze Wasser eben weggesoffen!«

Der Schneeball und das böse Wort,
sie wachsen, wie sie rollen fort.
Eine Handvoll wirf zum Tor hinaus.
Ein Berg wird's vor des Nachbarn Haus.
WILHELM MÜLLER

Mit Gerüchten verhielt es sich ähnlich wie mit Grippeviren. Sie verbreiteten sich rasend schnell und konnten einem sehr unangenehm zu schaffen machen. Mir schwante, dass die Behauptung, ich hätte im Lotto gewonnen, nicht nur positive Resonanzen einbringen würde.

Ich erinnerte mich an meinen Schulkameraden Jan, über den in der Grundschule völlig zu Unrecht das Gerücht aufgekommen war, seine Eltern hätten ein Schwimmbad. Hinter seinem Rücken fielen Begriffe wie Snob und Muttersöhnchen. Nie war ganz klar, wie es dazu eigentlich gekommen war. Vermutlich hatten wir unsere Hobbys aufgezählt, und Jan war nichts Besseres als »schwimmen« eingefallen. Aus dem Schwimmen wurde ein Schwimmbad, so wie in den Fantasien der Kinder schnell aus einer Hütte ein Palast wurde.

Wochenlang triezten wir Jan, weil er uns nicht zu sich nach Hause und in sein Schwimmbad einladen wollte. Wir wechselten die Straßenseite, wenn er uns auf dem Schulweg begegnete, und ließen ihn nicht mehr abschreiben. Jemand, der Eltern hatte, die sich ein Schwimmbad leisten konnten, brauchte keine guten Zensuren, befanden wir. Er würde sowieso die Firma des Vaters übernehmen. Selbst unsere Eltern spielten mit.

Eine Mutter erklärte beim Abendbrot, dass ihr Jans Vater sowieso suspekt sei, weil er auf einen Elternabend gekommen sei und sich für mehr Sportunterricht eingesetzt habe. Vielleicht war es auch um die Anzahl der Mathematikhefte oder den Kreidevorrat gegangen. Außerdem habe er, so hatte es die Mutter beobachtet, die Klassenlehrerin sehr offensiv angelächelt. Was davon nun stimmte, wusste im Nachhinein keiner mehr so genau. Der Tenor jedenfalls war, dass nur ein sehr reicher Vater, der ein Schwimmbad besaß, so früh die Arbeit verlassen und seine Angestellten schuften lassen konnte, um auf dem Elternabend seinen unnötigen Senf dazuzugeben, während die Mutter bei der Maniküre war.

Irgendwann einmal stellte uns Jans ältere Schwester Sabine auf dem Schulhof zur Rede. Sie wollte wissen, warum ihr Bruder sich jede Nacht in den Schlaf weinte. Sabine war wirklich sehr mutig. Kleinlaut murmelten wir etwas von einem Schwimmbad und sozialen Ungerechtigkeiten (auch wenn wir es so garantiert nicht ausgedrückt hatten). Sabine stemmte die Hände in die Hüften und zerrte uns zu sich nach Hause. Noch nie zuvor hatte ich jemanden so wütend gesehen. Wir wagten nicht aufzumucken, als sie uns imaginär, aber körperlich spürbar am Schlafittchen hinter sich herzog.

Nach vier Stationen mit der U-Bahn und einem fünfzehnminütigen Fußmarsch landeten wir in einer Hochhaussiedlung, in der ich noch nie zuvor gewesen war. Wir fuhren in einem alten Fahrstuhl, der mit Graffiti besprüht war, in den sechsten Stock. Sabine sagte auf der ganzen Fahrt kein einziges Wort, von uns wagte niemand, auch nur einen Pieps von sich zu geben. Wir standen in einem Hausflur, in dem es nach angebrannten Zwiebeln roch. Jans große Schwester kramte aus ihrem Schulranzen ihren Schlüssel hervor, mit dem sie die Wohnungstür aufschloss. Sie schob uns unsanft in einen kleinen Flur, von dem drei winzige Zimmer und eine Küche abgingen.

»So, wartet mal«, sagte Sabine mit einem Ton, der vor Sarkasmus und Zorn nur so triefte. »Und hier geht's dann wohl zum Schwimmbad.« Sie knallte die Tür zu einem Minibadezimmer auf. Wir glotzten alle schuldbewusst hinein. Es gab noch nicht mal eine Badewanne, lediglich eine Dusche.

Fünf Minuten später kam Jans und Sabines Mutter nach Hause. Sie begrüßte uns freundlich und fragte, ob wir Freunde von Jan seien. Mir wurde plötzlich speiübel.

»Jan fährt Zeitungen aus, aber er kommt bestimmt bald«, erklärte sie fröhlich. Auf ihren Fingernägeln war noch nicht einmal Nagellack.

Die Tränen stiegen mir in die Augen, als sie erklärte, sie würde die Eltern aus Jans Klasse noch gar nicht so gut kennen, weil sie neulich krank im Bett gelegen hatte und ihr Mann extra früher von der Arbeit gegangen war, um beim Elternabend dabei zu sein.

Wir schlichen mit gesenkten Köpfen nach Hause. Von meiner Mutter bekam ich Ärger, weil ich zu spät zum Mittagessen kam.

War dies nun die späte Rache für Jan? Sollte der Lottojackpot mein persönliches Schwimmbad werden? Dies war erst der Anfang, wurde mir klar, nachdem ich auf dem Weg nach oben Maria Resche die ›Mopo‹ aus dem Briefkasten mopste. Auf dem ersten Treppenabsatz flatterte mein Herz. Nicht etwa, weil es so anstrengend war, die Stufen zu bewältigen, sondern wegen der Schlagzeile im Hamburgteil. »Radioreporterin knackt Lottojackpot! – Ist sie die barmherzige Samariterin?«

»Sag mal, spinnt ihr?«, rief ich in den leeren Hausflur hinein. Als Antwort ertönte das Klingeln meines Handys. Auf dem Display erschien eine Nummer, die ich erst nach kurzem Grübeln einordnen konnte. Die der ›Morgenpost‹. Na, super. Thomas war dran, mit dem ich so nett geplaudert hatte und mit dem ich mich fast auf ein Bier getroffen hätte. Verräter.

»Jule, hast du die ›Mopo‹ schon gelesen?« Er klang zumindest nicht sensationsheischend.

»Ja, gerade eben. Der Schock meines Lebens!«

»Dann stimmt es gar nicht mit dem Lottogewinn?«

»Natürlich nicht!«, blaffte ich ihn an. »Wieso schreibst du so was? Und dann noch mit meinem vollen Namen. Das ist Rufmord.« Ich gefiel mir in der Rolle der gekränkten Diva.

»Hör mal, ich hab das gar nicht geschrieben. Mein Chef hat das mit dem Lottojackpot auf eurem Sender gehört. Du hast es selbst gesagt.« Trotz der angespannten Situation waren wir beim zwanglosen Du geblieben.

Ich verdrehte genervt die Augen. »Das war doch nur ein Scherz. Hätte ich gewusst, was für eine Lawine ich damit lostrete, wäre ich im Bett geblieben. Stell das gefälligst richtig.« Thomas entschuldigte sich bei mir, blieb aber höflich auf Distanz, so wie ein geübter Profi es tut.

»Mein Chef bat mich, dich anzurufen. Ich soll die Geschichte weiterdrehen. Hast du nun Lotto gespielt, oder nicht?«

»Ja, habe ich!«, bemerkte ich richtigerweise und schlug mir mit der ›Mopo‹ vor den Kopf. Diese Aussage führte nun in eine gänzlich unglückliche Richtung.

»Okay. Hör zu, Jule. Ich versprech dir, ich schreibe nichts drüber. Ich hatte schon mal einen Bericht über einen Jackpotgewinner, der partout nicht in die Öffentlichkeit wollte.« Na, das hat ja prima geklappt, sinnierte ich und hoffte, dass der Schwachsinn bald ein Ende haben würde.

»Lass mal gut sein!«, entließ ich ihn. »Morgen interessiert eh keinen mehr die Zeitung von gestern. Tschüs!« Jedes Wort war mir zu viel, ich wollte sämtliche Zeitungsreporter und Bankkonten im Wartezimmer parken.

»Wollen wir vielleicht mal ein Bier zusammen trinken gehen?«, wagte Thomas sich noch vor.

»Ich trink nur Kakao!«, erwiderte ich, was übersetzt so viel bedeutete wie: Wir stoßen bestimmt nie zusammen an.

Am liebsten hätte ich mich in ein mehrmonatiges künstliches

Koma versetzt und wäre erst wieder aufgewacht, sobald die Welt neue Themen hätte, Dotz mich und meine Millionen abgehakt hätte und die Herbststiefelmode auf dem Markt wäre. Vorerst tat es auch ein heißes Schaumbad, beschloss ich. Doch daraus wurde leider nichts. Ich hatte die Rechnung ohne Verena gemacht.

Sie klingelte Sturm, und ich brauchte mehrere Anläufe, bis ich durch die Gegensprechanlage ihre Stimme identifizierte und mich wieder an mein Versprechen erinnerte. Irgendwas mit einem Bett von eBay. Nach nichts war mir weniger zumute als Rattanbetten durch Hausflure zu schleppen und mit Müh und Not in zu kleinen Autos zu verstauen. Na ja, die Besteigung eines 8000er konnte noch qualvoller sein.

»Hast du mich vergessen?«, fragte Verena, als ich leicht derangiert auf die Straße stolperte.

»Nein, ich hatte nur, äh ja, vielleicht doch.« Verena musterte mich intensiv.

»Es steht sogar schon in der ›Mopo‹, hast du gesehen?«

»Ja, aber ich hab denen schon gesagt, dass sie nicht so einen Mist schreiben sollen. Außerdem, wer interessiert sich schon für Lottogewinner?«

»Na ja, du. Du hast doch auch etwas darüber gemacht.« Sie hatte recht.

»Vergessen wir das mal bitte. Lass uns schnell das Bett holen und dann noch irgendwo was trinken, von mir aus. Ich bin total k.o.«

Mit dem Auto brauchten wir nur ein paar Minuten. Ungefähr viermal so lang dauerte es, bis wir in einer der Straßen mit den großen Altbauwohnungen einen Parkplatz gefunden hatten. In der Zeit hätten wir das Bett bereits zu Fuß bis nach Winsen an der Luhe getragen.

Die Bewohner dieser Gegend planten die Parkplatzsuche fest in ihren Zeitplan ein. Viele verließen ein Restaurant zwanzig

Minuten vor den anderen, weil sie mit dem Auto da waren. Die übrigen Eppendorfer nickten dann verständnisvoll. Viele gingen auch gar nicht mehr aus, weil sie ihren guten Parkplatz nicht aufgeben wollten. Das war in etwa eine genauso gute Entschuldigung wie »Das Kind hat Fieber«, wobei man das mit dem Parkplatz sofort glaubte, die Sache mit dem kranken Kind nicht immer.

»Wir hätten das Bett anliefern lassen sollen«, klagte ich vielleicht eine Spur zu genervt.

»Dann hätte ich auch gleich das teure Originalbett aus dem Laden kaufen können.«

Wir irrten im Halbdunkeln durch die engen Straßen, in denen sich ein Gründerzeithaus an das nächste schmiegte.

»Welche Nummer noch mal?«, fragte ich, um mich interessiert zu zeigen. Bisher hatte ich die Aktion eher boykottiert. Ich wollte nicht, dass Verena den Eindruck gewann, mir sei ihr Schnäppchenbett nicht wichtig genug.

»Da ist es, die Zwölf!« Verena war erleichtert, sie war selbst nicht die Geduldigste. Verena drückte einen der glänzenden, goldenen Klingelknöpfe. Als es summte, betraten wir die geräumige, marmorgeflieste Eingangshalle. Diese typischen Altbauten ähnelten sich. Auch hier war im Erdgeschoss ein großer Spiegel angebracht, in dem man das Gesamterscheinungsbild kontrollieren konnte vor wichtigen Terminen, sei es im Büro, im Fitnessstudio oder mit anderen Hundebesitzern im Park. Mit Schrecken sah ich mein eigenes Erscheinungsbild. Dann, dass es keinen Fahrstuhl gab.

»Welches Stockwerk?«, flüsterte ich. Verena hielt grinsend zwei Finger hoch, und ich nickte erleichtert.

Wir beide waren gebrannte Kinder, nachdem wir in unserer Studentenzeit bei einem Umzug aus dem fünften Stock geholfen hatten. Ohne Fahrstuhl. Danach fühlte man sich wie Arnold Schwarzenegger nach zehn Stunden Hanteltraining und 70 000

Sit-ups. Ich wollte gar nicht wissen, was für Waden die Besitzer solcher Wohnungen hatten. Oder generell welchen Körperfettanteil. Da überlegte man sich doch dreimal, ob man die fehlende Milch wirklich noch brauchte. Fünfter Stock ohne Fahrstuhl, das war eine noch bessere Entschuldigung als ein krankes Kind oder der perfekte Parkplatz.

Über die geschwungene, großzügige Treppe gelangten wir in den zweiten Stock.

»Wollten Sie nicht schon früher kommen?«

»Wir haben so lange nach einem Parkplatz gesucht«, entschuldigte sich Verena artig, ganz unterwürfige Bett-, äh, Bittstellerin.

Die Frau Mitte dreißig empfing uns zickig und im Jogginganzug, natürlich einer der ausgehfeinen Sorte. Eine Lila-Pink-Kombination, die vermutlich mehr gekostet hatte als mein Beitrag fürs Fitnessstudio. Aber bei eBay noch schnell ein paar Euro machen, klar. Jule, du wirst wieder ungerecht, flüsterte mir meine innere Stimme zu. Warum sollte sie, selbst wenn sie genügend Geld hatte, ihre Sachen nicht bei eBay anbieten?

Noch bevor ich Hallo gesagt hatte, spürte ich eine Aversion gegen diese Frau und hätte alles an ihr schlecht gemacht, selbst eine Spendenaktion für Not leidende Kinder, wenn sie denn eine gestartet hätte. So etwas hatte ich vorher noch nie erlebt, außer vielleicht, als ich meinen Ex-Ex zufällig mit seiner neuen Eroberung in einem Café getroffen hatte. Mit dieser Frau würde ich nicht warm werden, und das nicht nur wegen der Jogging-Haute-Couture.

»Kommen Sie mit. Ich bin Lea. Das Bett steht da hinten.«

Sie führte uns durch einen langen Flur, wie ich ihn schon häufig bei Freunden oder Arbeitskollegen durchquert hatte. Unzählige Zimmer gingen von diesem Flur ab. Ich spähte neugierig in den einen oder anderen Raum, ein Schwimmbad konnte ich aber nicht entdecken. Lea bog in die Küche ab. Diese war in Hellblau gehalten. In der Mitte stand ein langer Holztisch. So eine hellblaue Küche hatte ich schon einmal irgendwo gesehen. Mir fiel nicht mehr ein, wo. Ich wusste nur, dass mir die Farbe damals sehr gefallen hatte.

»Ich muss noch eben das Essen vom Herd nehmen, mein Mann kommt mal wieder zu spät.« Sie drehte den Knopf an dem modernen Edelstahlherd ab.

Okay, Lea war also nicht sauer auf uns, wir waren nur das Ventil für ihre eigentliche Wut: ihr Mann, der »mal wieder« zu spät kam. Wenn man diese Probleme zwei wildfremden Frauen bereits nach einer Minute auftischte, musste es sehr schlimm um die Ehe stehen. Entweder länger als fünf Jahre verheiratet oder frisch betrogen. Bei der Frau tat er gut daran, besser später als früher nach Hause zu kommen, ergriff ich innerlich Partei für den Herrn im Haus, oder eben nicht im Haus.

»Wieso kicherst du so?« Verena stieß mich in die Seite und zischte mir eine Ermahnung zu.

Ich konnte nicht anders, ich fand die Situation mit der unglücklichen Frau so lustig. Vielleicht weil es ihr noch schlechter ging als mir. Meine Sorgen wären morgen mit der neuen Ausgabe der ›Mopo‹ wie ausradiert, während sie darin schon mal die Kontaktanzeigen studieren könnte.

»Trennen Sie sich?« Verena starrte mich entsetzt an. Auch ich erschrak darüber, dass ich das wirklich laut gefragt hatte. »Also ich meine, trennen Sie sich von dem Bett, also aus einem bestimmten Grund?« Verena sah in meiner Begleitung ihre Felle davonschwimmen und versuchte abzulenken.

»Gibt es viele Interessenten?« Lea lehnte lässig an der Kühlschranktür und blickte uns abschätzend an.

»Viele Interessenten? Für meinen Mann oder wofür?« Ich fand die Bemerkung ganz witzig, Verena gar nicht.

»Nein, für das Bett natürlich«, korrigierte sie schnell.

»Ja, den einen oder anderen. Aber Sie gucken es sich als Erste an. Wenn Sie es gleich mitnehmen, dann kriegen Sie es, wie abgemacht. Und nein, wir trennen uns nicht.« Dabei sah diese Lea mich mit gerecktem Kinn an. »Wir kaufen uns ein neues Bett. Die Erinnerungen an dieses sind nicht die besten«, fügte sie noch ohne weitere Erklärung an.

Was mochte es bedeuten, wenn man von seinem eigenen Bett enttäuscht war? Unerfüllte Kinderwünsche? Zu viel Geknarze? Dicht beieinander liegen und sich doch nicht nahe sein? Während ich diese Möglichkeiten gegeneinander abwog, folgten wir der Frau, die zugegebenermaßen einen verdammt guten Po in der Jogginghose hatte, ins Schlafzimmer.

»Ach ja, toll, genau so hatte ich es mir vorgestellt. Ich nehme es.« Verena beging den Kardinalfehler, den man bei Besichtigungen von Häusern, Autos oder Betten nie begehen durfte: Sie schwärmte. Selbst wenn man in einer Villa mit Meerblick stand und ein Makler mit Einstecktuch um einen herumscharwenzelte, sollte man möglichst immer noch einen gelangweilten Gesichtsausdruck und eine beleidigte Schnute aufsetzen und Dinge sagen wie: Ja, und wo, bitte schön, ist der palmenumrankte Jacuzzi?

Na ja gut, das konnte man vielleicht nicht direkt mit dem Rattanbett hier vergleichen. Mir sollte es recht sein, wenn Verena schnell zusagte, dann wären wir die blöde Kuh los und ich bald wieder zu Hause. Das Bett sah ganz gemütlich aus, ein Bett, wie es in etlichen Schlafzimmern stand. Ich meinte sogar, auch schon einmal in so einem Bett gelegen zu haben. Mein eigenes war eher im Stofflook gehalten. Beides hatte seine Vor- und Nachteile.

»Wie viel sollte es noch mal kosten?« Verena begann die Preisverhandlung. Sie würde leichte Beute für Lea sein. Das war eine Frau, die sich nicht auf Handeln einließ. Musste sie auch nicht, Verena kramte bereits bereitwillig in ihrer Tasche nach Scheinen.

»Ist denn der Lattenrost noch in Ordnung?« Ich drückte rein prophylaktisch zweimal auf die weiche Matratze, allein, um die knallharte Besitzerin aus der Fassung zu bringen. Als ich mich dem Bett näherte, spähte ich auf die Fensterbank dahinter. Ich betrachtete unauffällig die Fotos, auf denen Lea im Arm eines Mannes lehnte. Beim Skiurlaub, auf irgendeiner Karibikinsel und unterm Weihnachtsbaum. Die Kerzen am Baum strahlten mehr als die beiden. Sie lachten unecht. Ich erkannte das sofort. Und das war nicht das Einzige, was ich erkannte. Den Mann hatte ich auch schon einmal irgendwo gesehen.

»Hundertvierzig Euro, wie besprochen«, hörte ich Lea im geschäftsmäßigen Ton sagen.

»Wir hatten doch hundertzwanzig gesagt!«, hielt Verena dagegen. Ich vernahm das Gespräch wie durch Watte. Hatte ich den Typen schon mal interviewt? War das nicht der Chef dieser Cafékette gewesen? Nein, das konnte nicht sein, der war viel älter.

»Nein, hundertvierzig! Die anderen würden auch hundertvierzig zahlen.«

»Ich habe aber nur hundertzwanzig dabei. Ich bin mir auch sicher, dass wir hundertzwanzig gesagt haben.« Verena kramte tiefer in ihren Hosentaschen, mehr als zwei Fünfziger und zwei Zehner kamen aber nicht zum Vorschein.

»Jule, kannst du mir zwanzig Euro leihen?« Ich schüttelte den Kopf.

Oder war das einer aus dem Fitnessstudio? Vom Zumba? Nein, niemals. So ein Typ machte Boxen oder was mit Gewichten. Er sah ganz gut aus, dunkle Haare, und viel netter als sie.

»Ich habe überhaupt kein Geld dabei«, murmelte ich.

»Wirklich nicht? Bitte, guck doch noch mal nach.« Verena zuliebe tastete ich meinen Körper von oben bis unten ab, fand aber nichts. Irgendjemand hatte meinen Körper schon einmal von oben bis unten abgetastet, schoss mir blitzartig eine weitere Erinnerung durch den Kopf.

»Darf ich mal auf die Toilette?« Zum zweiten Mal platzte ich in die laufende Verhandlung.

»Ja, da hinten, die fünfte Tür auf der linken Seite«, deutete Lea vage den Weg. Es hätte mich auch nicht weiter gewundert, wenn sie »die achtundneunzigste Tür auf der linken Seite« gesagt hätte. Hoffentlich verlangte sie kein Geld für die Klonutzung. Ich spürte Verenas Blick wie einen Dolch in meinem Rücken. Ihr fehlten zwanzig Euro, mir eine strapazierfähige Blase. So hatten wir alle unsere Probleme.

Im zweiten Anlauf fand ich die richtige Tür und drückte die Klinke herunter. Die Gästetoilette war im maritimen Stil gehalten, wie bei so vielen, die sich an ihren Küchentischen im trüben Hamburg nach der sonnigen Küste Krks oder von Port d'Andratx sehnten, auch wenn sie ihre Traumorte kaum aussprechen konnten. Dieses Interieur (auch hier konnte man Begriffe wie Einrichtung oder ähnlich Banales nicht gebrauchen) hatte jedoch eine besondere Note. Nicht nur die üblichen Verdächtigen wie Muscheln auf dem Fenstersims, Sand in einer Glasvitrine und Seesterne als Kleiderhaken begrüßten mich, sondern außerdem ein lebendiges Stück, eingetaucht in H_2O.

Auf dem Waschbecken thronte ein Wasserglas, in dem ein Goldfisch schwamm. Nein, nicht etwa so ein erwartbares, bauchiges, leer gegessenes Gurkenglas als Aquarium, sondern das kleinstmöglich denkbare Glasgefäß. Der Fisch konnte sich kaum ausstrecken und schwamm träge seine Runden in dem glasklaren Wasser vor einer blau gefärbten Fliese. Wenn man auf der Toilette sitzend im richtigen Winkel in Richtung Waschbecken starrte, sah es so aus, als würde der Goldfisch im *Grand Bleu* versinken.

Vielen würde jetzt der Fisch leidtun, der in seinem eingeengten Lebensraum weniger Platz hatte als einst der Becker und die Ermakova in der Besenkammer. Aber so ein stylishes Fisch-im-Glas-Kunstwerk hatten die meisten sicherlich noch nie gesehen und würden Bauklötze staunen. Ich hingegen hatte genau das schon einmal gesehen, auch aus genau dem Winkel, den ich gerade eingenommen hatte. Nachdenklich ging ich zurück ins Schlafzimmer.

»Wirklich, Sie haben hundertzwanzig gesagt!«

»Nein, hundertvierzig!« Die beiden waren immer noch keinen Schritt weitergekommen.

»Der arme Fisch. Der guckt ja die ganze Zeit nur aufs Klo und hat überhaupt keinen Freiraum«, grätschte ich in den Dialog. Verena und Lea zuzuhören war, wie einer Platte mit Sprung zu lauschen. Und mich selbst zu hören irgendwie auch. Ich hatte das Gefühl, genau diese Wörter schon einmal gesagt zu haben. Wäre ich nicht Verenas beste Freundin gewesen, hätte sie mich sicher liebend gern entmündigt oder dem Goldfisch zum Fraß vorgeworfen.

»Nein, Goldfische haben ein Gedächtnis von nur drei Sekunden. Bei jedem Umrunden des Glases machen sie neue Erfahrungen.« Die Erklärung kam von der Schlafzimmertür. Die Antwort hatte ich genauso schon einmal gehört. Der Antwortgeber war ein Enddreißiger, der in der Tür lehnte. Ihn hatte ich in genau der Position auch schon einmal gesehen. Max! Wie die Blitze eines Gewitters schossen mir in schneller Abfolge die Bilder meines bisher einzigen und desaströsen One-Night-Stand in den Kopf.

Genau mit diesem Mann hatte ich schon einmal in genau dieser Wohnung in einer hellblauen Küche in der Senkrechten Kaffee getrunken, um danach in einem hellen Rattanbett in die Waagerechte zu wechseln. Seine Frau hatte ihre Eltern in Bayern besucht und er freie Fahrt. Wir hatten uns in einer Bar kennengelernt, er sehr verzweifelt ob seiner »sehr zickigen« Frau und ich irgendwie stolz darauf, dass ich mit über dreißig endlich den Punkt One-Night-Stand auf meiner To-do-Liste würde abhaken können. Im Nachhinein konnte ich sagen, dass die Nummer ganz okay war, der Kaffee zu kräftig, der Kerl zu schwach, und das Bett hatte bei jeder Bewegung geknarzt. Alles in allem eine Drei plus vielleicht, wozu ich ganz eindeutig meinen ungelenken Beitrag geleistet hatte.

Deshalb also der Verkauf.

»Das Ding ist die hundertvierzig Euro nicht wert«, warf ich Verena zu.

»Woher willst du das wissen?«, fragten mich drei Stimmen.

»Äh, sieht ein wenig instabil aus.« Ich konnte schlecht sagen, dass ich das Objekt am eigenen Leibe getestet hatte.

»Finde ich nicht. Hast du nun zwanzig Euro, die du mir leihen kannst?«

»Nein, immer noch nicht!« Ich hatte mich mit dem Rücken zur Tür gedreht, weil ich nicht wusste, ob Max mich wiedererkennen würde.

Carl hatte damals geschimpft, ich hätte mit seinem Spezial-»Würz«-Mix einen bleibenden Eindruck bei diesem Mann hinterlassen können. Aber ich schleppte ja nicht zu jeder Gelegenheit Aphrodisiaka mit mir herum. Außerdem, vielleicht kam es mir jetzt zugute, wenn mich der Gute nicht mehr erkannte.

»Mann, kannst du nicht schnell was abheben?«, flehte mich Verena an.

»Ich habe meine Karte gar nicht dabei.« Ich zuckte mit den Achseln. Wie stand es denn mit ihrer eigenen EC-Karte? Die nächste Bank lag vielleicht sieben Minuten Fußmarsch entfernt.

»Gib ihnen das Bett doch für hundertzwanzig Euro.« Ich allein wusste, wie Max' Großzügigkeit zu deuten war. Weg damit, egal zu welchem Preis. Hauptsache, wir radieren die unbefriedigende Vergangenheit aus.

»Es gibt aber andere, die hundertvierzig geboten haben!«, hielt Lea dagegen. »Es tut mir leid, ich rufe die anderen an.«

Verena schnaubte auf, während die gewiefte Bettverkäuferin uns in Richtung Haustür schob. Mit gesenktem Kopf versuchte ich mich an Max vorbeizudrücken, der weiterhin den Türrahmen einnahm. Als ich ihn anrempelte, blickte ich kurz auf, und auch er schaute mich an. Nur den Bruchteil einer Sekunde meinte ich ein Zeichen des Wiedererkennens ausmachen zu können. Ein kurzes Aufflackern.

Unser Treffen damals endete unglücklich. Die Bettakrobatik war wie gesagt so lala. Darüber hatten wir uns noch königlich amüsiert, und es hätte der Beginn einer netten Romanze werden können. Als ich allerdings schnell mal auf die Toilette flitzte, starrte ich in der Hockhaltung auf den Goldfisch. Er tat mir total leid, und ich schimpfte Max einen Tierquäler. Er erklärte mir die Sache mit dem Kurzzeitgedächtnis von Goldfischen und dass Goldie Hawn (ja, der Fisch hieß tatsächlich wie die Schauspielerin) sich im Gästeklo sehr wohl fühlen würde. Das brachte mich derart in Rage, dass ich hastig meine Sachen einsammelte, das Haus verließ und in Sachen Max mein Kurzzeitgedächtnis löschte.

Jetzt verabschiedeten wir uns an der Haustür, eine stinksaure Verena, ein in seinem Gedächtnis kramender Max, eine triumphierende Lea und eine Jule, die ihren Mund einfach nicht halten konnte.

»Das mit dem Kurzzeitgedächtnis von Goldfischen stimmt übrigens nicht.« Ich hatte nach unserem Tête-à-tête im Internet recherchiert. »Das ist nur eine Entschuldigung für unzureichende Haltung. Wie sonst wüssten die Goldfische, dass das, was ins Wasser fällt, Futter ist?« Alle drei fixierten mich teils interessiert, erstaunt und teils belustigt. Zum Schluss warf ich noch einen Satz in die Menge, der Seitenspringer Max die Luft anhalten ließ und Lea dazu animieren würde, genau zu überlegen, welche Namen ihrer Familienmitglieder sie in unserer Gegenwart preisgegeben hatte. »Ich finde, das hat niemand verdient. Weder ein Fisch namens Wanda noch Goldie Hawn.«

»Sag mal, spinnst du?« Verena war außer sich, als sie mich außer Hörweite die Straße hinuntergezogen hatte. »Du hast mir das ganze Geschäft vermasselt.« Ich hörte ja wohl nicht richtig.

»Was kann ich denn dafür, wenn du zu wenig Geld dabeihast?« Ich wehrte mich vehement. Vielleicht hatte ich wirres Zeug gequatscht, aber die Sache mit dem Bett war nicht meine Schuld. Unter uns war es mir schon lieber, dass Verena zukünftig nicht in einem Bett schlief, in dem ich schon einmal ihre eBay-Verkäuferin hintergangen hatte.

»Was sollte denn der ganze Quark mit dem Goldfisch eigentlich? Jule, du bist irgendwie total merkwürdig, seit du …« Sie sprach den Satz nicht zu Ende.

»Seit ich was?« Zugegeben, ich klang angriffslustig.

»Na ja«, schlug Verena den Return knallhart zurück. »Seit du das ganze Geld gewonnen hast. Du hättest ruhig mal die zwanzig Euro rausrücken können. Aber ist ja auch egal. Ist ja nicht so wichtig, dass ich das Bett jetzt viel teurer im Geschäft kaufen muss.« Verena stapfte beleidigt davon.

Wie komplett unlogisch war das alles?

»Mann, das stimmt doch alles gar nicht!« Verzweifelt rief ich ihr hinterher.

»Geld anhäufen und dann den Geizhals spielen. So kenn ich dich überhaupt nicht, Jule. Du hast dich total verändert. Und der Auftritt da eben war voll peinlich!«

Ich hastete Verena hinterher, sah aber nur noch, wie sie in ihr Auto stieg, den Motor heulend anließ, aus der Parklücke stieß und davonrauschte.

Zurück blieb ich mit offenem Mund, der nach Luft schnappte. Wie ein Karpfen.

Wer Geld hat, kauft ein Auto.
Wer keines hat, stirbt auf andere Weise.
FERNANDEL

Das Telefon war schneller als der Wecker. Drei Minuten, bevor ich eigentlich aufstehen musste, weckte mich ein Anruf.

Verena, dachte ich schlaftrunken und griff freudig nach dem Telefon. Die halbe Nacht hatte ich nicht schlafen können, weil ich zwischen Wut und Trauer über unseren Streit schwankte.

Was bildete die sich ein?, dachte ich entnervt, um kurz darauf wimmernd in die Bettdecke zu schniefen. Auf Verena musste meine Show bei Max und Lea wie die eines Goldfischs auf Speed gewirkt haben. Kein Wunder, dass sie stinksauer abgerauscht war. Trotzdem – und das war ja wohl das Entscheidende – durfte sie mich nicht als Geizhals hinstellen, bloß weil sie der Meinung war, ich sei inzwischen Krösus. Wem glaubte sie wohl mehr, mir oder der vermaledeiten Presse? Offenbar Letzterer. Wie wurde man so ein Gerücht nur wieder los, wenn selbst die besten Freunde ohne Nachfrage auf den Zug aufsprangen? »Wenn ich diesen beknackten Jackpot geknackt hätte, würde ich dir die Hälfte abgeben«, hatte ich in mein Handy getippt, aber dann doch gelöscht und nicht an Verena geschickt, weil die Wut wieder anklopfte.

»Verena, es tut mir leid!«, meldete ich mich am Telefon, anstatt meinen Namen zu nennen.

»Spreche ich mit Jule Claussen?« Die fremde Stimme klang nicht nach Verena, viel zu schleimig, viel zu triefend.

»Ja, wer ist denn da?«

»Hier ist Ratjen von Mercedes. Einen wunderschönen guten Morgen. Wir haben uns erlaubt, Frau Claussen, den Wagen bei Ihnen vor der Tür abzustellen. Die Schlüssel haben wir uns erlaubt, in den Briefkasten zu werfen.« Ich saß senkrecht im Bett.

»Erlauben Sie, dass ich kurz nachfrage: *Wer* sind Sie? *Welche* Schlüssel? *Mein* Briefkasten?«

»Ganz recht, Frau Claussen. Den Wagen stellen wir Ihnen gerne für drei Tage zur Verfügung, selbstredend kostenfrei. Unser Fahrer würde sich erlauben, die Schlüssel wieder bei Ihnen abzuholen, Frau Claussen.« Wenn er noch einmal meinen Nachnamen laut sagte, würde ich ihm den Schlüssel in den Mund rammen. Oder besser noch den Briefkasten.

»Das klingt ja super. Aber Sie müssen mich verwechseln. Ich habe gar kein Auto bestellt.« Krampfhaft überlegte ich, ob ich an einem versteckten Gewinnspiel teilgenommen hatte, bei dem man mit einem Klick im Internet zeitgleich virtuell unterschrieb, von nun an bis in alle Ewigkeit täglich mit sieben Anrufen bombardiert zu werden. Vielleicht hatte ich das Kleingedruckte auf der Speisekarte im Restaurant übersehen und mit der Bestellung einer Rhabarberschorle auch einen schicken Flitzer dazu geordert.

»Nein, nein, Frau Claussen!« Einmal noch, ein einziges Mal noch! »Wir haben Sie ausgewählt aus einem Gros an Stammkunden, denen die Ehre zuteilwird, als Erste unsere Neuwagen Probe zu fahren.« Stammkunden? Einen Mercedes-Laden hatte ich doch noch nie von innen gesehen. Genauso gut hätte man sagen können, ich sei Stammkundin bei Cartier in Paris oder am Black-Jack-Tisch in Las Vegas.

»Ich war noch nie …«

»Sie sind ausgewählt und gut!« Herr Ratjen unterbrach mich schroff, offenbar war ich eine harte Nuss. Er machte schließlich auch nur seine Arbeit und musste sicherlich noch eine lange Liste an auserwählten Stammkunden abarbeiten. Normalerweise erfuhr er wohl nicht so viel Gegenwehr, wenn er seine Autos tageweise verschenkte.

»Das ist sehr freundlich von Ihnen, Herr Ratjen«, ließ ich mich auf das Spiel ein und freute mich darüber, auch einmal Glück im Leben zu haben. Noch nie hatte ich etwas gewonnen. Weder einen rosa Plüschhasen am Losstand auf dem Dom noch einen schnellen Flitzer.

»Woran erkenne ich denn das Auto?« Hoffentlich würde er jetzt nicht »an dem Stern« sagen. Er blieb höflich.

»Ein roter SLK, bei dem wir uns erlaubt haben, das vorläufige Kennzeichen HH-JC anzubringen.«

Trotz meiner Müdigkeit arbeitete mein Hirn so schnell, zu realisieren, dass JC für Jule Claussen stand.

»Wieso haben Sie meine Initialen genommen?« Kurz überlegte ich, ob ich die ganze Zeit schon mit unserem Moderator André sprach, der seine Stimme verstellte und an mir sein neues Konzept für ein Radio-Spaßtelefon testete. »André?« Ich klang genervt.

»Nein, Simon. Simon Ratjen. Und das JC haben wir gewählt, falls Sie sich entscheiden sollten, einen Teil Ihres Lottogewinns in diesen herrlichen Wagen zu investieren. Viel Spaß und gute Fahrt, Frau Claussen.« Er hatte es gewagt, meinen Namen noch einmal zu sagen. Ich würde ihn wegdrücken. Er kam mir zuvor. Das Gespräch war beendet, und ich blieb zurück mit einem dröhnenden Schädel und einem Gratisgefährt vor der Tür.

Hatte er gerade Lottogewinn gesagt? Der Begriff war in den vergangenen Tagen so fließend in meinen Wortschatz übergegangen wie »hallo« und »wie geht's?«, dass ich erst zeitverzögert reagierte. Was hatte der Autoaufschwatzer mit meinem Lottogewinn zu tun?

Jetzt formulierte ich es schon selbst so, als hätte ich gewonnen. Ich zog mir eine Hose und ein T-Shirt über, flitzte auf den Balkon und suchte die Straße nach einem roten Mercedes ab, der tatsächlich direkt vor der Haustür parkte. Um mich voll und ganz von der Richtigkeit der Angaben zu überzeugen, rannte ich zum Briefkasten und entnahm ihm einen dicken Brief, in dem ich einen Schlüssel ertastete. Im Hinaufgehen riss ich den Umschlag auf und überflog die Zeilen. Der Schwülstigkeit nach musste Simon Ratjen höchstselbst das Anschreiben verfasst haben.

»Sollten Sie sich dafür entscheiden, Ihr Geld in ein modernes, fortschrittliches Auto zu investieren, würden wir Ihnen gerne mit unserem Know-how zur Seite stehen, blablabla.« Die Verbrecher mussten tatsächlich den Artikel über mich in der Zeitung gelesen und mich stante pede als solvente Kundin in ihren Verteiler aufgenommen haben. Selbstredend würde ich diesen Klassewagen in zehn Jahren nicht abbezahlen können, aber warum keine Probefahrt darin machen? Damit verpflichtete ich mich ja wohl zu nichts. Selbst schuld, wenn sie sich von einer Ente in der Zeitung übers Ohr hauen ließen. Zweimal musste ich mich kneifen, um diese idiotische Geschichte zu glauben.

Ich betrachtete mich prüfend im Spiegel und überlegte, ob ich mich für meine erste Ausfahrt besonders dressen musste, entschied mich aber dagegen. Danach ging ich erneut nach unten und ließ dabei skeptisch den Schlüssel zwischen zwei Fingern baumeln. Sollte ich wirklich das Angebot annehmen und eine kleine Spritztour machen, oder gehörte sich das nicht? Schließlich hielten sie mich für jemanden, der ich nicht war.

»Carl, sieh mal, was für eine Eroberung ich gemacht habe.« Ich stürzte ins »Würz«, um mein Erlebnis mit dem Mann zu teilen, der mir am nächsten stand.

»Hat es endlich geklappt?«

»Zwar nicht fürs Leben, aber immerhin mal für die nächsten drei Tage.« Ich zog Carl hinter seinem Tresen hervor. Er war gerade damit beschäftigt, Zimt aus einem großen Sack in kleine Tütchen abzufüllen.

»Du solltest es hiermit versuchen. Zimt im Kakao oder in Keksen, das wirkt Wunder. Dann bleibt er vielleicht länger als nur drei Tage. Gib ihm Zimt!« Auf gar keinen Fall würde ich Zimt in den Tank kippen.

»Kein Mann, ein Mercedes!«, erklärte ich ihm und schob ihn auf die Straße.

»Wow. Gehört der dir?« Ich schüttelte den Kopf.

»Ein Probeauto. Gratis. Irgendwie spielen alle verrückt wegen dieser Lottogeschichte. Leute, die ich nicht kenne, sind wahnsinnig freundlich zu mir. Und Leute, die ich kenne, sprechen kein Wort mehr mit mir.« Ich schilderte Carl in groben Zügen, was sich mit Verena zugetragen hatte. Die Worte Goldfisch, Rattan und Max ließ ich dezent unter den Tisch fallen.

»Aber wenn du doch keine zwanzig Euro dabeihattest?« Carl war der Einzige, der noch logisch dachte.

»Sag ich ja. Aber erklär das mal einer, die denkt, du würdest seit Neuestem ständig eine Rolle Fünfhundert-Euro-Scheine in der Hosentasche herumtragen.«

»Und was machst du jetzt mit dem Wagen?«

Ich zuckte mit den Schultern und fragte ihn, was er täte.

»Also, ich finde, das geht nicht. Du kannst dich da nicht einfach so reinsetzen und in der Gegend herumkutschieren.« Carls ungewohnt brüske Art überraschte mich. Mir war nicht klar gewesen, dass er so ein Prinzipienreiter war. Im Grunde hatte er ja recht, trotzdem war ich enttäuscht und ließ den Schlüssel deprimiert gegen mein Bein klimpern. »Das geht wirklich nicht!«, wiederholte er. »Zumindest nicht ohne Beifahrer!« Er grinste spitzbübisch, und auch ich lachte erleichtert auf.

»Und ich dachte schon …«

Carl machte eine abwehrende Handbewegung. »Ich hab zwar keinen Nacken mehr, aber dafür umso mehr Schalk!«

Der Spruch war gigantisch, aber geklaut. Ich meinte, ihn schon einmal vom ehemaligen HSV-Star Charly Dörfel gehört zu haben.

»Nimmst du mich mit?« Carl wartete die Antwort gar nicht ab, sondern sprintete schneller, als ich es für möglich gehalten hätte, zur Beifahrertür. Ein kurzer Flashback rief mir ins Gedächtnis, dass sich mein Leben in den vergangenen Tagen mehr in Autos als auf festem Boden abgespielt hatte. Daniel, Herr Schneider, Markus Röck. Immerhin war dies kein Cabrio.

Carl und ich ließen uns in gemütliche schwarze Ledersitze plumpsen. Ich begutachtete das Auto, in dem es roch, als seien eben erst die Achsen verlötet und die Sitze bezogen worden. Der Kilometerstand betrug siebenundachtzig Kilometer. Frisch geschlüpft.

»Oh, diesen Geruch finde ich einmalig«, schwärmte Carl.

»Riecht jedenfalls frischer als bei uns im Keller«, gab ich ihm einen kleinen Seitenhieb, den er geflissentlich überhörte. Das Armaturenbrett war ein Highlight für sich. Ich inspizierte intensiv die Knöpfe, spielte an den Schaltern herum und fuhr mit den Fingern über die Automatikschaltung.

»Sag mal, wenn du bei Männern auch immer so lange brauchst, bis du in die Gänge kommst, dann ist es ja kein Wunder. Da helfen dann weder Chili noch Zimt. Nun gib schon Gas!«

»Immer sachte, ich bin auch schon lange nicht mehr gefahren.« In den letzten Jahren hatte ich mich nur zu Fuß, mit der Bahn oder auf dem Rad fortbewegt. Vorsichtig setzte ich rückwärts aus der Lücke heraus und fuhr tuckernd die Straße entlang. Carl stöhnte auf.

»Die Autos hinter uns werden denken, wir sind eine Fahrschule. Der fährt doch nicht nur dreißig!«

Durch die Sticheleien provoziert, gab ich ordentlich Gas. Die Automatikschaltung war fantastisch, Gas geben und bremsen – das war alles, was ich machen musste. Wir flogen durch die Straßen, und ich beschloss nach wenigen Kilometern, den Wagen zu nehmen. Manchmal mochte ich selbst glauben, was mein gesamtes Umfeld glaubte.

»Wo wollen wir hin?« Ich warf einen Seitenblick auf Carl.

»Zu Kaschi?« Es kam wie aus der Pistole geschossen. Ich schmunzelte.

Über Carls Vergangenheit hatte ich bis vor kurzem kaum etwas gewusst. Und obwohl ich das Gefühl hatte, von allen falsch verstanden zu werden und meine Karten komplett neu mischen zu müssen, war es den Ärger doch wert: Durch den Lottoschein hatte ich die beiden alten Käuze wieder näher zusammengebracht. Das rührte mich.

»Weißt du, wie lange ihr euch nicht mehr gesehen habt?« Carl schüttelte den Kopf. »Und jetzt war er bei dir im ›Würz‹? Alles nach der Lottogeschichte?« Er nickte. Eine Weile fuhren wir stumm weiter.

»Gab es denn früher mal Streit zwischen euch?« Carl bewegte seinen Kopf zur Seite.

»Jule, wenn das eine Therapiestunde werden soll, dann steig ich besser aus.« Ich fühlte mich überführt, wollte ihn auch nicht bedrängen. Ich schlug ein unverfänglicheres Thema an.

»Ist denn die ›heiße Kiste‹ schon wieder am Laufen?« Mir fiel ein, dass ich eigentlich mein Mikrofon hätte mitnehmen sollen für ein weiteres Interview. Aber diesmal war ich privat unterwegs.

»Nee, ich glaub, er baut noch seinen alten Grill in den Wohnwagen ein. Das Fenster muss auch noch geändert werden, damit er durch die Luke verkaufen kann. Sind aber nur Kleinigkeiten.«

Ein paar Meter von Kaschis Hinterhof fanden wir einen Parkplatz. Dieser Leihwagen passte in etwa so gut zum Hof wie ein Känguru in die Antarktis. Na, immerhin hatte ich mit Karsten Telgmann etwas gemeinsam. Wir hatten beide ein neues Auto vor die Tür gestellt bekommen.

Vor der Pforte zum Hof waren vier Männer dabei, Kaschis Wohnwagen umzubauen. Er selbst gab Anweisungen und sah um zehn Jahre jünger aus als bei meinem letzten Besuch.

»Carl, Jule!«, rief er freudig und kam auf uns zu. »Das ist er!« Er zeigte stolz auf den neuen Würstchen-Wohnwagen und den Glückskleeaufkleber. »Hast du wirklich nichts damit zu tun?« Die Frage hatte er mir schon am Telefon mehrfach gestellt, und ich konnte sie immer wieder nur verneinen.

»Gibt's denn schon eine Currywurst?«, fragte Carl grimmig, klopfte seinem alten Kumpel aber auf den Rücken.

»Nee, wir können aber zur Konkurrenz gehen.«

»Ich esse doch um halb elf morgens keine Würstchen!« Ich schüttelte mich angeekelt, während ich auf meine Uhr sah.

»Früher haben Carl und ich im Hafen geschuftet. Frühschicht. Da war halb elf wie Mittagessen für uns. Und mit dem Geld sind wir nach Griechenland.« Kaschi war die größere Plaudertasche. All diese Infos hatte ich in Jahrzehnten nicht aus Carl herausgequetscht. »Warst du schon einmal in Griechenland, Jule?«

»Nö. Ich würde aber gerne mal mit meiner besten Freundin …« Bei dem Wort stockte ich kurz. »Also mit einer Freundin ans Meer, in die Karibik.« Kaschi legte einen Arm um mich.

»Klingt aufregend, aber denk dran, mit dem besten Freund in den Urlaub, das kann Himmel und Hölle sein. Nicht wahr, Carl. Himmel und Hölle!« Kaschi sagte es ganz neutral, aber es musste eine tiefere Bedeutung geben. Carl zog mich nicht unsanft, aber bestimmt fort.

»Komm, Jule, wir fahren wieder zurück. Wir wollten auch nur mal Hallo sagen.«

Kaschi winkte uns, als wir uns vom Hof machten, und rief mir noch nach: »Wenn du herausfindest, wer mir das Glück beschert hat, sagst du dann Bescheid?« Ich versprach es.

»Was hast du denn?« Es war mir ein Rätsel, wieso Carl und ich die weite Tour gemacht hatten, nur um nach ein paar Minuten schon wieder zu gehen.

»Der Wagen darf nicht kalt werden«, antwortete Carl nur.

Verwechsle nicht die Freude am Gefallen
mit dem Glück der Liebe.
COCO CHANEL

Einmal warm gefahren, wollte ich mich gar nicht mehr von ihm trennen. Der Leihwagen und mein Hintern waren nach nur einem Tag so fest zusammengewachsen, als gehörte er schon immer zu mir. Der Luxusschlitten; der Hintern ja sowieso.

Auch zu dem Treffen mit Markus Röck fuhr ich in dem neuen Wagen. Wäre ja schade, wenn der Kilometerstandanzeiger weiter so jungfräulich blieb. Mein Lottofachmann hatte mir per SMS einen Vorschlag für ein Restaurant gemacht. Wir trafen uns bei einem Asiaten, der im letzten Restaurantführer ›Essen und Trinken‹ sehr gut abgeschnitten hatte.

Die SMS hatte Markus Röck mit dem Zusatz beendet: »Ich gehe davon aus, dass Sie mich einladen.« Dahinter hatte er einen Smiley platziert. Eigentlich fand ich Typen, die Smileys unter ihre Nachrichten setzten, nicht besonders männlich. Ein Witz musste sich von selbst erklären und nicht durch zwinkernde, grinsende oder die Mundwinkel herabziehende Icons erläutert werden. In diesem Fall war ich Markus Röck dankbar für den Hinweis, dass es sich um einen Scherz handelte. In meinem labilen Zustand hätte ich sofort geglaubt, dass er es ernst meinte und es ebenfalls nur auf mein Geld abgesehen hatte.

»Ich halluziniere!«, flüsterte ich mir selbst vor. Inzwischen war ich durch den Streit mit Verena und das Leihauto in einer Welt gelandet, die sich mir nicht mehr vollends erschloss. War ich nun reich oder nicht? Vorsichtshalber hielt ich an meiner Bank und zog mir schnell einen Kontoauszug, der aber nur die triste Dispo-Wahrheit ausspuckte. Vor allem: Wäre ich ein besserer Mensch, wenn ich mehr Geld auf dem Konto hätte? Offenbar war es ein wichtiger Aspekt, denn für Verena hatten sich die Prioritäten komplett verschoben. War früher Geld nie ein Thema zwischen uns gewesen, da klar war, dass wir beide nicht darin schwammen, hielt sie es jetzt offenbar für selbstverständlich, dass sie einen Teil des angeblich vorhandenen Reichtums abzubekommen hatte. Wieso eigentlich? Sie ging ja auch nicht davon aus, dass ihr von meinen überflüssigen Kilos etwas zustand. Oder von den nervtötenden Mücken, die ich im Sommer in meinem Zimmer jagte. Negative Aspekte wie höheres Gewicht, höhere Stromrechnung oder höheres Putzaufkommen im Badezimmer fielen nicht unter die Kategorie »bitte teilen«.

Glücklicherweise würde ich jetzt einen Mann treffen, der mir möglicherweise aus dem Schlamassel heraushelfen konnte: Markus Röck. Der Mann mit den goldenen Tipps, was man als Lottogewinner alles *nicht* tun sollte, müsste umgekehrt doch eigentlich auch wissen, was man als *Nicht*-Lottogewinner alles tun sollte. Oder?

»Hier bin ich!«

Markus Röck saß schon an einem kleinen, gemütlichen Ecktisch in dem proppenvollen Lokal. Die Einrichtung hätte auf alle möglichen Küchen zwischen Italien, Mexiko oder Schweden hinweisen können, niemals wäre ich auf Asien gekommen.

»Wie geht's Ihnen denn?« Mein Gegenüber sah mich schief grinsend an.

»Sie haben die Zeitung gelesen?« Er nickte.

»Und ich habe gehört, dass Sie im Radio gesagt haben, Sie hätten den Lottojackpot geknackt.« Ich erzählte zum gefühlt hundertsten Mal, dass mir unser Moderator eine Falle gestellt hatte.

»Das stimmt alles gar nicht!« Ich sah ihn flehentlich an.

»Das weiß ich doch. Zumindest wenn Sie in Hamburg gemeldet sind, haben Sie garantiert nicht mehr als fünf Euro gewonnen. Sonst wüsste ich das.«

»Können Sie das nicht bitte auch der Presse sagen? Und meinem Chef. Und meiner Freundin?« Markus Röck begann zu erahnen, was mir in den letzten Tagen widerfahren war.

»Es tut mir leid, ich würde Ihnen wirklich sehr gerne helfen. Aber ich darf öffentlich nicht über Lottogewinner sprechen.« Er zuckte entschuldigend die Schultern. Wollte er mich auf den Arm nehmen?

»Aber ich *habe* doch gar nicht gewonnen!« Wie oft hatte ich diesen Satz in den vergangenen Tagen gesagt? Ich kam mir vor wie bei Stefan Raab, der in seiner Sendung einen Knopf drückte und immer und immer wieder ein und dasselbe Statement einspielte.

»Ich darf gar nicht in der Öffentlichkeit auftreten. Sonst ist doch klar, dass ich der Lotto-Finanzberater bin. Wenn Ihre Freunde Sie jetzt mit mir sehen würden und wüssten, wer ich bin, würden Sie aus der Gerüchtefalle wohl nie wieder rauskommen.« Das leuchtete mir sogar ein.

»Könnten Sie nicht für mich eine Ausnahme machen? Ich will wieder das arme Bettelmädchen sein, das sich die Stiefel aus dem Schaufenster nicht leisten kann.«

»Kann ich leider nicht! Und wagen Sie es ja nicht, sich Stiefel zu kaufen, die Ihre schönen Knie bedecken.« Ich grinste zum ersten Mal seit langer Zeit, schien es mir.

»Da wir ja nun auch nicht beruflich hier sitzen, sondern privat, können wir uns eigentlich auch duzen, oder?«

»Von mir aus!« Ich war mir nicht sicher, ob mir das zu schnell ging, andererseits war er nur einen Tick älter und wusste schon so ziemlich alles über mich: dass mein Chef ein Choleriker war, wie es in meiner Handtasche aussah und dass meine beste Freundin nichts mehr mit mir zu tun haben wollte. Unmotiviert stocherte ich in den Sushis, die appetitlich auf einem Bambusteller mit Zitronengras angerichtet waren.

»Magst du die nicht?«

»Doch, doch! Die Situation ist nur so merkwürdig.«

»Das glaube ich. Aber lange hält sich das Gerücht doch nicht. Keine Sorge. Machst du denn eigentlich noch Berichte über Lottogewinner?« Gute Frage.

»Ich glaube schon. Seit meinem Auftritt war ich nicht mehr im Sender. Ich muss mal wieder hin.« Markus hob den Zeigefinger.

»Ich könnte dir vielleicht Kontakt zu einem verschaffen, der mehrere Millionen gewonnen und davon einen Fußballverein gekauft hat.«

»Echt?« Das hatte ich noch nirgends gelesen.

»Er wollte als Kind schon immer Fußballprofi werden, hat's aber nie über die Kreisklasse hinausgeschafft.« Ein ewiges Talent also. »In der Bundesliga war's nichts mit dem Kauf, deswegen hat er in Amerika ein Team gekauft. Die Charleston Soccer Dream Boys oder so was schrecklich Kitschiges.« Markus hatte es geschafft, dass ich gedanklich über ein Fußballfeld an der amerikanischen Ostküste jagte. »Er kaufte richtig starke Spieler, auch zwei aus der Bundesliga. Seine einzige Bedingung war, dass er im ersten Match mitspielen durfte.« Ich verschluckte mich beinahe.

»Was? Das wäre ja so, als würde ein Schulsprecher einen Tag lang Angela Merkels Posten ausfüllen. Und hat er mitgespielt?«

»Ja. Genau sieben Minuten, bis er das Führungstor geschossen hat.« Das klang doch nicht schlecht, fand ich. »Für die Gegner!« Markus lächelte, als er sah, dass die Pointe bei mir landete.

»Und gibt's die Mannschaft noch?«

»Ja, klar. Ihr Gönner fungiert aber nur noch als Trainerberater oder Ballaufpumper oder so.« Wirklich schade, dass ich mein Mikro nicht mithatte. Ich hoffte auf Nachschub an launigen Lotto-Anekdoten. Mir fiel unser Telefonat wieder ein.

»Was hat es denn eigentlich mit den Australiern auf sich und der Schwangeren?« Markus balancierte sehr elegant ein mit Krabben gefülltes Sushiröllchen zum Mund, kaute und trank einen Schluck des asiatischen Biers.

»Ach das. Eine Familie in Australien hat tatsächlich dreimal im Lotto gewonnen. Jedes Mal über eine Million.« Ich riss die Augen auf.

»Drei Mal?«

»Richtig. Und jedes Mal, als die frohe Nachricht kam, war die Mutter schwanger. Ta-da! Zufall?«

»Glaube ich nicht. Das ist Lottoschicksal«, war ich mir sicher. Ich nahm einen Schluck Wein und grübelte über die Geschichte, die Markus gerade erzählt hatte. »Und wie heißen die Kinder?« Der Experte für Zahlen und Finanzen schien auch Profi auf dem Gebiet der guten Unterhaltung zu sein.

»Ich weiß es gar nicht. Aber lass mal überlegen. Drei Kinder. Die zwei Jungs und ein Mädchen könnten heißen: Lotto, Lotta und …« Er überlegte kurz schmunzelnd, als ich kichernd einhakte.

»… und Jack!«

»Jack Pot?«, fragte er. Ich gackerte in mein Glas und dachte dabei nur ganz kurz an einen Goldfisch. In meiner albernen Laune legte ich noch einen nach.

»Auf jeden Fall scheinen die Lotto-Eltern super Sex, äh, ›Super 6‹ gehabt zu haben.«

»Ich bin zu Fuß da. Du auch?«

Markus hatte ohne Mucken die Rechnung bezahlt und mich sanft zur Straße eskortiert.

Ich schüttelte leicht beschwipst den Kopf und zeigte auf meine Luxuskarosse.

»Ist das deiner?« Ich nannte kurz die Stichworte, und Markus schüttelte amüsiert den Kopf. »Schön blöd von denen. Nutz das bloß aus. Selbst schuld, wenn sie nicht recherchieren.«

»Genau!«, merkte ich eine Spur zu laut an.

»Kannst du mich ein Stück mitnehmen? In so einem Auto säße ich auch gerne mal.« Dankbar überreichte ich ihm die Schlüssel.

»Nimm du lieber *mich* mit, bitte. Ich bin froh, wenn ich nicht mehr selber fahren muss.«

Markus freute sich wie ein Kind, als er sich in den weichen Sitz fallen ließ. Er brauchte nicht halb so lange wie ich am Morgen, um sich mit den Apparaturen und der Automatik vertraut zu machen.

»Cool!«, fand er und lachte so zufrieden, wie ich es mir von manchem Freund gewünscht hätte, nachdem der sich mit *meinen* Apparaturen vertraut gemacht hatte.

»Wie willst du denn von mir nach Hause kommen?«

»Ich nehm die U-Bahn, das ist kein Problem.«

Lieber hätte ich ihn mit dem Auto zu sich gefahren, damit er mich dann wieder zu meinem Haus brächte und so weiter, bis die Sonne aufging. Stattdessen lenkte Markus den Wagen in eine der seltenen Parklücken fast direkt vor meinem Haus. Genau wie heute Morgen der Autoverleiher hatten auch wir Glück.

»Hier einen Parkplatz zu ergattern ist wie ein Sechser im Lotto!«, erklärte ich ernsthaft und merkte erst gar nicht, was ich gesagt hatte, bis Markus herzlich lachte und mir kurz über die Haare strich.

»Du bist sehr lustig und sehr süß«, sagte er.

Mir schwirrte der Kopf, ich grinste verlegen und murmelte etwas wie: »Ich bin immer nur lustig, wenn ich richtig befeuert werde.« Wir stiegen aus.

Als Markus sich in Richtung U-Bahn verabschieden wollte, dachte ich in meinem angeschwipsten, beseelten Wahn, dass wir uns eigentlich auch mal in den Arm nehmen könnten, weil wir ja privat und nicht beruflich unterwegs waren, uns jetzt duzten und uns lustig fanden. Und noch irgendetwas anderes fand er mich auch.

»Hey, Süße! Da bist du ja.« Das war nicht Markus, denn der wusste ja schließlich, wo ich war. Ich drehte mich von den blauen Augen weg und schaute in grüne. In die von Ulf. Perfektes Timing.

»Hallo, Jule, ich warte schon seit acht Uhr auf dich.« Und ich warte schon seit ungefähr acht Tagen auf dich, dachte ich, sagte aber etwas, das wie eine Entschuldigung klang und Markus mitten in den Solarplexus treffen musste.

»Wir hatten ein Geschäftsessen.«

»Ach so.« Ulf klang erleichtert und schüttelte Markus prompt die Hand. »Sind Sie auch vom Radio?«

»So ähnlich. Ich muss jetzt auch los. Danke fürs Mitnehmen. Tschüs, Frau Claussen.« Die letzten Worte saßen. Frau Claussen! So ähnlich musste man sich fühlen, wenn man als Moderator für eine große Samstagabendshow vorgesehen war und dann doch nur Nachtcremes auf QVC verkaufen durfte.

»Tschüs, Markus, äh, Herr Röck!«, rief ich ihm noch hinterher. Er drehte sich aber nicht mehr um.

»Wo kam der denn her?« Ulf drängte sich in mein Gesichtsfeld, und ich keifte ihn an.

»Wo kommst *du* denn bitte her, ist ja wohl die viel entscheidendere Frage.« Nicht, dass ich mich nicht freute, ihn zu sehen, aber doch nicht einfach so aus dem Nichts. Tagelang verschollen ohne Lebenszeichen und dann, schwups, wieder da.

»Ach, an dem Morgen. Das tut mir total leid. Meinem Vater ging es ganz schlecht. Ich musste in die Notaufnahme, hatte nicht mal Zeit, dir eine Nachricht zu hinterlassen. Ich war praktisch Tag und Nacht im Krankenhaus.«

»Was hat er denn?«, erkundigte ich mich besorgt und hatte sofort meinen Ärger vergessen.

»So eine Art Schlaganfall.« Nicht einmal über diese Formulierung stolperte ich. Entweder er hatte einen Schlaganfall oder nicht. Aber so eine Art? Ein bisschen Schlaganfall, ein bisschen schwanger. »Es geht ihm aber schon viel besser. Bist du noch sauer auf mich?« Der Saukerl von Ulf verwandelte sich in meinen Lieblings-Ulfi, und ich nahm ihn nur zu gern mit zu mir nach oben. Die Liebe verzieh alles. Mann, war die Liebe leichtgläubig. Ulf packte meine Hand und schob mich zur Haustür.

»Schönes Auto hast du da«, sagte er, und ich fand, dass das ein nettes Kompliment war. Oben in der Küche angekommen, klammerte ich mich am Küchentisch fest, weil die Wände ein wenig schwankten.

»Hättest du was dagegen, wenn wir noch einen Kakao trinken?« Ulf runzelte die Stirn.

»Könnte ich auch einen Kaffee haben?«

Zufrieden bediente ich die Espressomaschine, die ohne Ulf so gut wie nie zum Einsatz kam. Ich kochte Milch, maß Kakaopulver ab und stellte danach eine Espressotasse unter die Maschine. Ulf beobachtete mich interessiert.

»Wollen wir die mit ans Bett nehmen?«, fragte Ulf, als ich ihm seine Tasse vor die Nase stellte und etwas aus meiner Tasche kramte.

»Können wir machen. Aber warte eben. Magst du vielleicht ein bisschen Zimt in deinen Kaffee?«

Die Mitarbeiter lassen sich lieber von einer Frau überzeugen als von einem Mann anschreien.
ANNETTE WINKLER, UNTERNEHMERIN DES JAHRES (1992)

Ulf wollte alles ganz genau wissen. Wie es mir in den vergangenen Tagen ergangen war, ob ich überarbeitet sei, ob er mir noch einen Kakao ans Bett bringen könne. Ich fühlte mich sehr begehrt. Offenbar hatte die Krankheit seines Vaters Ulf emotionaler und einfühlsamer werden lassen. Verena sagte zwar immer, sie glaube nicht, dass Menschen sich grundlegend ändern könnten, aber sie selbst war der beste Gegenbeweis. Sie hatte sich auch geändert und ihr wahres Gesicht gezeigt.

Ich sagte Ulf, ich brauche keinen Kakao. Nicht, dass ich nicht ganz gerne einen getrunken hätte, mir war es aber lieber, Ulfs warmen Körper an meinem zu spüren als eine warme Tasse in den Händen. Um keinen Preis sollte er früher als nötig aus meinem Bett verschwinden. Wie gesagt, ich war nicht die Beste im Loslassen.

Wir plauderten ein wenig über meine Arbeit und über seinen Vater, wobei er mir fortwährend sanft über die Hüfte strich. Sehr einfühlsam, wie gesagt.

Ich war so glücklich, mich einmal nicht wegen meiner falschen Lottomillionen rechtfertigen zu müssen. In der vergangenen Nacht war das Wort Lotto noch nicht mal gefallen. Logisch, Ulf hatte das ganze Bohei gar nicht mitbekommen, da er Tag und Nacht am Bett seines Vaters gewacht hatte. Ich beschloss, ihm kurz davon zu erzählen.

»Halb Hamburg denkt übrigens, dass ich im Lotto gewonnen

habe. Ist das nicht beknackt?« Ich verrenkte meinen Hals, um über die Schulter zu beobachten, wie er reagierte. Er strich mir übers Haar.

»Wieso das denn?«, fragte er. Ich erklärte es im Schnelldurchlauf und lachte höhnisch dazu.

»Das ist natürlich alles Quatsch. Mein Girokonto ist immer noch in den Miesen.«

Durch das offene Fenster wehte ein laues Lüftchen herein. Der Frühling erwachte endgültig aus dem Winterschlaf. Und endlich auch mal eine Nacht, die sich wie Frühling anfühlte. Ohne anstrengende Auseinandersetzungen und Streits. Zugegebenermaßen war das Warm-up für die heiße Nacht auch nicht schlecht gewesen. Ich dachte kurz an Markus und überlegte, ob es meine Schuld war, dass er so schnell, beinahe beleidigt, weggestiefelt war. *Er* hatte mich schließlich plötzlich beim Nachnamen genannt. Nachdem *ich* völlig überdreht Ulf gesagt hatte, es sei lediglich ein Geschäftstreffen gewesen, flüsterte mir mein Gewissen ein. Richtig nett war das nicht.

Ich hätte nicht damit gerechnet, dass Männer so mädchenhaft reagieren konnten. Dass einen Mann etwas kränkte, war mir gänzlich neu. Oft hatte ich das Gefühl, dass sie froh waren, wenn die Frau ihnen einen Fluchtweg aufzeigte. Aber unter Umständen fiel Markus Röck in die Kategorie »weicher Kern«, der, den Ulf gerade entblößt hatte.

»Ich muss gleich in die Redaktion«, erklärte ich und kuschelte mich noch tiefer in die Bettdecke. »Leider!«, fügte ich noch hinzu.

»Fährst du mit dem neuen Auto?«

Die Idee war mir noch gar nicht gekommen. Solange ich denken konnte, war ich immer entweder zu Fuß oder mit dem Fahrrad in die Arbeit. Es wäre schlicht übertrieben, das Auto zu nehmen. Intelligenter, es zu Hause zu lassen, wäre es sowieso. Wie würde es wohl wirken, wenn ich mit diesem Erste-Sahne-Schlitten vor den Augen von Dotz und Co. im Sender vorfuhr und ihn neben den abgeschrammten Polos und Audis meiner Kollegen parkte?

»Könnte ich vielleicht damit fahren?« Ulfs Frage überraschte mich.

»Was ist denn mit deinem Wagen?«

»Den habe ich meiner Mutter dagelassen, damit sie zu meinem Vater kann. Deren Auto ist in der Werkstatt.« Das hörte sich nach einem wahren Logistik-Waterloo an. Könnte ich Ulf den Leihwagen überlassen?

»Ich weiß nicht genau, ob ich den weitergeben darf. Der ist nur geliehen, den muss ich morgen wieder abgeben.« Als Markus gestern gefahren war, hatte ich als Aufsichtsperson immerhin neben ihm gesessen. Ulf drehte seinen Arm über meinen Bauch zu sich.

»Ach, geliehen? Ich dachte, das wär deiner.«

»So ein Quatsch. Den könnte ich mir niemals leisten. Weißt du, was so ein Ding kostet?« Ich drehte mich zu ihm um und stellte während der Drehung fest, dass ich selbst nicht den blassesten Schimmer hatte, was so ein Auto wert war. Fünfzigtausend? Hunderttausend? Eine halbe Million? Ich wusste, was eine Monatskarte kostete, aber weder Auto- noch Spritpreise konnte ich auswendig aufsagen. »Meiner. Wie kommst du nur darauf. Das kommt für mich überhaupt nicht in Frage! Und ich glaube, fahren darfst du damit nicht.« Ich kramte die Unterlagen hervor, die durch unsichtbare Mächte vom ordentlichen Schreibtisch in die Untiefen des Bettes gelangt sein mussten. »Da steht nur mein Name. Tut mir leid.« Ulf zuckte betont gelangweilt mit den Schultern.

»Macht nichts. Ich komm da auch anders hin. Oh, bitte geh nicht ran.« Das Klingeln des Telefons war gemeint.

Ich hatte auch weiterhin nicht vor, meine gemütliche Liegeposition aufzugeben. Die acht Minuten, die mir noch blieben, wollte ich in exakt dieser starren »Stip-Stop«-Haltung verbringen, mit Ulfs Hand auf meinem linken Knie und seinem rechten Knie an meinem Po. Ganz gegen meine sonstige hektische, neugierige Gewohnheit reagierte ich nicht auf das Telefon, sondern ließ den Anrufbeantworter anspringen.

»Werte Frau Claussen, Ratjen hier von Mercedes. Erlauben Sie, dass wir Sie noch einmal stören. Hoffentlich hat der Wagen bisher Ihren Vorstellungen entsprochen. Sollte dies der Fall sein, würden wir uns freuen, wenn Sie den Wagen noch einen Tag länger behalten mögen und wir Sie in Ihrer Vermögensverwaltung dahingehend beraten könnten, einen Teil dessen in unserem PKW-Angebot anzulegen. Melden Sie sich gerne diesbezüglich bei mir, um mit uns in Dialog zu treten. Auf Wiederhören, Frau Claussen.« Ich prustete los, und Ulf starrte mich mit großen Augen an.

»Meinte er das ernst?«, fragte er und meinte die Sache mit dem Vermögen.

»Ja, klar, das meint der voll und ganz ernst«, antwortete ich und meinte diese unfassbar distinguierte, übertriebene, schwanzwedlerische Ausdrucksweise. Allerdings war ich erstaunt, dass Herr Ratjen es geschafft hatte, meinen Namen bloß zweimal zu nennen.

»Und wirst du das Angebot annehmen?«, fragte Ulf und meinte den Vorschlag, einen Teil meines Vermögens in einen der Nobelschlitten anzulegen.

»Warum nicht«, sagte ich und meinte das Angebot, das Auto noch einen Tag länger zu behalten.

Ulf legte seinen Mund ganz dicht an mein Ohr und fragte flüsternd, ob ich wirklich in drei Minuten aufstehen müsse, das sei doch sehr, sehr bald.

»Wir könnten noch in die Verlängerung gehen«, bot ich an. »Dann würde aber Frühstück flachfallen.« Ulf entschied sich für die kalorienärmere Variante.

Als eine der Letzten quetschte ich mich in den Konferenzraum. Dotz saß am Kopfende eines langen Tisches und spielte ungeduldig mit seinen Fingern auf der Platte. Ihm ging das alles nicht schnell genug. Wenn er besonders schlecht und besonders allein geschlafen hatte, wurde er verletzend sarkastisch.

»Wir könnten anfangen, wenn sich dann auch die letzten geschwächten Damen setzen würden, die eben noch an der Angel hingen.«

Dotz durfte solche Dinge ungestraft sagen. Noch nie hatte jemand mit dem Gleichstellungsbeauftragten oder Amnesty International gedroht. Wir wünschten uns einfach nur, dass er endlich mal wieder einen Fang machen würde, damit wir Ruhe vor seiner Piesackerei hätten.

»Die Sendung heute Morgen war Schrott. Pelske, was sollte der Spruch mit dem Sonnenaufgang?« Er suchte unseren Morgenmoderator in der Menge. »Das finden die Hörer nicht lustig.«

»Also, ich fand es schon ganz lustig«, wagte sich Melanie vor.

Wir drehten unsere Köpfe erstaunt nach rechts zu dem Platz, auf dem unsere Chefin vom Dienst saß. Ich schaute sie flehentlich an, sich nicht wieder mit ihm anzulegen. Melanie hatte zwei Kinder, die sich oft darüber beschwerten, dass sie ihre arbeitende Mutter zu selten sahen. Ich wollte nicht, dass die beiden sich bald darüber beschwerten, dass sie ihre Mutter zu häufig sahen. So ein Zeitvertrag war schnell gekündigt. Das kümmerte Melanie gar nicht. Dotz kniff die Augen zusammen und schickte kleine Giftpfeile in ihre Richtung.

»Ich bestimme hier noch immer, was lustig ist und was nicht!«, keifte Dotz. Dies würde ein ganz großer Tag werden, spürte ich.

»Sie haben doch gesagt, wir sollen uns in die Lebenssituation der Hörer denken. Da passt doch ein Sonnenaufgang«, verteidigte Pelske seine Moderation.

Tatsächlich wurde oftmals ein einziger Satz von den unterschiedlichsten Seiten beleuchtet. Sagte der Moderator beispielsweise: »Raus aus den Federn, hoffentlich stehen Sie nicht mit dem linken Fuß auf!«, konnte man sich schon einmal in großer Konferenzrunde kritisch fragen, ob dieser Satz womöglich zu politisch klang, richtig betont war, sämtliche Altersgruppen ansprach, Langschläfer provozierte oder Linkshänder ausgrenzte. Nun hatten wir also den Sonnenaufgang am Wickel.

»Viel zu geschmacklos. Und nicht lustig!« Dotz ließ sich nicht abbringen und schaute auf seinen Zettel.

Die Hälfte der Redaktion hielt die Luft an und hoffte, dass er zum nächsten Punkt käme. Denn die Hälfte der Redaktion hatte keine Ahnung, wovon Dotz redete. Es stand zwar nicht im Arbeitsvertrag, aber unser Chef setzte voraus, dass wir alle die Morgensendung von A bis Z hörten. Ging ja auch erst um fünf Uhr los.

»Weißt du, was er meint?«, wisperte mir Angela zu. Ich schüttelte unmerklich den Kopf und blickte starr auf einen Fleck auf dem Fußboden. Dotz war alles zuzutrauen, auch dass er uns abfragte. Das hatte ich einmal mitgemacht. Die Moralpredigt danach würde ich nie vergessen. »Nichtsnutze von Möchtegernjournalisten« war da noch die freundlichste Titulierung.

Wir schienen Glück zu haben. Dotz fuhr mit seinem Finger über seine Notizen. Aber wir hatten die Rechnung ohne den nichtsnutzigsten Möchtegernvolontär Daniel gemacht.

»Was war denn nun mit dem Sonnenaufgang?«, fragte er naiv in die Runde.

Wir sackten allesamt sprachlos in uns zusammen. Daniels Frage war in etwa so, als würde jemand zum Thema Finanzkrise fragen: »Wieso, was ist denn mit den Griechen?«, oder zum Thema Innenpolitik: »Wer ist denn eigentlich dieser Steinbrück?« Er hätte auch gleich vor versammelter Menge um einen Strick bitten können.

Wenn man wusste, dass der Chef einen sowieso schon auf dem Kieker hatte, sollte man

A: sich dezent im Hintergrund halten,

B: unauffällig untertauchen,

C: unmerklich in der Menge verschwinden oder

D: durch kecke, selten blöde Fragen die Aufmerksamkeit auf sich ziehen.

Daniel würde bei »Wer wird Millionär?« nicht weit kommen. Dotz nahm seine Geierhaltung ein. Ein leicht vorgerecktes Kinn, was verhieß, dass er sich gleich auf sein Aas stürzen würde.

»Was es mit dem Sonnenaufgang auf sich hat, Herr Kellwig?« Ich schwöre, dies war der erste Nachname eines Praktikanten oder Auszubildenden, den er sich merken konnte. Vielleicht hatte Dotz Nachhilfe in einem Mercedes-Seminar bekommen. Beim Versuch, ein Lachen zu unterdrücken, stieß ich ein kurzes Grunzen aus.

»Frau Claussen, war das eine Wortmeldung? Bringen Sie unseren Volontär doch kurz auf den aktuellen Stand.«

Ich würde ihn später mit einem Kabel erdrosseln. Wahlweise Motz oder Daniel. Ich hatte keine Ahnung, was Pelske über den blöden Sonnenaufgang gesagt hatte. Anstatt das Radio anzumachen, hatte ich heute Morgen Ulf angemacht, was offenbar ein Fehler gewesen war.

»Na ja, die Sonne steht jeden Morgen früher auf. Genau wie unsere Hörer?«, improvisierte ich.

»Netter Versuch. Wollen Sie morgen früh moderieren? Warum eigentlich nicht? Ach nein, für Sie habe ich ja was anderes.« Was er denn anderes für mich hatte, erfuhr ich nicht. Wie zuletzt im Matheunterricht erlebt, fragte er noch zwei weitere Kollegen, die den Sonnenaufgang auch verpasst hatten. »Sehen Sie, Pelske, die sind auch alle eingeschlafen bei Ihren Witzchen.« Mir platzte allmählich die Hutschnur.

»Nun sag schon, was hast du denn gesagt?« Pelske holte Luft.

»Nach der Uhrzeit habe ich gesagt, dass jetzt Sonnenaufgang ist, und dann meinte ich: Mit Sonnenaufgängen ist es wie mit cholerischen Chefs: Kennste einen, kennste alle!«

Angela neben mir lachte als Erste auf, ich schloss mich sofort an. Auch die anderen grinsten, obwohl Dotz mit jedem Lacher mürrischer wurde. Melanie stieß Pelske aufmunternd in die Seite, was so viel bedeutete wie: »Siehste, sag ich's doch! Sehr lustig.«

Dotz reichte es. Er klopfte lautstark auf den Tisch und schrie aus Leibeskräften: »Das ist *nicht* lustig!«

Auf dem höchsten Thron der Welt
sitzen wir doch nur auf unserem Hintern.
MICHEL DE MONTAIGNE

»Sie gehen zum Deutschen Radiopreis, als unsere Top-Promi-Reporterin.« Ich glaubte, nicht recht zu hören.

Dotz hatte die Konferenz frühzeitig abgebrochen und mich in sein Büro zitiert. Dort informierte er mich über meinen anstehenden Job beim Radiopreis, dem Top-Event in Hamburg. Mal ganz abgesehen davon, dass aus unserer Redaktion niemand nominiert war für den Preis, war es bisher Dotz höchstpersönlich vorbehalten gewesen, einen von zwei Plätzen für unseren Sender zu belegen. Die Interviews hatte bislang eine extern eingekaufte Fernsehmoderatorin gemacht. Dies sorgte stets für hitzigen Gesprächsstoff in der Redaktion, hätte doch jeder von uns Teile seiner Verwandtschaft verkauft, um die Berichterstattung übernehmen zu dürfen. Dass Dotz sich fürs Radio eine Fernsehschönheit aussuchte, sprach für seine Blindheit.

»Wenn Sie mir den Samariter liefern, der die Glückspilzaufkleber verteilt, dann sind Sie unsere Frau für den Radiopreis.« War das gerade Erpressung? Wollte er mich zwingen, etwas preiszugeben? Es war eine ganz neue Position für mich, angeblich Informationen zu besitzen, die mich karrieretechnisch nach oben befördern könnten. »Sie sind die Richtige, um ein paar Connections für uns zu knüpfen.« Damit meinte er mich.

Ich schaute auf die vielen Fotos in Dotz' Büro und zählte schnell nach, mit wie vielen Promis er hier an der Wand hing. Allein sechs Fotos hinter seinem Schreibtisch. Alle Stars und

Sternchen, die zum Interview in den Sender gekommen waren, hatten nach der Befragung im Studio die Prozedur über sich ergehen lassen müssen, von Dotz in den Würgegriff fürs Foto genommen zu werden.

»Und die Fernsehtussi?«, fragte ich respektlos.

»Die ist raus!«, erklärte Dotz fahrig, so als würde man ihm drei Hosen vor die Nase halten, und die mit den braunen Streifen hätte er soeben mit einem Fingerschnippen aussortiert.

»Was genau soll ich denn da tun?« Dotz machte eine weit ausholende Armbewegung in den Raum hinein.

»Wir ziehen das diesmal ganz groß auf. Eine Sondersendung mit André im Studio, und Sie holen die ganz großen Namen ran für Interviews, Statements, Rührung, Tränen, Liebe, Neid, Hass. Ich will das ganze Programm.« Dotz sollte vielleicht nach Hollywood umsiedeln. Wenn man ihm so zuhörte, wie er eine zugegebenermaßen sehr glamouröse Veranstaltung im Hamburger Hafen zu einer Art Oscarveranstaltung aufbauschte, konnte man vermuten, dass er in seinen schlaflosen Nächten sämtliche Dallas- und Denver-Clan-Folgen seit Bestehen durchlaufen ließ.

»Und was machen Sie?«, fragte ich.

Er blickte kurz irritiert auf. »Na, ich knüpfe Connections.« Ich dachte, das sei meine Aufgabe. Das Konzept für die Megashow war offenbar noch nicht bis ins Letzte ausgeklügelt.

»Sie sollen aber auch an die dicken Fische ran. Vielleicht können Sie ein paar Werbeverträge an Land ziehen.« Der Mann brachte mich komplett aus der Fassung. Vor ein paar Tagen wollte er mich noch aus dem Sender haben, dann beschimpfte er mich als Kollegenabzockerin, weil ich angeblich den anderen die Beiträge wegnahm, dann wählte er mich als Glamour-Reporterin aus, erpresste mich, und nun sollte ich auch noch die Arbeit der Marketingabteilung übernehmen? Wie kam er darauf? Na ja, von mir aus. Die Chance, eine ganze Sendung zu bestücken, würde ich mir selbstredend nicht nehmen lassen. Vielleicht fände ich den barmherzigen Geldverteiler ja noch und könnte meine Stellung im Sender dadurch festigen? Oder das Gegenteil würde passieren. Mir reichte es eigentlich schon, die hämischen Bemerkungen der anderen zu erahnen, selbstverständlich hinter meinem Rücken, die sich das Maul darüber zerrissen, wieso ausgerechnet *ich* zum Radiopreis dürfe. Wie ein Lauffeuer würde sich diese Nachricht über die Gänge verbreiten, in jedes Büro huschen, dort ein paar verbale Kapriolen schlagen, hier und da würden sich ein paar Unwahrheiten hinzumischen, sich multiplizieren und weiter den Weg durch die Etagen nehmen. Was dabei herauskäme, mochte ich mir gar nicht ausmalen. Am Ende würde es so schlimm, dass ich mich mit meinen falschen Millionen ins Ausland absetzen müsste.

Apropos. Ich fixierte meinen Chef, der wahllos in seinen Unterlagen nach der Gästeliste für den Radiopreis suchte. Wieso war ich da nicht gleich draufgekommen? Er war immer noch der Meinung, ich sei die Jackpot-Jule und könne dem Sender, so ich denn wolle, zu Reichtum verhelfen. Je absurder mir diese Vorstellung vorkam, umso realistischer wurde sie. Und ich dachte, er hätte mich ausgesucht, weil ich eine gute Reporterin war. Lächerlich.

»Sagen Sie mal, die Sache beim Radiopreis hat aber nichts mit meinem Lottogewinn zu tun?« Schnell schickte ich noch »mit meinem *angeblichen* Lottogewinn« hinterher. Das hörte Dotz nicht mehr, weil er mir übereifrig ins Wort fiel, um mir zu versichern, dass das eine rein gar nichts mit dem anderen zu tun habe. Also den Geldfritzen sollte ich schon finden, aber nur das. Ich ahnte instinktiv, dass er log. Sollte ich den Irrtum aufklären und ihm meine Kontoauszüge auf den Tisch knallen? Ich entschied mich, das kleine Missverständnis nicht aufzuklären. Sollte mir der Pseudo-Jackpot doch auch einen Vorteil einbringen.

»Ich möchte übrigens, dass Sie nachher bei André noch einen Lotto-Round-up bringen. Noch einmal alles zusammengefasst, was bisher geschah mit dem Glücksklee, und Sie können auch sagen, was Sie sich von dem Geld schon geleistet haben.« Ich nickte einfach, während Dotz erleichtert auflachte und mit der gefundenen Gästeliste in der Luft wedelte.

»Wir gehen da natürlich aus rein beruflichen Gründen gemeinsam hin«, merkte er zum Radiopreis noch an.

»Selbstverständlich«, sagte ich nur.

Seinen bereits ruinierten Ruf als perfekter Gentleman wollte unser Senderchef offenbar nicht aufs Spiel setzen.

Dotz' letzte Worte hatten mich nachdenklich gemacht. »... aus rein beruflichen Gründen ...«, schoss es mir auf dem Weg zurück in die Redaktion immer wieder durch den Kopf. Das war ein Satz, mit dem man sich ganz eindeutig von seinem Gesprächspartner distanzierte, Grenzen zog. Selbst aus Dotz' Mund hatte es mich verletzt. Nicht, dass ich mir eine private Beziehung zu ihm wünschte, eher würde ich in die Antarktis auswandern. Die Tatsache aber, dass er es laut aussprach, kränkte mich in meiner kruden Eitelkeit. Für ein besonders fest zementiertes Selbstbewusstsein sprach meine Reaktion nicht.

Ich war der Typ Frau, der öffentlich über Lothar Matthäus und seine wöchentlich wechselnden Gespielinnen lästerte, deren Absätze immer höher und deren IQs immer niedriger wurden. Würde Lothar Matthäus mir aber in aller Öffentlichkeit sagen: »Nee, du nicht!«, würde mich das drei durchheulte Nächte kosten, anstatt es als Kompliment abzutun. Mein Leben könnte um einiges einfacher, unkomplizierter und wimperntuschefreundlicher sein, wenn ich anstelle meiner Tränengänge mein Selbstbewusstsein mehr trainiert hätte.

Wie sehr also musste es erst Markus Röck gestern getroffen haben, als ich nur durch Ulfs plötzliche Anwesenheit unser nettes Beisammensein zu einem Dienstessen degradiert hatte. Kein Wunder, dass er sich auf dem Absatz umgedreht hatte und verschwunden war. Ich hätte ähnlich reagiert. Nun ja, ich hätte ihn vermutlich noch lautstark angepöbelt und seine Begleiterin mit zusammengeknüllten Lottoscheinen beworfen, aber ansonsten hätten sich meine Gefühle ähnlich geäußert. Ich legte immer so einen großen Wert darauf, dass man sich in sein Gegenüber hineindachte, also vor allem, dass mein Gegenüber sich in mich hineindachte und meine wirren Gedankenwege erforschte. Und was tat ich? Trat meinen Begleiter mit Füßen.

Ich hätte Markus gerne zum Freund gehabt. Lange hatte ich nicht mehr so einen vergnüglichen, unbeschwerten Abend verbracht. Wir hatten gelacht, gegessen, getrunken, geplaudert. Davon hätte ich gern einen Nachschlag bekommen. Die Suppe hatte ich mir selber versalzen. Immerhin merkte ich es. Allerdings erst, nachdem ich Ulf wie einen Heiligen gefeiert und ohne weitere Vorwürfe unter meine Decke gelassen hatte. Ulf, den Arsch, der sich tagelang wegen eines angeblich bettlägerigen Vaters nicht gemeldet hatte.

»Jule, um 14:20 bist du zum Talk bei André in der Sendung. Lotto-Round-up hat Dotz in die Sendeplanung geschrieben, was immer das bedeuten mag.« Ich erklärte Melanie, dass ich eine ungefähre Ahnung davon hätte, was er von mir wollte.

»Warum hat er dich eigentlich zu sich ins Büro gerufen?« Ihr Blick war so neutral wie die Schweiz zu ihren besten Zeiten. Ich kannte keine Person in diesem Laden, die so wenig auf die Meinung anderer Leute gab und selbst den Frühmoderator vor der Miesepetrigkeit des Chefs in Schutz nahm. Melanie war ein Mensch, dem man von A bis Z vertrauen konnte. Na ja, zumindest von A bis Y.

»Nichts Besonderes!«, sagte ich daher vage. »Nur noch mal ein Round-up der Lottoberichte.« Jetzt benutzte ich auch schon diesen nichtssagenden Begriff.

»Ach so. Es sah so wichtig aus«, bemerkte Melanie. Sie wies mir den Weg zur letzten Abfahrt. An dieser Stelle hätte ich noch sagen können: Hör mal, der Idiot will, dass ich zum Radiopreis gehe, wie kommt der wohl auf den Scheiß? Aber nein, ich verkniff es mir, wollte nicht wieder für Aufregung sorgen, nachdem meine Millionen nicht mehr Top-Thema des Tages waren.

»Na, hast du dir schon eine Finca mit zehn Leibwächtern auf Mallorca gekauft?« Daniels Organ war so laut, dass es auch ein Schwerhöriger mit Kopfhörern auf den Ohren mitbekommen hätte.

»Nein, Daniel. Und wenn ich tatsächlich Geld hätte, dann würde ich mir auch keine Villa an der Elbchaussee kaufen. Ich hätte zu viel Angst vor dir.« Ich hatte sehr leise gesprochen. Dass Daniel jedes Wort verstanden hatte, sah ich an seinen Augen. Zum ersten Mal sprühten sie Unsicherheit aus, die dreckige Arroganz war kurz verloschen.

»Haha. Lustig, Jule.« Flink verkrümelte er sich in seine Ecke, was für mich ein halbes Schuldeingeständnis war. Das hatte ich auch noch vor mir. Ich wollte Markus anrufen und mich entschuldigen für meinen blöden Auftritt. Ich versuchte es über den offiziellen Weg, über die Lottozentrale. Schließlich waren wir ja Berufspartner! Oder so ähnlich.

»Nein, Herr Röck ist nicht da«, gab mir die junge Frau an der Zentrale Auskunft.

»Wann kommt er denn wieder?«, fragte ich.

Sie kramte in irgendwelchen Papieren und schickte ein langes »Ähhhh« durch die Leitung. »Ist der nicht schon länger im Urlaub?« Sie fragte es mehr in den leeren Raum hinein als an mich gewandt.

»Das kann eigentlich nicht sein«, erwiderte ich. »Ich hatte gerade erst einen, nun ja, Geschäftstermin mit ihm.«

»Ach so!« Das klang erstaunt. »Jedenfalls ist er momentan nicht da. Soll ich ihm etwas ausrichten?«

»Nein, nein, ich melde mich wieder«, murmelte ich. Schade. Ich hätte meinen Fauxpas zu gerne sofort wiedergutgemacht.

Einen Fehler zu bemerken konnte gerne mal ein wenig länger dauern bei mir, einen Fehler einzugestehen noch ein wenig, aber einen Fehler verziehen zu bekommen konnte von mir aus zügig vonstattengehen.

Ob Markus so deprimiert war, dass er Hals über Kopf sechs Monate Urlaub eingereicht hatte? Konnte ich mir nicht vorstellen. Auf seinem Handy anzurufen traute ich mich nicht. Das wäre zu privat gewesen. Eine WhatsApp war der goldene Mittelweg, beschloss ich. Während ich über einen passenden Text nachgrübelte, loggte ich mich bei Facebook ein. Ich hatte zwölf neue Freundschaftsanfragen.

Hey, ein Freund aus dem Studium, den ich ewig lange nicht mehr gesehen hatte, hatte mich bei Facebook gefunden. Zwei Kommilitoninnen ebenfalls. Wenn man sich die Zeit nahm und lange stöberte, konnte man auf längst im Gedächtnis vergrabene Menschenschätze stoßen. Oder auf Menschen, die man gehofft hatte, nie wiedersehen zu müssen. Ich nahm alle Anfragen an, bis auf eine eines Schulkameraden, der mich mal ins Kino eingeladen hatte und dann an der Kasse wollte, dass ich meine Karte selbst zahle. Der hatte es komplett vermasselt mit dieser Tour. Ich sollte mich doch lieber mit meinen eigenen aktuellen Verfehlungen befassen. Minutenlang formulierte ich an einer Entschuldigung für Markus herum.

»Mit mir haben Sie keine sechs Richtigen, nur eine Falsche gezogen!« Ich löschte den Satz wieder. »Machen Sie sechs, äh, drei Kreuze, dass Sie mich los sind.« Auch diesen Mist schickte ich nicht ab. Eine innere Stimme sagte mir, dass es ausnahmsweise einmal an der Zeit sei, nicht mit knackigen, dreimal um die Ecke gedachten Wortwitzen aufzutrumpfen, sondern mit etwas Schlichtem.

»Wie konnte ich nur so blöd sein? Es tut mir wirklich leid. Dürfte ich dich zum Sushi-Essen einladen, ganz privat unter vier Augen?« Diese WhatsApp schickte ich ohne langes Überlegen ab. Mit dem Formulieren der Messages an Markus hatte ich kostbare Zeit verplempert, das Worddokument für mein Round-up-Gespräch war unterdessen leer geblieben.

»Jule, du bist gleich dran, wo ist denn dein Skript? Ich kann es im System nicht finden.« Melanie scrollte durch die unterschiedlichsten Ordner.

»Komisch, muss da irgendwo sein. Seit die das System umgestellt haben, findet man gar nichts mehr!« Dies war meine zweite Lüge heute. Ausgerechnet Melanie schwindelte ich an, die mir im Sender noch am meisten den Rücken stärkte.

»Na ja, wird schon okay sein. Geh mal rein.« Ich schnappte mir zwei leere Zettel und ging zu André ins Studio.

»Na, Glücksfee, zeig mal her, soll ich dich fragen, ob du schon dein Geld nach Liechtenstein geschafft hast?«

»Wage es nicht!«, drohte ich ihm. »Frag mich, wer bisher den Glücksaufkleber gefunden hat. Ob man weiß, wer der Samariter ist, und ob das derselbe ist, der den Lottojackpot geknackt hat.« Ich gab André so zackige Anweisungen, dass er gar nicht auf die Idee kam, nach einem Skript zu fragen.

Als wir auf Sendung waren, rollte ich die komplette Glückskleekiste noch einmal von vorne auf. Wirklich Neues gab es ja nicht.

»Nein, es hat keine weiteren Glückskleeaufkleber oder Spenden gegeben. Obwohl ich viele Mails bekommen habe von Menschen, die gerne ein kleines Stück vom großen Glück abhätten.« Beim Hörerservice waren mehrere Anrufe eingegangen, von Hörern, die mich beglückwünschen wollten, und anderen, die mir meinen Gewinn nicht gönnten. Und ich hatte tatsächlich unzählige E-Mails mit langen Wunschlisten bekommen.

»Ja, viele sprechen drüber. Mein Nachbar, zum Beispiel, hätte gerne einen Weinberg. Die verrücktesten Sachen wünschen sich die Leute.« Es erstaunte mich, dass André so auf dem Laufenden war.

»Ja, und mein Nachbar hätte gerne ein renoviertes Haus, in dem nicht der Keller unter Wasser steht«, warf ich scherzend ein. »Aber ich glaube, der geheime Samariter kümmert sich nur um die wirklich ernsten Fälle. Der Wunsch nach dem Kindergarten ging in Erfüllung. Der Typ mit der Abramowitsch-Yacht wartet heute noch drauf. Ein sehr sozialer Spender.«

»Glaubst du denn, dass der Lottogewinner das alles eingefädelt hat?«

»Ich habe wirklich keine Ahnung. Wer den Jackpot geknackt hat, ist ja immer noch nicht raus. Es muss ein sehr großzügiger Mensch sein.« André schaute mich schmunzelnd an.

»Aha, der Jackpotgewinner ist also immer noch nicht gefunden. So, so, Jule. Und du hast da nicht ein bisschen deine Finger drin?« Ich sackte verzweifelt vor dem Mikrofon zusammen. Alle Welt glaubte offenbar noch immer, dass ich die große Gewinnerin war.

»Eigentlich nicht, nein. Auch wenn ich noch immer viele Briefe und Karten bekomme.« Neben den E-Mails hatte ich auch mehrere Postkarten bekommen. Eine war von einer älteren Dame liebevoll bemalt worden und mit dem Hinweis versehen, ihr zweiundvierzigjähriger Sohn sei auf der Suche nach einer treuen Frau, und ob ich nicht vielleicht …?

»Stimmt, da fällt mir ein, ein Hörer hat dir gestern live auf Sendung einen Heiratsantrag gemacht!« André erwähnte das so lapidar, als würde er mir einen Einkaufszettel diktieren. Das ging alles viel zu weit.

»Das ist sehr nett von den Hörern, aber ich würde gerne eine Sache klarstellen«, begann ich, merkte aber, dass ich in den entscheidenden Phasen meines Lebens immer unterbrochen wurde.

»Jetzt versuch nicht, dich zu entschuldigen. Es ist ja nicht schlimm. Michael Douglas und Catherine Zeta-Jones entschuldigen sich auch nicht dafür, dass sie ein Schloss in Wales und eine Finca auf Mallorca haben.«

Das Mikro war wieder aus, und André kramte in seiner Hosentasche nach einem Zettel.

»Willst du die Nummer von dem haben, der dich heiraten will?« Er hatte sich tatsächlich den Namen notiert.

»Mann, hör auf mit dem Mist.« Mit hängendem Kopf verließ ich das Studio.

Melanie war in der Nachmittagskonferenz, sie hatte den Talk glücklicherweise nicht verfolgt. Erst schlich ich zu meinem Platz, plötzlich, angetrieben von einer Idee, sprintete ich.

Ob Markus schon geantwortet hatte? Nein, leider nicht, stellte ich mit einem Blick aufs Handy fest.

Selten hatte ich Frauen in größeren Sinnkrisen erlebt als beim Checken ihrer Handys. »Zeig mir dein Handy, und ich sag dir, wer du bist.« Dieser flehentliche Blick auf dieses kleine viereckige Ding. Und seit es WhatsApp gab, war alles nur noch schlimmer geworden.

Früher wartete man auf Anrufe, das war schon nervenaufreibend. Eines Tages konnte man SMS verschicken und wartete wieder. Man setzte sich innerlich Fristen, nach Ablauf der Zeitspanne wurde erhöht, der Notanker geworfen, denn bei SMS gab es ja immer noch die Hoffnung, dass er die Nachricht noch gar nicht gelesen hatte, weil er entweder bei der Arbeit oder anderweitig beschäftigt war.

Begehrte Männer waren schließlich nicht auf Knopfdruck erreichbar. Die Popularität einer Person korrelierte direkt mit ihrer Unerreichbarkeit, das war im echten Leben so und im virtuellen erst recht. Wer etwas auf sich hielt, ließ die anderen warten. Aber wie konnte man da überhaupt noch Fristen setzen? Und selbst wenn die Beantwortung der SMS über einen Tag ausstand, hätte immer noch die Möglichkeit bestanden, dass er im Koma auf der Intensivstation lag oder mit dem Fahrrad in die Alster gestürzt war und dort hilflos auf Rettung wartete. Unrealistisch. Aber zumindest gab es die Hoffnung.

Bei WhatsApp konnte man sein Opfer viel besser ausspionieren. (Und wieder konkrete Fristen setzen.) Das kleine Wort »online« zeigte, dass er die gesendete Nachricht bekommen hatte, war er offline, konnte man anhand des Verlaufs der letzten Kontakte seinen Antwortrhythmus genau errechnen. Da gab es keine Krankenhaus-Koma-Ausflüchte mehr.

Bei Markus tat sich gar nichts. Er hatte meine Nachricht noch nicht einmal gelesen. Dabei hatte ich sie schon vor exakt siebzehn Minuten abgeschickt. In der Zeit hätte so viel passieren können. Wir hätten uns vertragen und schon auf halbem Wege zum Feierabendgetränk sein können. Stattdessen: nichts. Aber am meisten wunderte ich mich über mich selbst.

Ulf war letzte Nacht wiedergekommen. Er war wieder da! Wieder bei mir. Und was tat ich? Ich fragte mich, was ein Lottoangestellter trieb, ob er gekränkt war und wann er endlich meine WhatsApp zu lesen gedachte.

»Na, hat er nicht geantwortet?« Melanie war unbemerkt hinter mich getreten und schaute mir über die Schulter. »Jule, wenn du Kinder hättest, hättest du keine Zeit, stundenlang auf dein Handy zu starren. Ich wette, du gehst mit dem Ding sogar schlafen.«

»Wenn sich nichts Besseres anbietet«, entgegnete ich trotzig.

»Wie oft habe ich dich schon mit diesem Handy beobachtet? Das nimmt dein ganzes Leben ein, fesselt dich, macht dich krank.«

»Deine Kinder machen das Gleiche mit dir.«

»Mag ja sein, aber die sprechen wenigstens manchmal mit mir.«

»Mein Handy auch. Jetzt zwar grad nicht, aber immerhin hat Ulf sich gemeldet und ist wieder da.« Melanie runzelte die Stirn.

»Du meinst den Typen, der wieder mal tagelang von der Bildfläche verschwunden war?«

»Sein Vater war krank!«, verteidigte ich meinen wundervollen Freund Ulf.

»Na klar, und die Ururoma musste zum Abtanzball.« Ich gab mein Bestes, nicht über Melanies Standpauke zu grinsen.

Sicher, sehr häufig hatte sie mit ihren Beobachtungen recht, oftmals steckte aber auch eine große Portion Neid einer frustrierten Frau dahinter, die seit Jahren mit denselben Kindern und demselben Mann unter einem Dach wohnte. Vermutete ich einfach mal so, und es passte als Strategie auch sehr gut, um von meinen eigenen Problemen abzulenken.

»Such dir einen anständigen Mann aus, das hast du echt verdient, einen, der nicht so mit dir spielt.« Melanie wurde ernst, was mir gar nicht in den Kram passte.

»Du kennst Ulf doch gar nicht.«

»Das muss ich auch nicht. Ich kann mir auch so denken, was er will.«

»Was soll er denn wollen?«

»Och, Jule, was könnte er wohl ausgerechnet jetzt wollen? Manchmal kommst du mir vor wie eine Zwölfjährige im Körper einer Dreiunddreißigjährigen.«

Echte Freunde zeigen sich,
wenn du in einen Skandal verwickelt bist.
ELIZABETH TAYLOR

Sehr alt fühlte ich mich. Angeschlagen und ungeliebt. Auf dem gesamten Rückweg überlegte ich, was Melanie gemeint haben könnte. Um das Geld konnte es nicht gehen, schließlich hatte Ulf überhaupt nichts von dem Trara mitbekommen. Oder hatte er mich angelogen und war nach Lektüre der Zeitung mit fliegenden Fahnen zu mir zurückgekommen?

Zugegebenermaßen nagte tief in mir ein Zweifel, ob Ulf es aufrichtig mit mir meinte. Selbst meinem verliebten Hirn war nicht entgangen, dass schon sehr viel Zufall im Spiel war. Ulf war ausgerechnet jetzt so freundlich zu mir, wo er womöglich Geld witterte.

Diese Gedanken verdrängte ich schneller, als sie gekommen waren.

Geld hatte noch nie eine große Rolle in meinem Leben gespielt. Kein Wunder, wir hatten auch nie welches. Meine Mutter hatte mit ihrer Malerei gerade mal ebenso viel verdient, dass wir über die Runden kamen. Von meinem unbekannten Vater gab es auch keine Zuschüsse. Insgeheim vermutete ich, dass Carl so selten die Miete angehoben hatte, weil er wusste, dass wir uns keine großen Mietsprünge leisten konnten.

Wir fuhren manchmal in den Urlaub, je nach Auftragslage mal weiter weg und mal weniger weit. Niemals hatte ich mir meine Freunde nach der Dicke ihrer Portemonnaies ausgesucht. Das hatte für mich keine sonderliche Relevanz. (Obwohl ich gestehen musste, dass ich einem Mann, der mir, sagen wir mal, die Stiefel von gegenüber gekauft hätte, nicht abgeneigt gewesen wäre.)

Ich hatte es wohl meiner Gleichgültigkeit gegenüber Kontoständen zu verdanken, dass ich die Lotto-Lage falsch einschätzte. Für mich hatte das Ganze die Ausmaße eines schlechten Aprilscherzes. »Jule ist Millionärin. Haha, reingelegt!« Das Blöde war nur, dass niemand außer mir den Scherz kapierte. Umso dankbarer war ich, dass mich Leute zur Räson riefen, die es gut mit mir meinten, wie Melanie und Carl.

Eine innere Stimme gab Melanie recht und verfluchte Ulf. Vielleicht hatte ich mich daher so sehr auf Markus eingeschossen. Was für ein verdammter Fehler von mir, ihn gestern einfach so ziehen zu lassen, um stattdessen kritiklos in Ulfs Arme zu sinken. Mein Handy lag schwer in meiner Hand. Sekündlich rief ich meine WhatsApp auf. Keine Nachricht, er hatte sich immer noch nicht eingeloggt. Ich gab seinen Namen im Internettelefonbuch ein und suchte nach seiner Adresse. Ich hatte keine Ahnung, was ich tun würde, wenn ich die Straße fände. Die Sorgen waren unnütz, es erschienen sowieso keine Einträge für »Markus Röck«.

Ich fühlte mich noch schrumpeliger und ausgelaugter. Eine saftige Traube auf dem Weg zur ausgedörrten Rosine. Für eine prompte Verjüngungskur tat ich das einzig Richtige. Ich suchte jemanden auf, der noch viel älter war als ich. Carl bediente gerade eine Kundin, die Pfefferminztee, Curry, Muskat und Zimt kaufte. Hoffentlich würde sie nicht alles in einem Gericht vermengen.

»Jule, kannst du mir mal mit den Bestellungen hier helfen?« Carl erkannte mich an meinem Schritt.

»Was soll ich machen?«

»Da liegen die Bestelllisten. Könntest du das abpacken, bitte, und dann die Adressaufkleber drauf. Die sind schon fertig.«

Carl war froh, als ich kommentarlos nickte, und ließ sich in seine Ecke sinken, nachdem die Kundin mit ihrem Gewürzpotpourri abgerauscht war. Früher hatte ich ihm viel häufiger geholfen. Doch je stärker mich mein eigener Job auslastete, umso mehr musste ich Carl sich selbst überlassen.

»Tut mir leid, dass ich dir immer nur den Kakao wegtrinke und schon so lange nicht mehr geholfen habe«, sagte ich kleinlaut, ohne ihn anzusehen.

»Macht doch nichts. Das ist wie mit Kindern. Die kommen auch immer wieder zurück.« Hoppla, was war das denn? Carl, der Philosoph?

»Du hast doch gar keine Kinder«, neckte ich ihn vorsichtig.

»So stelle ich mir das aber vor. Mit Frauen ist es auf jeden Fall so. Die kommen immer wieder.« Ich nutzte die Chance, auf meine eigenen Probleme zu sprechen zu kommen. Zwei Beutel Paprika und schwarzen Pfeffer legte ich vorsichtig in ein Päckchen.

»Kommen Männer auch immer zurück?« Selbst von hinten merkte ich, wie Carl mich mit seinem Blick durchbohrte.

»Meinst du diesen Hallodri von gestern?« Okay, ich sollte meine Privatangelegenheiten wohl nicht direkt vor Carls Laden austragen.

»Welchen von beiden meinst du denn?« Stolz wies ich darauf hin, dass ich gestern die freie Wahl hatte. Einen hatte ich vergrault und die Niete offenbar mit nach oben genommen, wie Carl nur noch einmal bestätigte.

»Der hat sich doch tagelang nicht gemeldet, oder?« Ich nickte. »Und jetzt steht er wieder vor der Tür. Was wollte er denn?«

»Mich sehen!«, gab ich trotzig zurück.

»Merkwürdig, dass er nur Augen für das Auto hatte anstatt für dich.«

»Du bist unfair!« Ich knallte ein kleines Lavendeltütchen auf den Tresen.

Ich hatte dafür gesorgt, dass die hübsch genähten bunten Lavendelsäckchen mit ins Sortiment genommen worden waren, um die feine Eppendorfer Klientel anzusprechen. Carl war das eigentlich zu viel Schnickschnack.

»Ich will dir ja nicht reinreden …«

»Tust du aber schon!« Ich klebte wütend und viel zu kräftig einen Aufkleber auf das Päckchen und wandte mich angriffslustig zu Carl um. »Wann hast du denn mal eine Frau? Immer nur über mich und meine Freunde herziehen, das ist einfach. Aber selber.« So hatte ich noch nie mit ihm gesprochen. Er nahm es aber gar nicht persönlich.

»Ich kann verstehen, dass du wütend bist. Der andere Mann gestern wirkte nur viel aufrichtiger und netter. Vielleicht sollte ich einfach nicht so viel aus meinem Fenster rausgucken und mich lieber um meinen Kram kümmern. Um diese hübschen Lavendelsäckchen zum Beispiel!«

Sofort verflog mein Zorn.

»Entschuldigung, ich wollte dich nicht beleidigen. Du haust nur in dieselbe Kerbe wie Melanie vom Radio. Die hat auch über Ulf gelästert.«

Carl sagte nicht: »Siehst du«, oder etwas in der Art. Das schätzte ich an ihm.

»Momentan bekomme ich entweder Heiratsanträge von wildfremden Menschen oder ich streite mich mit meinen Freunden, toll.«

»Du solltest das eine oder andere klären.« Den Rat hielt er vage, fügte erst etwas hinzu, als er mein fragendes Gesicht sah. »Die Sache mit dem falschen Lottogewinn und mit dem richtigen Mann!« Ich stimmte ihm kopfnickend zu. »Und glaub mir, Jule, zwischen zwei Männern zu stehen kann genauso fatal ausgehen wie zwischen zwei Frauen.« Diese Erkenntnis führte er nicht weiter aus. Stattdessen machte er zwei Kakaotassen startklar.

Mein Handy piepste, und ich sah den heiß ersehnten grünen Knödel oben auf dem Display. Das Zeichen, dass eine Nachricht eingegangen war. Hastig tippte ich auf »Anzeigen« und stellte enttäuscht fest, dass die Nachricht von Ulf war.

»Hast du etwas Zeit für mich?« Das fand ich ganz reizend. Den Zusatz »Du und dein Auto« hätte er sich aber sparen können.

Was, wenn alle recht hatten und ich blind vor Liebe meinen Menschenverstand ausgeknipst hatte? Fakt war, dass ich vor ein paar Tagen noch ausgeflippt wäre vor Freude über eine Nachricht von Ulf und nun die eines anderen herbeisehnte.

Ich beschloss, Ulf nicht zu antworten. Sollte er doch auch einmal die Leiden des Wartens über sich ergehen lassen. Er würde in der Zeit seine Freunde treffen, zwei Bier trinken oder ins Kino gehen. Und nicht ein einziges Mal auf das Handy starren.

Eigentlich hätte ich mich am liebsten vorm Fernseher vergraben, aber heute Abend war Zumbatime. Den Kurs würde ich nicht ausfallen lassen, selbst wenn ich dort auf Verena treffen sollte. Carl hatte mir die Anweisung gegeben, mein Leben zu ordnen, und genau das würde ich tun.

Ganz oben auf meiner Liste stand, den Streit mit meiner besten Freundin zu klären.

Als ich in den Zumbasaal kam, startete die Stunde gerade. Verena hatte sich in der hinteren rechten Ecke ein Plätzchen gesucht und versuchte so krampfhaft, mich nicht zu beachten, dass sie ein paarmal bei den einfachsten Schritten durcheinanderkam. Meine grazile Verena mit dem Feuer im Blut, hatte ich Rafaels Lobeshymne noch im Ohr.

Ich musste lächeln, als ich ihre hilflosen Versuche sah, den schnellen Bewegungen zu folgen, ohne dabei in Lachen auszubrechen, wie wir es sonst immer zusammen taten. Ich hatte mich in ihrer Nähe platziert, bekam aber keinen Blickkontakt zustande.

Verena schaffte es tatsächlich, die gesamten fünfundvierzig Minuten stur nach vorne zu starren. Auch eine Leistung. Nach dem Unterricht verfolgte ich sie in die Umkleide, in die Dusche und in die Bar. Sie saß dort mit unserer Gruppe, mit der wir immer noch ein Gläschen tranken, die, die gerne mal in mein Mikro sprachen und sich Yachten, Babysitter oder Reisen in die Karibik wünschten.

»Komm doch zu uns!«, forderte mich Andrea auf. Sie musste von unserem Streit gehört haben und hatte offenbar keine Lust auf diese Albernheiten an ihrem Feierabend. Wir plauderten ein wenig, nur Verena ignorierte mich.

»Hast du jetzt ein Bett?«, fragte ich. Es war ein plumper Versuch, mit ihr ein Gespräch anzufangen, offenbar hatte ich sie damit komplett auf dem falschen Fuß erwischt.

»Nein, woher denn?«, zischte sie mich an. Immerhin war es das Erste, was Verena an diesem Abend zu mir sagte.

»*Chica*, wollen wir noch zusammen etwas essen gehen?« Rafael war lautlos an unseren Tisch gehuscht und hatte sich neben Verena gequetscht.

Bisher hatten wir dieses grauenhafte Szenario immer abwenden können, als wir noch ein funktionierendes Team waren. Bitte schön, sollte sie doch alleine versuchen, Rafael abzuschütteln.

»Gerne, wo wollen wir hin?«, fragte Verena zu meiner grenzenlosen Überraschung. Sie ließ sich von der Bank gleiten und von Rafael alias Stirnband-Ralf nach draußen geleiten. Auch die anderen bliesen zum Aufbruch.

Betroffen schnappte ich mir meine Sporttasche und taperte hinter den anderen zum Parkplatz. Tatsächlich schickte Verena sich an, in Rafaels Auto zu steigen. Ich öffnete meinen Leihwagen und sah, wie Verena die Züge entglitten.

»Ach nee!«, platzte es laut aus ihr heraus, sie fing sich aber schnell wieder. Ihr Blick sprach Bände: »Mir keine zwanzig Euro leihen, aber selber in so einer Nobelkutsche rumfahren!«

Rafael gab Gas und war weg. Ich blieb zurück mit der Gewissheit, alles nur noch viel schlimmer gemacht zu haben. Die einzig gute Nachricht des Abends war, dass Verena mit Rafael heute Nacht zumindest nicht in dem Rattanbett liegen würde, in dem ich schon einmal gelandet war.

Mit Geld kann man sich viele Freunde kaufen,
aber nur selten ist einer seinen Preis wert.
JOSEPHINE BAKER

Ich griff beim erstbesten Trostangebot zu, das ich kriegen konnte.

Ulf wartete nach meinem Zumbakurs vor der Tür und schaute sehr verständnisvoll, als ich aus dem Mercedes stieg. Meine vielen Wunden schmerzten so sehr, dass es egal war, wer mir sein Trostpflaster aufklebte. Sollte Ulf es doch auf mein vieles Geld abgesehen haben. Na, wenn schon! Die anderen waren doch nur neidisch, weil sie überhaupt niemanden abbekamen (Carl) oder sich seit Jahren mit demselben Einheitsbrei zufriedengeben mussten (Melanie).

»Findest du mich geheimnisvoll?«, fragte ich Ulf anstelle einer Begrüßung.

»Klar!«, antwortete er. Wahlweise hätte er mich sicherlich auch sexy, mysteriös oder verrucht gefunden, Hauptsache, er müsste nicht mehr so lange im Freien vor der Tür warten.

Morgen würde ich ihn abgeben müssen!, schoss mir noch durch den Kopf. Nur den Wagen oder auch Ulf?

Die Prozedur am nächsten Morgen kam mir wie ein Déjà-vu vor. Ulf, der Langschläfer, lag noch im Bett. Leise stand ich auf, zog mich an, ging nach unten, sammelte Milch und Brötchen ein und schaute kurz bei Carl vorbei.

»Hast du die Bestellungen noch alle fertig gebracht?«, fragte ich kleinlaut. Mir war es immer noch unangenehm, dass ich ihn gestern so angefahren hatte.

»Ja, klar. Keine große Sache. Vergiss es, Jule. Und hast du viel vor?«

Ich versteckte die große Brötchentüte hinter meinem Rücken. Carl musste ja nicht unbedingt mitbekommen, dass ich mit dem Mann die Nacht verbracht hatte, von dem er mir gerade noch abgeraten hatte.

»Mein Chef will unbedingt, dass ich herausbekomme, wer der heimliche Samariter ist. Er meint, die ganze Stadt spricht drüber. Über die Glückskleeaufkleber. Ich habe aber wirklich keine Ahnung, habe mir die ganze Nacht den Kopf drüber zerbrochen.«

»So, so. Die ganze Nacht. Konntest wahrscheinlich gar nicht schlafen, du Arme.« Carl nickte mitfühlend. Ich meinte, ein kleines Grinsen um seine Lippen spielen zu sehen.

Machte er sich über mich und mein schwaches Fleisch lustig? Ich beschloss, die Milch diesmal nicht hier anzubrechen, und stopfte sie unauffällig in meine Jacke. Wieso mischte Carl sich immerzu in meine Privatangelegenheiten ein? Vielleicht, weil ich ihn ständig damit behelligte? Ich starrte grübelnd an die Decke.

»Wer könnte es denn sein, dieser anonyme Geldspender? Meine Kunden reden übrigens auch drüber«, holte mich Carl zurück zu den wichtigeren Themen des Tages.

»Wirklich?« Mir kam alles so irreal vor, bestimmt, weil ich selbst ganz tief drinsteckte.

Carl zählte auf: »Kindergarten, Babysitter und Kaschis Imbissbude, stimmt's?« Ich nickte bei der Aufzählung. Wenn ich keinen Namen und Exklusiv-Interview würde liefern können, könnte ich mir den Radiopreis abschminken.

Während ich so im Trüben fischte, beobachtete ich meinen Ersatzvater beim Teedosen-Zurechtschieben und sah auf einmal Carl, besser gesagt klar. Könnte es sein, dass er …? Ich musste arg schlucken, um meiner Stimme einigermaßen Verve zu verleihen.

»Sag mal, ich hab dir doch immer von allem vorher erzählt, oder?« Carl stellte eine Dose mit grünem Tee an ihren Platz neben dem schwarzen Tee und einem Beutel mit Pfefferminz.

»Ja, stimmt, wieso meinst du?« Er klang beiläufig.

»Ich frage mich nur, weil du der Einzige bist, der immer vorher Bescheid wusste. Könnte es sein, dass du der edle Spender bist?« Jetzt, da die Frage heraus war, kam sie mir gar nicht mehr so absurd vor.

Mir war schon klar, dass die Wahrscheinlichkeit, im Lotto zu gewinnen, kleiner war als eine halbe Ameise. Und, na klar, hatte sein Freund Kaschi schon einmal im Lotto gewonnen, aber war es deshalb unmöglich? Ich dachte an die Familie mit der schwangeren Frau, die dreimal den Jackpot geknackt hatte. Leider dachte ich nun auch wieder an denjenigen, der mir diese Geschichte erzählt hatte, und kam kurz vom Kurs ab. Nein, immer noch keine verdammte WhatsApp.

Das Schicksal spielte einem manches Mal die wildesten Streiche. Carl war der typische Robin-Hood-Kandidat, fand ich. Millionen besitzen, unter den Armen aufteilen, aber bei sich im Laden auf alten Orangenkisten sitzen.

»Ich? Eine Art Lotto King Carl?« Carl ließ ein abgehacktes, tiefes Lachen erklingen. »Ich habe noch nie was gewonnen. Glaubst du, dann würde ich hier in diesem dunklen Loch mit den alten Möbeln hausen?«

»Nein, natürlich nicht«, beeilte ich mich zu sagen und nahm mir vor, in naher Zukunft nicht mehr im Sekundentakt meine Meinung zu ändern. Wie ein Blättchen im Wind. »Du bist es wirklich nicht?«, hakte ich also noch einmal nach.

Carl kam auf mich zu und nahm mich in den Arm. Das tat er nur sehr selten. Ich glaube, das letzte Mal hatte er es getan, als Mama gestorben war. Vielmehr hatten wir uns beide umarmt, uns gegenseitig Halt gegeben.

»Glaub mir, ich hab genauso wenig Geld wie du. Und ich wäre

dir dankbar, wenn du diesen Gedanken ganz schnell wieder vergessen könntest. Ich denke, es reicht, wenn wir *ein* Gerücht aus der Welt schaffen müssen, oder?« Er meinte meine falschen Millionen und hatte wieder mal recht.

So ganz wollte ich mich noch nicht trennen von der Idee, Carl könnte der großzügige Mäzen sein. Es hätte alles so einfach gemacht. Ich hätte meine Story, könnte von mir ablenken und beim Radiopreis auftrumpfen. Na, dann eben nicht. Einfach war noch nie mein Ding gewesen.

»Und? Heute keinen Kakao?«, fragte Carl, schaute wie ein Hündchen und zog seine Augenbrauen hoch. Der Mistkerl wusste, dass oben einer wartete, und wollte mich triezen.

»Kümmer du dich mal lieber um deine Kundschaft!« Passenderweise ging zeitgleich die Tür auf, und zwei sehr gepflegte Herren in Anzügen betraten das »Würz« und grüßten freundlich. Ich hatte sie hier noch nie gesehen, konnte mir auch nicht vorstellen, dass sie auf der Suche nach Lavendel oder Majoran waren. Vielleicht hatte Carl seine Spezialmischung doch salonfähig gemacht? Die Wirkung musste sich herumgesprochen haben, und selbst die edelsten Typen erschienen, um sich, unter der Ladentheke versteht sich, mit dem Zauberzeugs versorgen zu lassen. Ich beschloss, die drei Männer alleine zu lassen, und stahl mich unauffällig in Richtung Ladentür.

Ich hatte die Hand schon an der Klinke, als der eine sagte: »Guten Tag, wir sind von der Baufirma Batimo. Sind Sie Herr Nicolaisen, der Besitzer des ›Würz‹ und des dazugehörigen Hauses?« Carl nickte.

So würde man wohl kaum ein illegales Gespräch über potenzsteigernde Mittel einleiten. Ich ließ mir noch etwas Zeit.

»Wir haben eine gute Nachricht für Sie.« Ich trat hinter das Regal mit den abgepackten Nudelgewürzen und lauschte zwischen *all'arrabbiata* und *aglio e olio* dem Gespräch.

»Das Gebäude wird von Grund auf renoviert, teils saniert. Wir werden bald mit den Arbeiten beginnen.« Durch die Lücken im Regal sah ich, dass Carls Gesichtsausdruck völlig emotionslos blieb.

»Sie kommen im Auftrag eines Investors und wollen das Haus kaufen, stimmt's? So eine Anfrage hatte ich schon häufiger. Die Antwort lautet: *nein!*« Carl klang noch bestimmter als bei der Männerstandpauke, die er mir gestern gehalten hatte.

»Nein, nein. Sie sehen das ganz falsch!«

»Ich sehe das richtig. Sie wollen alles piekfein machen und dann die Mieten vervierfachen und so weiter. Und dann kommt hier ein Modeladen rein.« Immerhin sagte er nicht mehr Konfektionsgeschäft.

»Nein, all das nicht. Nichts wird abgekauft. Es gibt einen Investor, der alles von Grund auf renovieren lässt, auf seine Kosten. Aber Sie bleiben hier drin, auch in Ihrem Laden. Den sollen wir allerdings auch ein wenig auf Vordermann bringen.« Der eine vornehme Mann fuhr grinsend mit seinem Zeigefinger über die abgeschabte Tresenplatte. Carl blieb der Mund offen stehen. Mir auch.

»Welcher Investor sollte Interesse daran haben, Hunderttausende von Euro zu zahlen, ohne selber davon zu profitieren?«, fragte Carl. Die Männer zuckten mit den Achseln.

»Das haben wir uns auch gefragt. Aber es ist so. Wir haben das hier schwarz auf weiß. Und wenn Sie mögen, können wir gerne einen Kaffee trinken gehen, vielleicht dort drüben zu dem Italiener, und alles in Ruhe besprechen.« Der Herr von der Baufirma zeigte aufs »Piazza« gegenüber.

»Ist das diese versteckte Kamera?« Carl konnte nicht glauben, was gerade passierte. »Das ist doch Unsinn. Da wirft jemand Geld zum Fenster raus.«

»Wir haben so etwas auch noch nie erlebt. Die alten Baupläne lagen zwar vor, aber wir konnten nicht einmal einen Kostenvoranschlag machen auf die Schnelle, weil wir die Wohnungen und den Laden noch gar nicht kannten. Aber ein dicker Vorschuss ist schon eingegangen. Die Arbeiten können beginnen.«

»Sie erzählen Märchen!«, sagte Carl.

»Ich kann Ihnen wirklich nicht sagen, wer der Auftraggeber ist. Ich weiß nur, dass er in einer Radiosendung gehört hat, dass Ihr Haus kurz vorm Verfall steht.« Der Mann übertrieb absichtlich. Von Verfall hatte ich nie etwas gesagt.

Carl fixierte mich durch die Regalritzen. Natürlich war ihm nicht entgangen, dass ich den Laden noch nicht verlassen hatte.

»Das hier sollen wir Ihnen geben.« Einer der Herren ließ seine Aktentasche aufrasten, kramte umständlich in den Innentaschen und legte einen kleinen Briefumschlag auf die einzige freie Fläche neben der Kasse.

Carl öffnete den Umschlag und zog ein winziges Stück Papier hervor, das ich aus meiner Position nicht erkennen konnte. »Na, komm schon her und guck dir das an!«, rief Carl in meine Richtung, und ich schälte mich peinlich berührt aus meinem Versteck hervor.

»Ein Glückskleeaufkleber!«, stammelte ich anstelle eines Grußes.

»Richtig!« Auch Carl war baff. Dass er der geheime Samariter war, fiel nun flach, es sei denn, er hatte das alles inszeniert, um mich auf die falsche Fährte zu locken.

»Das glaub ich nicht«, entfuhr es mir. Carl strich sich über seinen Bart, blickte sich im Laden um, so als würde er ihn zum ersten Mal, mit den Augen eines Fremden, sehen. Wieder ging die Ladenglocke.

»Ich störe ungern.« Maria Resche nahm ihre gewohnte Position in der Tür ein.

»Was gibt es denn?« Carl bemühte sich, nicht zu unhöflich zu wirken, aber innerlich stöhnte er bestimmt. Die Meckertante vom Dienst. Was stimmte wohl diesmal nicht mit dem Haus?

Nach den abbröckelnden Wänden und dem überschwemmten Keller hatte sie vielleicht eine Spinne entdeckt.

»Der Wasserhahn in der Badewanne tropft. Wann soll das gemacht werden?« Carl warf Frau Resche einen undefinierbaren Blick zu, angesiedelt irgendwo zwischen Genervtheit, Unverständnis und Mitleid.

»Bald wird es nichts mehr zu motzen geben. Ein Bauunternehmen kümmert sich drum.« Carl wies stolz mit der rechten Hand auf die beiden Anzugmänner, und Maria Resche klappte prompt das Kinn nach unten.

»Oh. Ach so. Na, dann is ja gut«, entfuhr es ihr nur.

Ich fragte mich, ob es Carl Spaß machte, die Resche so aus der Fassung zu bringen. Und ob sie endlich Ruhe geben würde, wenn das ganze Haus picobello saniert wäre. Ihr größtes Hobby, Carl zur Verzweiflung zu bringen, würde dann wegfallen. Daran müsste sie sich in ihrem Alter auch erst einmal gewöhnen und nach Alternativen wie Dänisch für Anfänger oder Makramee in der Toskana suchen.

Carl tangierte das wenig, er tat etwas, was er meines Wissens in den vergangenen zwanzig Jahren noch nie getan hatte. Er schloss seinen Laden am helllichten Tag und ging Kaffee trinken.

»Meine Herren, lassen Sie uns gerne die Einzelheiten im ›Piazza‹ besprechen!«

Völlig überrumpelt von den Ereignissen der vergangenen zehn Minuten ging ich fröhlich pfeifend die Treppe hinauf. Pro Treppenstufe schoss mir ein neuer Gedanke in den Kopf.

Konnte es wirklich möglich sein, dass ein Samariter, und sei er auch noch so reich, so viel Geld in die Hand nahm, um ein ganzes Haus zu sanieren, ohne dabei selbst Gewinn zu machen?

Würde es tatsächlich bei den alten Mieten bleiben, oder übersah Carl einen Fallstrick?

Zogen ihn die beiden Baulöwen im »Piazza« gerade über den rot-weiß karierten Tisch?

Müsste ich sofort in den Sender flitzen, um Dotz über den neuesten Glückskleeaufkleber zu informieren?

Ich zögerte, wollte nichts Falsches machen, solange ich kein grünes Licht von Carl hatte. Andererseits würde mein Radiochef ausflippen, wenn die Zeitung mal wieder schneller wäre und rauskäme, dass ich als Zeugin direkt daneben gestanden hatte.

Ich wog alle Für und Wider ab und beschloss, mich in Geduld zu üben. Meine leichteste Übung.

»Alles kommt zu dem von selbst, der warten kann«, lautete ein Sprichwort, das ich so gerne beherzigt hätte. Leider war ich die Ungeduld in Person. Apropos. Markus Röck hatte mir immer noch nicht geantwortet, die WhatsApp immer noch nicht gelesen. Das erschien mir mehr als merkwürdig. Ich fantasierte mir die dubiosesten Erklärungen zusammen, wie es dazu kommen konnte, dass man stundenlang sein Handy nicht checkte. Panisch fiel mir ein, dass es vielleicht an der Aufplopp-Funktion lag.

Einige hatten sich ihren WhatsApp-Account so eingerichtet, dass eine eingehende Nachricht direkt auf dem Display aufploppte. Las man sie nur in diesem Feld, galt das, soweit ich wusste, nicht als Einloggen. Sollte Markus die Aufplopp-Funktion haben, hätte er die WhatsApp also lesen, mich aber zugleich glauben machen können, er habe dies nicht getan; und zwar aus mehreren möglichen Gründen. Diese einzeln aufzulisten erschien mir viel zu anstrengend und selbstzerstörerisch. Ich brach den konfusen, destruktiven Gedankengang an dieser Stelle – ganz unweiblich – ab. Stattdessen würde ich mich an den Computer setzen und eine Doktorarbeit über die Auswirkungen von WhatsApp auf Display und Psyche schreiben. Vollneurotikerin.

Er war noch da! Diesmal hatte Ulf keinen »Musste los!«-Zettel hinterlassen. Er kam gerade mit einem Handtuch um die Hüften aus der Dusche.

»Tropft der Wasserhahn?«, fragte ich in Anspielung auf Maria Resches Gequengel.

»Nö, wieso?« Ich winkte ab und schüttete die Brötchen in einen Korb.

Butter, Marmelade, Nutella, Käse und Obst deckte ich auf. Wenig später beschmierte ich mein Lieblingssesambrötchen mit einer dicken Schicht Zitronenmarmelade und biss genüsslich hinein. Ulf nahm einen Schluck Kaffee, den ich schon seit Jubeljahren nicht mehr zubereitet hatte. Immerhin zog er keine angeekelte Grimasse.

»Hast du den Mercedes jetzt eigentlich gekauft?« Seine halb trockenen Haare hingen ihm wirr ins Gesicht. Er sah gut aus.

»Oh Mann, der Wagen muss weg. Gut, dass du dran gedacht hast.«

»Nimmst du ihn nicht?« Ich schüttelte verständnislos den Kopf.

»Wie sollte ich? Weißt du, was der kostet?«

»Ja, klar!« Es hätte mich nicht gewundert, wenn Ulf auch noch die PS, den durchschnittlichen Verbrauch, die Größe des Kofferraums und die Anzahl der eingebauten Schrauben hätte runterbeten können. »Ich überlege ja, mir ein neues Auto zu kaufen.« Das erstaunte mich. Seinen Golf hatte er erst vor kurzem erstanden. »Könntest du dir vorstellen, dich an dem Auto zu beteiligen?«, fragte er beiläufig. »Also, dann könnten wir uns den Wagen teilen. Das ist im Grunde so wie zusammenziehen.« In der Bewegung, den nächsten Brötchenbissen zu nehmen, hielt ich inne.

»Was? Du willst mit mir zusammenziehen?« Manchmal hörte ich nur halb zu, wie Ulf mir unsentimental klarmachte.

»Nein, nicht so schnell. Ich dachte nur, du könntest was zum

Auto dazugeben.« Ich ließ das Brötchen endgültig auf den Teller sinken, würde kein Stück mehr davon essen können. Ich hatte schon so genug zu schlucken.

»Habe ich das richtig verstanden?«, fragte ich.

Langsam tastete ich mich an das Unvermeidliche heran. Daran, dass Melanie und Carl sich nicht getäuscht hatten, ich mich hingegen umso mehr. Nicht Carl ließ sich gerade über den Tisch ziehen, ich hatte mich übers Bett ziehen lassen. Und das ganze drei Jahre.

»Ulf, hast du die ›Mopo‹ gelesen, bevor ich dir von der Lottogeschichte erzählt habe?« Meine Stimme klang so ernst, dass auch Ulf merkte, etwas stimmte nicht.

»Ja«, gab er kleinlaut zu.

»Hättest du dich je wieder bei mir gemeldet, wenn du nichts von der ganzen Geschichte mitbekommen hättest?« Bevor er antwortete, biss er noch einmal von seinem Brötchen ab, was ich als bodenlose Frechheit empfand.

»Weiß ich nicht genau«, gab er kauend zu.

»Und deinem Vater, geht's dem gut?«

»Er ist topfit mit meiner Mutter im Urlaub.« Immerhin log er nicht mehr.

»Würdest du bitte gehen!« Es war keine Frage, sondern eine Aufforderung. Ich versteckte meine zitternde Hand unter dem Tisch.

Ulf stand auf, schnappte sich sein Sweatshirt, sagte Tschüs und nicht Entschuldigung. Kurz darauf fiel die Haustür ins Schloss. Der liebloseste, egoistischste Vollidiot aller Zeiten hatte mein Leben verlassen.

Belämmert starrte ich auf den verschrumpelten Kaktus auf der Küchenfensterbank. In Zeitlupe wandte ich den leeren Blick ab und schaute auf mein Sesambrötchen. Eben hatte ich noch Marmelade drauf getropft. Jetzt tropfte eine Träne drauf. Es klingelte, und ich kam in die Gänge.

»Ulf!«, dachte ich. Ja, ich würde ihm verzeihen, natürlich. Er müsste nur sagen, dass es ihm leidtäte und er nicht das Auto, sondern mich liebte.

Vor dem Spiegel wischte ich mir zwei weitere Tränen aus den rötlichen Augen und öffnete betont lässig die Tür. Ulf war gealtert. Er war jetzt ungefähr Ende fünfzig, hatte schütteres Haar und trug einen schwarzen Mantel. Er sagte etwas, was ich gar nicht richtig verstand, weil ich meine Enttäuschung darüber verarbeiten musste, dass der echte Ulf nicht mehr wiederkäme.

»... von der Lottozentrale komme ich. Ich wollte mit Ihnen über Anlagemöglichkeiten sprechen.« Ich starrte den Mann vor mir an wie ein Fragezeichen. Was wollte er? Dieser Scheißlottogewinn hatte mein ganzes Leben zerstört. Freund weg, beste Freundin weg.

»Was wollen Sie?«, fragte ich gereizt. Und etwas zu laut.

»Sie vor falschen Finanzexperten warnen. Sicher haben Sie schon so einiges erlebt. Wir haben uns gedacht, nach allem, was los war, beraten wir Sie persönlich.« Ich warf die Hände in die Luft und suchte nach Worten.

»Aha, okay. Und wie, sagten Sie, war Ihr Name?« Bei der Begrüßung war ich gedanklich ja noch bei einem Lügner namens Ulf gewesen. Diesmal lauschte ich genau, als mein Gegenüber sich noch einmal vorstellte.

»Röck, heiße ich. Markus Röck.«

Handy brumm,
ergo sum.
RAINER KARIUS

Wie in Trance hatte ich das Gespräch über mich ergehen lassen. Ich hatte den Herrn von der Lottozentrale hereingelassen, ihm den Stuhl angeboten, auf dem kurz vorher noch Ulf gesessen hatte.

Ich nickte brav, hörte aber nur mit halbem Ohr hin. Auch klärte ich nichts auf, rückte nichts zurecht. Ich stellte nur einige Nachfragen, wollte beispielsweise wissen, wie lange er schon bei Lotto arbeitete und ob er einen Sohn habe. »Fünfzehn Jahre« und »Nein!«, waren seine klaren Antworten.

»Ich überlege es mir.« Ich klang träge, als ich die Visitenkarte entgegennahm, auf der tatsächlich der Name Markus Röck stand, samt Handynummer.

Ich komplimentierte ihn hinaus und stieg gemeinsam mit meinem unerwarteten Besucher die Treppenstufen hinunter. Vor der Tür stieß ich mit Carl zusammen, der sich gerade von den Bauherren verabschiedete. Auch Markus Röck war schnell verschwunden.

»Was ist denn mit dir los? Hast du ein Gespenst gesehen?« Carl war gut gelaunt. Meine trübe Miene passte gar nicht zu seiner Stimmung.

»Ich habe doppelt gesehen. Das eben war der Mann, auf dessen Nachricht ich so sehnsüchtig gewartet habe.« Ich sprach wie ein Roboter. Carl ermutigte mich wortlos, weiterzureden. »Das war Markus Röck von der Lottozentrale, Finanzfachmann.«

»Ja, und?«

»Das hier war der echte. Ich hatte schon mit Markus Röck das Vergnügen. Einem jungen Typen, der mir ein Interview gegeben und mich zum Abendessen eingeladen hat. Und der sich seit Tagen nicht mehr bei mir meldet.« Carl begann zu verstehen.

»Du meinst, der, den du wegen des anderen hast abblitzen lassen.«

»Ja, ja. Egal. Er ist ein Betrüger. Er hat sich unter falschem Namen bei mir eingeschlichen.« Wieso? Ich hatte keine Ahnung.

Mir war ja gleich einiges merkwürdig vorgekommen. Dass er sich nie mit mir in der Lottozentrale direkt getroffen hatte. Oder auch seine angeblichen Gewinner, die er an Autobahnraststätten und ähnlichen Orten empfing. Mir dämmerte, wie es dazu kam. Weil er gar kein Büro in der City Nord hatte. Und jetzt war er spurlos verschwunden und meldete sich nicht mehr. Das war alles zu viel.

Ich flennte los, mitten auf der Straße. Carl nahm mich zum zweiten Mal an diesem Tag in die Arme, was ich in meinem Zustand gar nicht richtig zu würdigen wusste.

»Ist ja gut, wird alles gut.« Ich schniefte, schnäufte und heulte.

»Wieso hat er das gemacht? Und Ulf hat mich auch nur ausgenutzt. Auch Verena ist weg, meine beste Freundin, alles wegen des beschissenen Geldes, das ich gar nicht habe. Dieses blöde Missverständnis, nur wegen Dotz. Der hat mich erpresst. Ohne ihn wär das alles nicht passiert. Und Ulf wär vielleicht noch da. Und diesen Blödmann von Markus Röck, also den falschen, hätte ich gar nicht kennengelernt. Und dann das Rattanbett. Verena und ich wollten doch in die Karibik, und jetzt ist sie mit Rafael los, den will sie gar nicht. Es ist total bescheuert alles.«

Ungefiltert ließ ich all meine Sorgen raus, zugegebenermaßen nicht ganz in chronologischer Reihenfolge. Ich glaube, das war Carl egal.

»Immerhin hast du mir mit dem ganzen Kram ein nagelneues Haus beschert«, flüsterte er, nicht ganz sicher, ob der Kommentar passend war.

Die Muse, abzuwägen, ob mir sein Kommentar gegen den Strich ging, hatte ich gar nicht. Ich freute mich über die Entwicklungen mit dem Bautrupp, fragte aber besorgt: »Ist das wirklich wasserdicht?« Wir mussten beide lachen, es war einfach zu komisch. Wenn der Deal tatsächlich wasserdicht war, würde auch in Maria Resches Leben bald kein Wasserhahn mehr tropfen und kein Keller mehr geflutet.

»Jule, ich liebe deine Selbstironie«, sagte Carl lachend und versuchte, mein Gesicht mit einem Taschentuch von Rotz und Wasser zu befreien. »Und ja, der Vertrag mit der Baufirma ist wasserdicht!«

»Apropos, wann gehen denn diese angeblichen Arbeiten los?«, keifte direkt neben uns eine Stimme. Die Resche war immer und überall. Nun gut, wir hatten ja auch den Hauseingang blockiert.

»Nächste Woche geht's los!«, erklärte Carl.

»Müssen wir dann aus unseren Wohnungen raus?« Frau Resches Ton war skeptisch.

»Ist noch nicht ganz klar. Die Wohnungen und der Hausflur müssen zunächst genau kontrolliert werden. Danke, lieber Spender«, flüsterte er noch. Frau Resche und Bonny trollten sich. Trotz meines verheulten Gesichts und der melancholischen Miststimmung wurde ich geschäftig.

»Darf ich im Radio erzählen, dass der Glücksklee bei dir zugeschlagen hat? Ich bekomme einen Megaärger, wenn ich es nicht mache. Wehe, es steht morgen in der Zeitung.«

»Mach ruhig. Ist ja kein Geheimnis.«

Ich sprintete los zum Leihwagen, den ich noch bis zum Abend behalten durfte.

»Moment. Eine Sache noch, Jule. Eins finde ich merkwürdig.« Ich drehte mich um und wartete darauf, dass er fortfuhr.

»Was denn?«, wollte ich wissen.

»Na ja, dieser neue, echte Markus Röck. Wieso will der dir Finanztipps geben, wenn er doch als Lottomitarbeiter wissen müsste, dass du den Jackpot gar nicht geknackt hast?«

Ich sagte es ja immer. Frauen in meiner Gemütslage sollten sich um jeden Preis einen Mann mit Durchblick halten.

»Ich hab die Story!«, rief ich Dotz zu, als ich den Sender enterte, und kam mir vor wie ein Klatschreporter aus den Sechzigern.

»Sie wissen, wer der Samariter ist?« Der Begriff »Samariter« war inzwischen in unseren festen Wortschatz übergegangen. Bei genauerem Nachdenken war es mir geradezu peinlich, einen so geschichtlich-biblisch besetzten Titel zu klauen und zu entfremden.

»Nein, ich weiß nicht, wer es ist.« Mir gefiel, dass Dotz geradezu hinter mir hergeeilt war, nun aber ob meiner negativen Antwort abbremste. »Er hat aber wieder jemanden beglückt.« Als ich das Wort beglückt aussprach, hatte ich plötzlich einen Kloß im Hals. Konnte man von Glück sprechen, nur, weil man Geld bekam?

»Wo hat das Glück denn diesmal zugeschlagen?«, fragte Dotz.

»Bei meinem Vermieter, dem der Gewürzladen gehört, das ›Würz‹. Ein Bautrupp wurde finanziert, die werden alles aufmöbeln.«

»Bei Ihnen im Haus, sagen Sie?«

Ich nickte ungeduldig. »Sag ich doch!«

»Claussen, Claussen, sehr unauffällig. Nun ja. Ich sage Melanie, dass Sie mit der Geschichte gleich on air gehen.« Ich wollte mich umdrehen und meiner Arbeit nachgehen, als Dotz noch nachhakte: »Und, haben Sie mal überlegt, wäre der Radiopreis was für Sie?«

»Na, klar!« Hektisch schaute ich mich auf dem Flur um, ob uns jemand beobachtete oder belauschte.

»Vielleicht könnte ich Ihnen sogar Autogrammkarten besorgen. Aber dann liefern Sie endlich etwas Konkretes, wenn Sie es nicht selbst sind. Ich will: *einen Namen!*« Er malte ein großes Ausrufezeichen in die Luft.

Nach meinem Auftritt in der Mittagsshow tauchte Redaktionsleiter Dotz im Großraumbüro auf und schnipste mich zu sich heran.

»Den Typen, der das große Geld von der Baufirma bekommt, will ich im Interview. Das soll er selber erzählen. Ich hoffe, er klingt schön gebrechlich und tränenerstickt.« *So* stellte er sich meinen Carl also vor. Von der Presse zum debilen Halbtoten degradiert.

Ich sagte ihm ein Interview zu, überlegte aber, ob ich Carl überhaupt so sehr in die Öffentlichkeit ziehen wollte.

»Ich will aber wissen, wieso!«, nuschelte ich wenig später hinter meinem Computer versteckt. Ich würde Markus Röck (den jungen, den falschen) anrufen und direkt damit konfrontieren, dass sein Schwindel aufgeflogen war. Mal sehen, wie er reagierte.

Nach einem kurzen Blick auf mein Handy und die WhatsApp-Nachrichten – nein, immer noch nicht eingeloggt – tippte ich Markus Röcks Nummer (oder wie immer der Kerl in echt heißen mochte) in das Sendertelefon. Mein Herzklopfen übertönte das Freizeichen. Reiß dich zusammen, Jule. Geh diplomatisch vor, schärfte ich mir ein. Rück nicht gleich raus mit allem, greif ihn nicht an, und vor allem gib dich cool, so als sei dir die Sache nicht einen Pfifferling wert.

»Röck!«, meldete sich die Stimme, die ich in meiner Gegenwart schon so oft lachen gehört hatte.

»So heißt du gar nicht!«, blaffte ich ihn beleidigt an.

»Wie bitte? Wer ist denn da?«

»Hier ist Jule. Und ich heiße wirklich so.«

»Ach, hallo Jule. Nett, dass du anrufst.« Der falsche Markus sprach distanziert. Er wusste wahrscheinlich, was ihm blühte. Nein. Falsch. Als wir uns das letzte Mal gesehen hatten, hatte ich ihn wegen Ulf links liegen lassen. Kein Wunder, dass er vor Freude nicht überschäumte. »Was meinst du mit: so heiße ich gar nicht?« Ich wusste, ich hatte mir eine andere Taktik zurechtgelegt, hatte mich zurückhalten wollen, aber das lag mir so gar nicht.

»Wie heißt du wirklich? Der echte Markus Röck von der Lottozentrale stand heute bei mir vor der Tür wegen Finanztipps. Er war mindestens zwanzig Jahre älter als du.« Anhand der Hintergrundgeräusche versuchte ich auszumachen, wo Dings, also hier mein Gesprächspartner, sich befand. Es klang nach Kneipe.

Anstatt alles zu gestehen und sich zu entschuldigen, fragte er: »Hast du ihn reingelassen?«

»Ja, sicher. Genauso wie ich Trottel dich reingelassen habe.« In mein Leben, fügte ich gedanklich noch etwas zu theatralisch an.

»Schön blöd. Das muss ein Betrüger gewesen sein. Ich bin mir sicher, dass es bei uns keinen zweiten Markus Röck gibt. Aber dass es mich gibt, weiß ich sicher«, sagte … jetzt doch *Markus Röck?* Ich meinte, ein klitzekleines amüsiertes Lächeln zu hören. »Der Sache müssen wir natürlich nachgehen«, sagte er ganz sachlich. »Hat er behauptet, er sei Finanzexperte bei uns?« Ich bejahte. »Hat er irgendwas dagelassen?« Die Visitenkarte fiel mir ein. Ich kramte sie aus der Jackentasche hervor. »Kannst du mir die Nummer geben, die darauf steht?« Er (keine Ahnung, wie ich ihn jetzt nennen sollte) spannte mich doch tatsächlich als seine persönliche Assistentin ein.

»Nö. Erst mal sagst du mir jetzt, warum ich dir glauben sollte.« Ich hatte schon das Recht, mich ein klein wenig pampig zu präsentieren, schaute mich aber um, ob irgendein Kollege in der Nähe war. Die Luft war rein.

»Du hast gesagt, er wollte mit dir über deinen Lottogewinn sprechen, stimmt's?« Ich bejahte wieder. »Aber du hast doch gar nicht im Lotto gewonnen. Das hätte er doch eigentlich wissen müssen.« Ob er mit Carl unter einer Decke steckte? Der hatte das Gleiche angemerkt. Es klang plausibel.

War also der echte Markus Röck im Grunde der falsche, und ich hatte den echten zu Unrecht verdächtigt? Mir wurde es um Längen zu kompliziert, und ich beschloss, mich auf wohlbekanntes Terrain zu begeben.

»Trotzdem!«, begann ich bockig. »Außerdem hast du nicht auf meine WhatsApp geantwortet.« Die Kühle, Unnahbare war noch nie meine Idealrolle gewesen.

»Aha!«, merkte Markus an. »Konnte ich ja auch gar nicht«, sagte er grinsend. Das machte mich fuchsig.

»Wieso?« Ich hatte leider einen Tonfall am Leib, der mindestens drei Nummern zu zickig klang. »Ich habe dir vor Stunden eine Nachricht geschickt, und du hast dich seitdem nicht einmal eingeloggt.«

»Oh, ich werde also überwacht. Sieh an.« Mein eigentliches Ansinnen, ihn aus der Reserve zu locken, war nicht geglückt, dafür ritt ich mich Zentimeter um Zentimeter weiter in den Schlamassel hinein. »Ich bin in London, Jule. Die Roaming-Gebühren sind megateuer. WhatsApp läuft übers Internet, wie du als Fachfrau sicher weißt, ich war überhaupt noch nicht online.« Auch das klang total logisch. Aber wieso wusste ich nichts von seiner Reise nach London? Da ich mich verbal sowieso schon halb ausgezogen hatte, war der restliche Seelenstriptease auch egal.

»Das hast du ja gar nicht erzählt, das mit London.« Hoffentlich klang ich etwas freundlicher.

»Ich hätte es dir ja erzählt, aber dann kam etwas oder besser jemand dazwischen.« Ich sackte noch weiter auf der Tischplatte zusammen.

»Ach so, ja, das stimmt. Du meinst Ulf. Das war übrigens ein Missverständnis.« Markus hielt kurz seine Hand auf die Telefonmuschel und rief einer anderen Person etwas zu, dann konzentrierte er sich wieder auf mich.

»Ein Missverständnis? Wie meinst du das? Heißt er gar nicht Ulf?« Wer konnte es Markus verübeln, dass er sarkastisch wurde.

»Okay, du hast gewonnen. Es tut mir leid. Es war ein Fehler. Ulf war nur auf mein Geld aus, auf das nicht vorhandene. Ach, das ist eine lange Geschichte. Ich wollte dich fragen, ob ich dich zum Essen einladen kann, als Entschuldigung. Also, wenn du überhaupt jemals wiederkommst.« Ich konnte durch das Telefon hören, wie im Hintergrund eine Live-Band zu spielen begann. Und trotz der Lautstärke konnte ich auch hören, dass er grinste.

»Oder ob ich mir gerade eine neue Identität zulege, meinst du?«

»So was in der Art«, gab ich kleinlaut zu.

»Ich sag dir jetzt mal drei Sachen. Erstens: Gib mir bitte die Nummer, die auf der Visitenkarte von dem angeblichen Markus Röck steht.« Ich befolgte brav seinen Befehl. Er brauchte einen Augenblick, bis er einen Bierdeckel und einen Stift gefunden hatte. Ich stellte mir vor, wie er einen Heidenspaß in einer Londoner Kneipe hatte, und wagte gar nicht daran zu denken, mit wem er dort wohl sein mochte. »Zweitens: Ja, wir können von mir aus was zusammen essen gehen. Morgen bin ich wieder in Hamburg.« Er machte eine Pause.

»Und drittens?« Mutig fragte ich nach.

»Drittens: Du solltest nicht so viel arbeiten.« Nach allem, was ich ihm schon an den Kopf geworfen hatte von wegen Scheinidentität und Ähnlichem wäre es unklug gewesen, wieder beleidigt zu tun. Ich hatte gehofft, drittens wäre irgendetwas Nettes. Oder ein Hinweis darauf, mit wem er sich in London herumtrieb.

»Okay, mal sehen«, gab ich zerknirscht zu. Dann legten wir auf.

Die gute Nachricht war, dass er überhaupt noch mit mir sprach. Und richtig sauer hatte er auch nicht geklungen. Die schlechte Nachricht: Ich war verwirrter denn je. Wenn Markus Röck nun doch wieder Markus Röck war, wer war dann der andere?

Die Liebe ist das Gewürz des Lebens.
Sie kann es versüßen, aber auch versalzen.
KONFUZIUS

Ich musste mich irren. Dies konnte nicht der richtige Laden sein. Doch, es war das »Würz«. Einen Tag nicht da gewesen, und schon stand kein Stein mehr auf dem anderen. Die Handwerker waren richtig auf Trab.

Normalerweise lief es doch so, dass man kurz nach der Hochzeit Maler- oder Tischlerarbeiten fürs Kinderzimmer in Auftrag gab und dann froh sein konnte, wenn das Gitterbett noch vor dem Abi stand. Dieser Renovierungstrupp bewies, dass es auch anders ging.

»Carl, die haben ja alles rausgerissen!« Ich war entsetzt, dass kein Regal, kein Teesack und vor allem keine Kakaodose mehr dort stand, wo sie mal war.

»Herrlich, oder?« Carl schienen die Veränderungen weniger zu stören als mich. »Im Haus müssen sie noch einiges berechnen. Aber hier im Laden haben sie gestern gleich angefangen.«

»Und wo sind alle Gewürze hin?« Träge hielt ich meinen Liter Milch in der Hand und blickte mich suchend nach meinen alten Bekannten um. Es war wie Freunde zu verlieren, die man über die Jahre lieb gewonnen hatte.

»Alle eingelagert. Kommen wieder! Kakaotrinken klappt heute nicht. Geh mal ein Stück weg.«

Zwei Arbeiter schoben uns ein wenig zur Seite, um eine große Plane auszulegen. Der Raum war so gut wie leer. Lediglich der große Apothekerschrank stand noch an seiner Stelle. Er wurde jetzt in Folie eingehüllt, damit er keine Farbe abbekam. Auch unsere Sitzgelegenheiten waren verschwunden. Der durchgesessene Sessel und mein …

»Wo ist meine Orangenkiste?« Ich wusste, dass ich hysterisch klang.

»Wie findest du diesen Ockerton, Jule?« Carl beantwortete meine Frage nach der Orangenkiste nicht, sondern hielt mir eine Farbpalette unter die Nase. Der Mann, der jahrzehntelang nichts in seinem Leben geändert hatte (bis auf die Zahnbürste, hoffentlich), entdeckte justament sein Einrichtungsgen.

»Finde ich ganz gut, die Farbe. Erinnert mich an den Schuhladen drüben.« Gerade eben hatte ich im Schaufenster noch ein paar schlammfarbene Sandalen entdeckt, mit denen man sicherlich perfekt durch die Karibik marschieren konnte. Aber Carl wollte doch nie so sein wie die anderen. Weder wie die anderen Menschen noch wie die anderen Läden. Sein Sinneswandel irritierte mich zutiefst, aber ich beschloss, mich einfach für ihn zu freuen und mitzumischen.

»Ein bisschen mehr ins Bräunliche fänd ich gut. Oder, warte, ich habe eine andere Idee. Wie wäre es mit Gewürzfarben?«

»Wie meinst du das?« Carl hob einen Spachtel auf und reichte ihn einem der Arbeiter. Morgen würde er vermutlich schon selbst im Blaumann herumlaufen.

»Na ja, in einer Ecke so ein Currygelb, dann Paprikarot, Pfefferbraun …« Der Besitzer des »Würz« winkte einen seiner neuen Kumpel heran.

»Sag mal, Henning. Kann man auch Gewürze an die Wand malen? Jule hat so eine komische Idee, die ich großartig finde.«

»Heutzutage kann man alles, Carl.«

Während ich die vergangene Nacht durchgeheult hatte, wegen Markus und wegen Ulf und wegen allem, hatte Carl neue Kumpels gefunden.

»In der Farb-Wischtechnik ist vieles möglich. Es gibt sogar

eine Kaffee-Wischtechnik, das sieht klasse aus. Kaffeesatz mit Wasser gemischt, hört sich verrückt an, geht aber.«

Carl und ich sahen uns eine Zehntelsekunde an und sprachen wie aus einem Munde: »Kaffee? Geht das auch mit Kakao?« Wir lachten in dem Moment los, als die Frage raus war. Henning schüttelte irritiert den Kopf.

»Kakao? Wie kommt ihr denn da drauf? Na, ich seh mal zu, was ich machen kann.« Als er sich umdrehte und auf eine mit Farbe bekleckste Leiter stieg, dachte er bestimmt, dass diese extravagante Tussi hingehen sollte, wo der Pfeffer wächst.

»Ich habe übrigens den ganzen Schrank ausgeräumt. Die halbe Nacht habe ich im Laden gesessen.«

»Warum hast du denn nicht Bescheid gesagt, ich hätte dir doch helfen können.« Stattdessen hatte ich mich und meine Tränen im Bett hin und her gewälzt.

»Ach, nein, du hast ja momentan genug andere Sachen im Kopf.«

»Und was hast du so entdeckt? Liebesbriefe von vor achtzig Jahren?«, fragte ich neckend.

»Na ja, so ähnlich.« Carl klang ernst und nicht ganz so schelmisch wie ich. »Viele alte Fotos waren dabei. Auch welche, die dich vielleicht interessieren könnten. Von deiner Mutter und so. Möchtest du die haben?«

Plötzlich wurde mir flau im Magen. Die Vorstellung, dass in Carls alter Schublade jahrelang Fotos meiner Mutter gelagert hatten, die ich noch nicht kannte, brachte mich aus der Fassung. Carl holte aus einem letzten nicht mit Plane verschweißten Winkel eine dicke Fototüte hervor und reichte sie mir.

»Sieh sie dir irgendwann an, Julchen. Sie sieht dir so ähnlich. Es ist verblüffend.«

Ich nahm die Fotos und stopfte sie in meinen Lederbeutel. Mir war noch nicht danach, alte Wunden aufzureißen. In meiner

Wohnung hatte ich auch nur ein Foto von Mama stehen, und das sehr versteckt im Wohnzimmer hinter einem Buch. So gar keinen Verwandten zu haben war sehr schmerzhaft.

»Danke. Ich schau sie mir später an«, sagte ich mit belegter Stimme. Ich fuhr betont gutgelaunt fort: »Also, hier Paprika an die Wand. Davor stellst du die Paprikasäcke. Da hinten Kakao, davor die passenden Dosen. Und die Decke wird, lass mal überlegen, vielleicht lavendelfarben. Und von oben lässt du Lavendelsträuße herabbaumeln.« Carl runzelte die Stirn, er war sich noch nicht sicher, ob ihm dieser Farbmix zusagte.

»Das soll hier ja keine Villa Kunterbunt werden«, sagte er nur.

»Wieso nicht? Du willst doch anders sein als die anderen.«

»Ja, schon, aber Lavendel von der Decke?«

»Du kannst es dir ja überlegen. Schläfst mal eine Nacht drüber. Wenn du dazu kommst. Ach, weswegen ich überhaupt hier bin. Würdest du mir ein kleines Interview geben?« Ich wedelte mit dem Mikrofon vor seiner Nase, das ich aus der Tasche gezogen hatte. »Dotz will unbedingt, dass du ein paar Worte zum Glücksklee sagst, sonst bin ich unten durch und darf vielleicht nicht zum Radiopreis.« Als Carl merkte, dass sich der Frequenzbereich meiner Stimme dramatisch nach oben verschob, nickte er.

»Ja, leg los. Was soll ich sagen?«

Er sprach zum ersten Mal in mein Mikrofon. Carl hatte ich noch nie als Umfrageopfer missbraucht, das hatte bisher Verena mit Bravour erledigt. Nun erklärte er also auf seine alten Tage in ein paar lustigen Sätzen, wie farbenfroh er das »Würz« gestalten ließ. Er endete mit der Kakao-Wischtechnik-Pointe. Perfekt.

Gerührt wollte ich ihn umarmen, um mich zu bedanken, bemerkte aber, dass dies wirklich zu viel des Guten gewesen wäre. So oft wie wir uns in den vergangenen Tagen in den Armen gelegen hatten. Ich verließ winkend das »Würz«, unterm Arm die Tüte Milch, in der anderen Hand die Tasche mit den Fotos.

Beides legte ich in meiner Wohnung ab, bevor ich mich aufs Rad schwang, um im Sender das Interview mit Carl zu bearbeiten.

Unser Volontär Daniel war gerade im Studio, als ich eintraf, und durfte dort zum ersten Mal ans Mikrofon. Genau wie Carl. Es ging um Freizeitmöglichkeiten fürs Wochenende.

»Man kann viel machen, Stadtpark, Alster, Elbe, Kino.« Er zählte die üblichen verdächtigen Aktivitäten auf. Gähn.

»Kommt immer drauf an, wie viel Geld man zur Verfügung hat. Unsere Jackpotkollegin Jule Claussen beispielsweise könnte auch mal eben übers Wochenende auf die Fidschi-Inseln jetten.«

Daniel und André amüsierten sich on air königlich. Wie kam der Kerl dazu, auf meine Kosten Witze zu machen? Ich stand starr in der Redaktion und spürte Melanies mitleidigen Blick.

»Ich werde ihm gleich eine Abreibung verpassen, keine Sorge!«, meinte sie.

»Das werde ich selber auch noch!«

Wie unter Strom wartete ich darauf, dass Daniel nach dem Talk aus dem Studio herauskäme. Er dachte aber gar nicht daran, sondern plauderte noch ganz kumpelmäßig mit André. Dem, vermutete ich, erzählte unser Wichtigtuer-Volontär gerade, dass er auch mal ein ganz Großer werden würde, irgendwann mal »Wetten, dass …?« moderieren wolle oder erst einmal klein anfangen mit den »Tagesthemen«.

Nervös ließ ich die Finger meiner rechten Hand über Daniels Schreibtisch laufen. Mein Blick schweifte über seine Habseligkeiten. Eine blaue gewachste Tasche stand auf dem Boden, eine Trainingsjacke war nachlässig über die Stuhllehne geworfen, und neben dem Computer lag sein iPhone, das in dem Moment, als ich es entdeckte, zu klingeln anfing. ›Light my fire‹. Ich fand nicht, dass Daniel das Recht hatte, diesen Klingelton von den Doors zu laden. Als Jim Morrison starb, war Daniel noch nicht einmal geplant, und im Nachhinein hätte ich einiges dafür gegeben, wenn seine Eltern sich gegenseitig nicht entflammt hätten.

»Mach das nervige Ding aus«, schimpfte jemand aus der anderen Ecke des Büros. Ich schaute diskret zum Studio, Daniel war immer noch nicht im Anmarsch, dann auf das Display. Die Nummer kannte ich nicht, sie kam mir bloß sehr vage bekannt vor. Sollte ich?

»Hallo?«, meldete ich mich mit verstellter Stimme und ging ein wenig in die Hocke, damit Daniel nicht sehen konnte, dass ich an seinem Handy zugange war.

»Daniel, bitte!«, sagte eine weibliche Stimme mit erkennbar eingeschnapptem Ton.

»Der ist gerade nicht da«, erwiderte ich. Was mich in diesem Moment ritt, wusste ich nicht, nur die ungeheure Wut auf den Nichtsnutz und auf meine unglückliche Situation. Ich wollte ihm schaden, und mein Instinkt sagte mir, dass sich mir hier eine einmalige Situation bot. »Moment mal«, sagte ich noch.

Schnell schnappte ich mir das Mikrofon, mit dem ich zuvor noch Carl aufgezeichnet hatte, verließ mit dem Handy die Redaktion, postierte mich in einer versteckten Ecke hinter einem Blumentopf mit Riesenfarn, stellte das iPhone auf Lautsprecher und drückte den Aufnahmeknopf des Mikros.

»Wie, nicht da?« Eine tiefenentspannte Frau klang anders. »Er wollte sich bei mir melden. Mehrfach, und hat es nicht getan.«

»Kann ich ihm was ausrichten?«, fragte ich neutral, während ich mich auf die Stimme konzentrierte, die mich entfernt an jemanden erinnerte.

»Ob Sie ihm was ausrichten können? Dass ich auf ihn warte. Wer sind Sie denn überhaupt? Seine Sekretärin?« Die Frage meinte sie offenbar ernst. Genauso gut hätte ich als Butlerin oder Typberaterin durchgehen können.

»Eine, äh, Freundin«, erklärte ich vage und verschluckte mich fast an dem ekligen Wort.

»Wenn Sie das sind, was ich denke, dann können Sie ihm

ausrichten, dass er großen Ärger bekommt.« Jetzt schrie sie, und ich konnte sicher sein, dass das Mikrofon jedes Wort mitbekam.

»Verstehe ich nicht.« Ich stellte mich doof, was eine gute Möglichkeit war, um Menschen noch wütender zu machen und aus ihnen noch mehr Informationen herauszupressen.

»Wenn er es wagt, das eine Foto zu veröffentlichen, dann … ach, egal, sagen Sie ihm, er soll sich umgehend bei mir melden, wenn er nicht möchte, dass ich seinem Chef einen kleinen Anruf abstatte.« Foto? Ganz allmählich dämmerte es mir, wer am anderen Ende der Leitung war. »Wissen Sie eigentlich, was er mir versprochen hat?«, fragte die Frau noch, die tatsächlich vermutete, ich sei Daniels Bettgefährtin.

»Was denn?«

»Dinge, die Sie nie zu hören bekommen werden«, sagte sie und hoffte, mich damit zu kränken. »Sagen Sie ihm, er soll mich umgehend anrufen!«

»Wie ist denn eigentlich Ihr Name?« Ich sah sie in einem Nichts von Negligé auf einem gemütlichen Sofa mit Blick in einen Garten an der Elbchaussee sitzen, während ihr Mann sich mit seinen Kumpels zum Skat in Barmbek traf. Sie hingegen erkannte offenbar nicht, dass sie mit der Frau telefonierte, die sie erst vor kurzem interviewt hatte.

»Schneider!«, würde die Millionärsgattin antworten müssen, wenn sie tatsächlich unüberlegt ihren Namen preisgäbe. So zornig und ungehalten war sie dann aber doch nicht.

»Sagen Sie ihm, sein Jackpot hat angerufen!«

Rasch schlüpfte ich zurück in die Redaktion, platzierte unbeobachtet das iPhone auf Daniels Schreibtisch und überlegte mit hochrotem Kopf, was ich mit dem verhängnisvollen Tonmaterial anfangen sollte. Das könnte ich Daniel zu gegebenem Anlass um die Ohren hauen. Verführung von Interviewpartnern während der Arbeitszeit, das müsste doch reichen, um ihn fristlos zu feuern. Vorerst verstaute ich das Mikrofon sicher in meiner Tasche. Daniel trat in diesem Moment aus dem Studio, und ich verließ den Raum. Melanie würde ihn sich vorknöpfen. Obwohl ich stinksauer auf ihn war, wollte ich ihm jetzt nicht unter die Augen treten. Nichts Unüberlegtes tun, dachte ich, zudem flüsterte mir mein schlechtes Gewissen schon ein, dass ich mit einem halben Bein im Knast stünde.

Man muss sich beeilen,
wenn man etwas sehen will,
alles verschwindet.
PAUL CÉZANNE

Ich zog meine schwedischen Gardinen zu. Blau-weiß gemustert, hatte ich mir vor ein paar Jahren für mein Schlafzimmerfenster nähen lassen. Sie gaben dem Raum eine unschuldige Frische. Unschuldig war das Wort, das an diesem Tag am wenigsten zu mir passte. Ausgestreckt auf dem Bett, den Blick zur Decke gerichtet, überlegte ich, ob Daniel mir nach meiner illegalen Aktion auf die Schliche kommen könnte.

Ich musste mir eingestehen, dass ich eine lausige Schnüfflerin war, hatte ich doch vergessen, den eingehenden Anruf von Frau Schneider zu löschen. Nicht, dass ich auf die Schnelle gewusst hätte, wie das ging. Mit meinen hektischen Bewegungen hätte ich eher die gesamte Kontaktliste gelöscht, das Handy in die Luft gejagt oder weggebeamt. Diese iPhones heutzutage konnten doch alles. Um mich von meinen Überlegungen abzulenken, griff ich nach einer Frauenzeitschrift und blätterte lustlos darin herum. Zehn Sonderseiten über die aktuelle Sommerschuhmode.

»Warum reden Frauen so gerne über Schuhe?«, hatte Daniel neulich lauthals gefragt.

»Weil das die einzige Größe ist, für die sie sich nicht schämen und die sich nicht wie bei Kleidern ändert«, hatte ich ehrlich geantwortet. Schuhmodel konnte quasi jede. Einmal Größe 40, immer Größe 40.

Jetzt dachte ich schon wieder an Daniel. Damit musste Schluss sein. Ich tastete unter dem Bett nach einem Buch, das mich hätte ablenken können, und stieß auf eine Tüte.

»Ach, die Fotos!«, dachte ich mit einem mulmigen Gefühl. War jetzt der richtige Zeitpunkt, um eine Zeitreise in meine Vergangenheit zu machen? Melancholischer würde ich nicht werden, und so öffnete ich seufzend die alte Fototasche. Ich zog an die vierzig Bilder heraus, die teils schon vergilbt waren. Die ersten zauberten sogar ein Schmunzeln auf mein Gesicht.

Carl in Schlaghosen und engem Hemd vor seinem Laden, dem »Würz«, grinsend zeigte er auf einen Beutel, auf dem »Alter Pfeffersack!« stand. Es waren sogar Fotos von Kaschi dabei, auch das eine Bild, das ich in seinem Wohnwagen entdeckt hatte, auf dem Carl zwei hübsche Frauen im Arm hält und Kaschi verlegen lächelnd daneben steht. Allmählich wurde es düster, und ich knipste meine Nachttischlampe an, um mir die Personen genauer ansehen zu können.

Carl war ein richtiger Sonnyboy gewesen, auf einigen Fotos schaute er mir auch eine Spur zu arrogant. Ich blätterte weiter durch die Fotos, und plötzlich sah ich sie: meine Mama. Einmal in einer Latzhose, dann lachend neben Carl, in einem Blumenkleid, das blühende Leben. Das alte Papier weichte auf, als die erste Träne drauf tropfte. Es fiel mir schwer, zu verstehen.

Ich schaute mir Fotos an, auf denen sie so lebendig aussah, während sie längst vermodert und in Staub aufgelöst seit Jahren unter der Erde lag. Ich durfte nicht länger hinsehen! Fotos voller Freude. Das hier war nicht meine Mutter. In meiner Erinnerung war meine Mutter ein elendig abgemagertes Stück Mensch, das nur noch aus Haut und Knochen bestand, mich, ihre einzige Tochter, am Ende nicht mehr erkannte und direkt aus dem Rollstuhl in den Sarg rutschte. Und weg! So hatte ich sie zuletzt gesehen. Anders durfte ich sie nicht sehen. Schließlich war das ihr letzter Auftritt auf Erden gewesen: ein Wrack, das die Welt viel zu früh verlassen hatte. Wie durfte ich es mir da anmaßen, Bilder aus glücklichen Zeiten anzuschauen und zu behaupten, dies sei meine Mutter? War sie das wirklich? Ja, das war sie, wie sonst hätte sie dieses kleine Etwas auf dem Arm halten sollen?

Ich betrachtete durch einen Schleier vor meinen Augen ein Bild, auf dem meine hübsche Mutter ein Bündel Baby trug: mich. Auch dieses Foto hatte jahrelang in Carls Schrank auf seine Entdeckung gewartet. Da müsste ich dem Glückskleebringer noch dankbar sein. Ohne die Renovierungsarbeiten im »Würz« wäre die Tüte mit den Bildern vielleicht nie aufgetaucht, auf ewig in unendlichen Tiefen begraben, genau wie meine Mutter.

»Hör auf, so einen Unsinn zu denken!«, wies ich mich schniefend zurecht.

Verena hatte mir nach dem Tod meiner Mutter in etlichen kostenlosen Therapiestunden klargemacht, dass ich, wenn ich das wollte, meine Mutter als gesundes Wesen in Erinnerung behalten dürfte, dass ich keine Schuld an ihrer Krebserkrankung hätte und dass ich auch keine Leichenfledderei beginge, wenn ich im Nachhinein etwas Böses über sie sagte.

»Ach, Verena!«, dachte ich mit rot verheulten Augen, und genau in diesem Augenblick piepste mein Handy. Es war wahnsinnig kitschig, und das Wort Schicksal – mystisch geflüstert – hätte gepasst wie die sprichwörtliche Faust aufs Auge: In meiner tiefsten Traurigkeit, Vergangenheitsbewältigung und Einsamkeit meldete sich meine beste Freundin per SMS, um sich mit mir zu versöhnen.

»Hoffentlich heulst du dir nicht die Augen aus dem Kopf unseretwegen.« Genau das tat ich gerade. »Erstens: Ich bin ein Vollidiot. Zweitens: Du nicht! Drittens: Rafael ist noch bekloppter als ich. Wie konnte ich nur? Viertens: Mir ist etwas Unglaubliches passiert, das muss ich dir erzählen. Fünftens: Von Carl weiß ich, dass ich mich getäuscht habe. Sechstens: Es tut mir leid, ich bin ein Vollidiot. Siebtens: Soll ich dir Geld leihen?«

Ich schmunzelte, nein, ich lachte. Ich überlachte meine Tränen.

Verena hatte sich entschuldigt. Und Carl, der Geheimniskrämer, hatte ihr offenbar ganz gehörig den Kopf gewaschen. Wie ein unauffälliger Regisseur im Hintergrund hielt dieser Mann unzählige Fäden in der Hand. Das wurde mir auch jetzt wieder bewusst.

Jeder brauchte seine gute Fee. Carl war meine.

Während ich überlegte, was ich Verena antworten könnte, sah ich mir noch schnell die restlichen Fotos an. Bevor ich meiner guten alten Freundin zurücksimsen konnte, lernte ich einen neuen Bekannten kennen. Jemanden, der auf einem anderen Bild ebenfalls das Bündel Baby auf dem Arm trug. Einen Mann, den ich noch nie gesehen hatte. Zumindest nicht, als ich noch ein Kind war.

Wer glücklich reisen will,
reise mit leichtem Gepäck.
ANTOINE DE SAINT-EXUPÉRY

Es war mir egal, dass es schon fast Mitternacht war. Ich ließ die Fotos achtlos fallen, schlüpfte in meine Klamotten, die auf dem roten Sessel lagen, schnappte mir meine Jeansjacke und sprintete die Treppenstufen hinunter. Ich war so aufgeregt und in Eile, als könnte ich eine Sonnenfinsternis verpassen, die so erst in fünfhundert Jahren wieder in Hamburg zu sehen sein würde. Dabei hatte ich es gar nicht eilig. Verena würde viel länger brauchen.

Ich hatte eine SMS zurückgetippt, und wenige Sekunden später hatte ich ihre Stimme am Ohr gehabt.

»Wollen wir uns noch sehen?«, fragte sie. Das war der Satz, den ich mir spätabends so oft von Ulf gewünscht hatte.

Das »Piazza« war noch gut gefüllt, und Mario versprach mir, noch bis ein Uhr geöffnet zu haben. Ich bestellte zwei Gläser geeisten Wein. Ich dankte ihr innerlich für die SMS, für den Anruf und dafür, dass sie mich von dem unfassbaren Foto abgelenkt hatte. Kurze Zeit später stürmte Verena die Bar, eilte auf mich zu und grinste. Wir fielen uns glücklicherweise nicht theatralisch in die Arme, sondern freuten uns ohne Körperkontakt.

»Ich bin ein Vollidi…«, begann Verena.

»Sagtest du bereits«, unterbrach ich sie. »Vergiss es. Hast du wirklich gedacht, ich bin Millionärin?«

Verena zuckte mit den Schultern. »Eigentlich konnte ich es mir gar nicht vorstellen. Aber dann war da die Sache im Radio, in der Zeitung, es passte irgendwie alles. Außerdem wollte ich unbedingt das Bett und war so sauer auf dich. Ich glaube auch, weil du Rafael auf mich gehetzt hast.«

»Habe ich gar nicht. Ich wollte dir nur helfen.«

»Ja, das hat nicht ganz geklappt.« Verena verdrehte grinsend die Augen.

»Hast du etwa, also habt ihr etwa …?« Ich wagte es nicht, den Satz zu Ende zu bringen.

»Nein. Obwohl ich schon knapp davor war. Aus Rache. Weil du mir das Geld nicht geliehen hast. Gott sei Dank habe ich noch kurz vorher gemerkt, dass das eine nichts mit dem anderen zu tun hat. Lass uns einfach den Zumbakurs wechseln, okay?«

Dass Verena nicht mit Rafael im Bett gelandet war, war eine noch bessere Nachricht als die, dass wir uns gerade wieder vertrugen. Ich wusste nicht, wie ich ihr jemals wieder in die Augen hätte blicken sollen bei der Vorstellung, dass der Zumbagott seine lateinamerikanischen Hüften … Lassen wir das lieber.

Nachdem diese Männerfront geklärt war, wollte ich Verena mein Geheimnis auch nicht vorenthalten.

»Weißt du eigentlich, dass ich dir das Geld für das Rattanbett auch nicht geliehen hätte, selbst wenn ich's dabeigehabt hätte?«

Verena nahm einen Schluck Wein. Ich merkte, dass sie sich innerlich aufregte, sich dann aber doch zur Räson rief. »Wieso?«, fragte sie nur.

»Weil ich nicht wollte, dass du in einem Bett liegst, in dem ich schon mal Sex hatte.«

Die Erklärung dazu sollte sie sich selbst zusammenreimen. Ich war gespannt, ob sie kurz vor der Geisterstunde ihren Geist noch auf Hochtouren brachte. Nach längerem Grübeln, bei dem sie mich angestrengt fixierte, fiel bei ihr der Cent.

»Nein! Du kanntest den Typen?«

»Na ja, kennen wäre übertrieben. Das war nur eine Nacht.«

Verena staunte nicht schlecht. »Wieso hast du mir das denn nicht erzählt?«

»Weil wir uns gestritten haben«, rief ich ihr unnötigerweise ins Gedächtnis.

»Ah, ja, stimmt ja.« Verena schüttelte über sich selbst den Kopf. Und über mich. »Und kanntest du auch diese unglaubliche Frau?«

»Nein. Er hat mir damals gesagt, er stehe kurz vor der Trennung von seiner Frau.« Verena verzog den Mund und nickte. »Ich habe zuerst auch gar nicht gemerkt, dass ich da schon mal war. Es war ja dunkel damals, und diese Altbauwohnungen sehen doch alle gleich aus.« Verena lehnte sich gemütlich auf dem Stuhl zurück, nahm ihr Weinglas in die Hand und hörte amüsiert zu. Meine Freundin hatte ihren Spaß. »Auf einmal steht der Typ in der Zimmertür, und ich denke, ich sehe nicht richtig. Ich konnte dir nicht mal ein Zeichen geben, du warst so in deine Feilscherei mit der Frau um das blöde Bett verstrickt.«

Verena lehnte sich nach vorne, um sich am Tisch festzuhalten, damit sie beim Lachen nicht vom Stuhl plumpste. »Hat er dich denn auch erkannt?«

»Ich habe keine Ahnung! Ich habe ihm ja einen Tipp gegeben«, erinnerte ich sie. Verena ließ das Gespräch in der Wohnung noch einmal Revue passieren.

»Deswegen hast du so einen Quatsch erzählt von dem Goldfisch?«

»Ja, den Spruch mit dem Drei-Sekunden-Gedächtnis eines Goldfischs hat er mir damals schon erzählt. Das stimmt, glaube ich, überhaupt nicht. Ich dachte, wenn ich das sage, erinnert er sich vielleicht an mich.«

»Ich breche zusammen. Du Lendengöttin! Und ich wollte unbedingt dieses bekloppte Bett. Wie bescheuert ist das denn?«

»Tooootal bescheuert!« Wir gackerten über unseren Weingläsern, und Mario beobachtete uns vergnügt von der Theke aus.

»Hast du denn jetzt ein neues Bett?« Ich sprach das delikate Thema bewusst an, damit es nie mehr zwischen uns stehen würde.

»Nein, das brauche ich auch erst einmal nicht. Bald werde ich sowieso nur noch in einer Hängematte schlafen.« Wie sie auf die Idee kam, war mir schleierhaft. »In einer Hängematte in der Karibik!«

Jetzt drehte sie komplett durch. Kaum vertrugen wir uns, schon begann sie wieder zu fantasieren. »Wie kommst du darauf?«

Verena lehnte sich nah an mich heran. »Du wirst es nicht glauben, ich habe eine Reise in die Karibik gewonnen!«

»*Wie* bitte?« Ich schrie laut auf, und Verena legte prompt ihren Finger auf den Mund und machte »psst«.

»Das sagst du *jetzt erst?*«, schrie ich ein wenig leiser. »Wie das denn, wo das denn?«

»Du hast recht, ich hätte es gleich erzählen müssen, aber ich habe vorhin nur daran gedacht, dass wir uns wieder vertragen. Und ich wollte es dir schon seit vorgestern erzählen, aber da ging es ja noch nicht. Es ist alles total merkwürdig.« Verena überschlug sich fast. »Monatelang passiert nichts, und dann Schlag auf Schlag ein Highlight nach dem anderen.«

»Erzähl doch bitte, was genau passiert ist«, drängte ich sie. »Hast du an einem Preisausschreiben teilgenommen?«

»Offenbar ja. Ich kann mich nur nicht mehr daran erinnern. Irgendwo muss ich mal was ausgefüllt und es dann verdrängt haben. Vorgestern hat mich eine Frau angerufen und mich beglückwünscht zu einer dreiwöchigen Karibikreise mit Flug, Hotel und, jetzt kommt's: Begleitung!«

»Tatsächlich?« Ich konnte es noch nicht ganz glauben, das alles klang viel zu sehr nach der üblichen Abzocke. Nach diesen Anrufen à la: Möchten Sie ein Auto gewinnen? Dann sagen Sie jetzt Ja, und wir bombardieren Sie in den nächsten Monaten garantiert mit täglichen Anrufen, auch nach Feierabend. »Wahrscheinlich war das so eine Betrügernummer«, sagte ich also.

»Habe ich zuerst auch gedacht, aber gestern sind die Unterlagen vom Reisebüro angekommen. Ich kann dort hingehen und einen Termin auswählen, die buchen das dann. Ist alles schon bezahlt. Ich habe extra in dem Reisebüro angerufen. Ein Zumbakurs ist auch inklusive.«

An der Sache war was faul, das klang viel zu sehr nach Schlaraffenland hoch zwei. Und überhaupt: Zumbakurs, das stank doch gen Himmel.

»Und du weißt wirklich nicht mehr, wo du mitgemacht hast?« Ich schnappte mir eine Scheibe Parmaschinken, den Mario uns in der Zwischenzeit auf einem kleinen Teller gemeinsam mit Käse serviert hatte.

»Doch, ich habe in einem Supermarkt, glaube ich, mal was ausgefüllt.« Verena gab sich damit offenbar zufrieden. »Kommst du mit? Ich möchte, dass wir zusammen fliegen. Es ist verrückt. Das mit der Karibik und dem Zumbakurs ist doch genau das, was ich mir damals gewünscht habe, als du die Lotto-Umfrage gemacht hast.«

Genau! Und deswegen war es mir auch nicht geheuer. Ich konnte mich überhaupt nicht freuen, beschäftigte mich viel zu sehr mit der Frage, ob der heimliche Unbekannte schon wieder zugeschlagen hatte.

»Zuerst dachte ich ja, dass ich das alles dir zu verdanken hätte. Dass du das organisiert hast, deswegen habe ich mich auch vorm ›Würz‹ herumgedrückt. Aber dann hat Carl mir gesagt, was Sache ist. Dass du dir nicht mal das Übergepäck leisten könntest. Das du aber garantiert hättest.« Carl hatte mir nicht eine Silbe davon erzählt. »Sag mal, Carl lässt ja ordentlich bei sich renovieren.« Sie blickte durch die Scheibe des »Piazza« und deutete auf die andere Straßenseite. »Hätte nicht gedacht, dass er das auf seine alten Tage noch einmal über sich bringt.«

»Hätte er auch nicht«, erwiderte ich nachdenklich. »Er hat eine Art Gönner, einen Investor gefunden, der alles zahlt, auch die Sanierung des gesamten Hauses.«

»Wie bitte? Das glaubst du doch wohl selber nicht.« Auf einmal hatte Verena ihren realistischen Blick auf die Dinge wiedergefunden. Eine der Eigenschaften, die ich so an ihr schätzte. »Wer würde denn so was machen?«

Ich sah sie eindringlich an. »Vielleicht derselbe, der zwei Frauen eine Karibikreise spendieren würde? Wie hieß denn eigentlich dieses Gewinnspiel?«, erkundigte ich mich.

Verena holte den Brief aus ihrer Handtasche. Auf dem maschinell erstellten Briefkopf prangte etwas Grünes. »Warte, das ganze heißt: Glückskleespirale!«

Die nächsten fünf Minuten verbrachte ich damit, den Kopf zu schütteln. Glückskleespirale! Und das war Verena nicht aufgefallen?

»Du hast dich auch nicht mehr daran erinnert, dass im Umkleidespind bei den Babysittergutscheinen auch ein Glücksklee war?«, fragte ich sie.

»Nee, ich habe mich so gefreut und gar nicht richtig nachgedacht, nur in dem Reisebüro angerufen.«

»Na ja. Das ist vielleicht eine Story. Alle um mich herum werden glücklich gemacht. Wahnsinn!« Kaschi und der Wohnwagen, der Kindergarten, die Sache mit dem Babysitter, Carl und sein »Würz«, Verena und die Karibik. Da waren ganz schön hohe Summen im Spiel. »Ich muss da weiter recherchieren. Motz flippt aus, wenn er das hört und wir noch immer nicht wissen, wer dahintersteckt. Außerdem war's das dann mit dem Radiopreis.«

»Was ist los?« Verena hatte mein Gemurmel gar nicht richtig verfolgt. »Freust du dich überhaupt, dass wir wegfliegen können? Wann wollen wir los, was nehmen wir mit?« Sie steckte schon voll in den Planungen, und der Koffer war schon halb gepackt. »Oder soll ich lieber Rafael mitnehmen?«, fragte sie mich noch scherzend, als wir gemeinsam gegen ein Uhr das »Piazza« verließen.

»Der wird ausflippen, wenn er davon hört«, sagte ich.

»Der soll möglichst gar nichts mehr von mir hören«, entgegnete Verena und verzog angeekelt das Gesicht. »Wie steht's denn bei dir überhaupt mit Ulf und so?«

»Vergiss es!« Mehr musste ich nicht sagen.

»Und der nette Typ, der da neulich Abend angerufen hat, als wir beim Zumba waren? Als du so rot geworden bist.« Das war ihr aufgefallen?

Wir standen inzwischen vor meiner Haustür und waren dabei, uns zu verabschieden.

»Äh, der will wahrscheinlich eh nichts mehr von mir wissen, außerdem muss ich da noch etwas klären.«

Meine Tante antwortete mir neulich auf die Frage, ob sie Angst vor dem Tode habe: »Nein, nein – nur ein bisschen Reisefieber!«
ARMIN MUELLER-STAHL

Anstatt auf mein Bauchgefühl zu hören, wollte ich eine andere Meinung einholen. Ich hatte schlecht geschlafen, Bonny hatte stundenlang gekläfft und mich schier um den Verstand gebracht. Auf dieses Telefonat musste ich mich nun aber konzentrieren.

»Lottozentrale Hamburg, guten Tag!«, meldete sich dieselbe Dame am Telefon, die mir neulich schon erzählt hatte, Markus Röck sei im Urlaub.

»Ja, äh, hallo. Jule Claussen noch einmal. Wir hatten ja schon telefoniert, wegen Markus Röck.« Selbst durch die Leitung erkannte ich, dass sie genervt die Augen verdrehte. Die schon wieder!

»Ich habe ihn jetzt erreicht.«

»Na, das ist doch super!« Ich sah geradezu vor mir, wie sie gelangweilt ihre Nägel inspizierte.

Wie bekam ich sie dazu, mir den entscheidenden Hinweis zu geben, ob Markus Röck mein Röck war? Googeln brachte nichts, das hatte ich ja schon zu Beginn unserer Bekanntschaft festgestellt. Einen Lottofinanzexperten würde man im Internet aus Diskretionsgründen nicht finden. So musste ich also über Umwege an die benötigten Informationen herankommen.

»Wir haben uns verabredet, also geschäftlich, versteht sich.« Diese Bemerkung quittierte sie mit einem schlichten »Aha«.

Wenn die Dame alle Lottogewinner so am Telefon empfing,

würden die vor lauter Unsicherheit gleich wieder auflegen und ihre Millionen lieber vergammeln lassen. Kein Wunder, dass der Jackpot oft überquoll.

»Leider weiß ich gar nicht, wie ich ihn erkennen soll bei unserem Treffen. Er trägt ja kein Namensschild«, fügte ich noch grinsend an.

»Fragen Sie ihn doch einfach, wie er heißt«, schlug die hohle Nuss vor.

»Glauben Sie, dass ich mich in einem Restaurant von Tisch zu Tisch vorarbeite und jeden Mann mittleren Alters anquatsche, auf die Gefahr hin, als männermordender Vamp tituliert zu werden?«

Ich hatte mich in Rage geredet. Gleich würde das Gespräch eskalieren, wir würden uns anschreien, und ich könnte bald eine weitere Person auf meine Liste »Zerstritten!« setzen. Eine Person, die ich noch nicht einmal kannte. Und die mir unfreiwillig half.

»Na ja, mittleren Alters wird er auch nicht unbedingt gerne hören.« Das war doch ein wertvoller Hinweis.

»Na ja, kommt drauf an, wie man es sieht«, sagte ich vage.

»Also, ich bin ja noch nicht so weit, aber wenn ich als Mann Ende dreißig als ›mittleren Alters‹ bezeichnet würde, würde mich das, glaube ich, ärgern.«

»Da haben Sie wohl recht. Dann sag ich mal Mann halbmittleren Alters, okay?« Ich lachte über meinen eigenen, noch nicht mal halbmittelwitzigen Scherz und gab meiner Stimme einen freundschaftlichen Ton, woraufhin sie schnell einen Schritt zurück machte. Wer konnte es ihr verdenken.

»Wie auch immer«, erklärte sie schnippisch. »Ich kann Ihnen jedenfalls nicht helfen. Über unsere Finanzberater dürfen wir keinerlei Auskünfte geben.«

Hast du aber schon. Danke schön für die Hilfe!

Als ich auflegte, klingelte es sofort wieder.

»Sehr verehrte, liebe Frau Claussen. Ratjen hier. Wir wollten uns erkundigen, ob Ihnen die Probefahrt im Wagen zugesagt hat und ob wir möglicherweise zusammenkommen können?« Die Stimme des Mercedes-Händlers triefte noch mehr als letztes Mal.

Immerhin war er der erste Mann seit langem, der mich fragte, ob ich mit ihm zusammenkommen wollte. Und ich musste ihn abblitzen lassen. Es war mir schon peinlich, ein paar Tage die Vorzüge des noblen Autos genossen zu haben und dem Verkäufer dann eine Abfuhr erteilen zu müssen. Andererseits, ich hatte ihn ja nicht darum gebeten.

»Es tut mir wahnsinnig leid, aber ich habe mich dagegen entschieden«, sagte ich mit fester Stimme und war selbst fast noch überraschter über meine Deutlichkeit als der Autohändler.

»Ach so, und was hat Ihnen nicht gefallen, wenn ich höflichst fragen dürfte?« Man merkte, dass er sich arg zusammenreißen musste, der fertige Kaufvertrag lag vielleicht schon vor ihm auf dem Tisch.

»Er hat mir schon gefallen. Ich kann ihn mir bloß nicht leisten«, erklärte ich und fühlte mich befreit, jetzt, da ich offen sagen konnte, dass ich gar nicht in seiner Preisklasse spielte.

»Sie machen Witze?«

»Ich wünschte, ich würde«, entgegnete ich.

»Aber, Sie haben doch gerade erst eine beträchtliche Summe, nun ja …« Der Autohändler zügelte sich, ihm war klar, dass er kaum das Recht hatte, mich auf meinen angeblich beträchtlichen Kontostand hinzuweisen.

»Habe ich nicht. Ich habe nicht im Lotto gewonnen!« Ich hätte noch einiges zu dem Thema erklären können, sparte es mir aber. Apropos: Sobald er gemerkt hatte, dass ich tatsächlich sparen musste, beendete er das Gespräch zügig. Zeit war schließlich auch nur Geld.

»Wir würden den Wagen dann heute noch abholen lassen, wenn Sie den Schlüssel bitte bereithielten.« Ich wies ihn darauf hin, dass ich die Unterlagen im »Würz« hinterlegen würde. »Ist gut. Auf Wiederhören.« Ich fand ihn sehr unpersönlich. Er hätte zumindest mal meinen Namen sagen können.

Mit den Autoschlüsseln, meinem üblichen Arbeitskrempel, der Fototasche und einem dampfenden Kakaobecher stapfte ich entschlossen zu Carl hinunter. Ich hatte etwas zu klären. Über Farbeimer, Tapetenrollen, neue Möbel und Bonny stieg ich ins Innere des Ladens. Wehe, die machten das Schild da draußen neu, dachte ich. Das »Würz« musste das »Würz« bleiben, samt verrostetem, verwarztem Namensschild. Carl fand ich in der kleinen Küche, in der gerade alle alten Schränke herausgerissen wurden. Dankbar nahm er den Kakao entgegen. Zeitgleich hielt ich ihm ein Foto unter die Nase.

»War der mal mit meiner Mutter befreundet?« Carl nickte bloß und sah sehr traurig aus. »Hast du ihn neulich erkannt?«, fragte ich mit leicht gereiztem Unterton und fügte an: »So, wie du ja auch schon vor mir wusstest, dass Verena die Reise gewonnen hat.« Carl schüttelte den Kopf und sah immer noch bedrückt aus. Nun ja, so schlimm war es nun auch nicht, dass er Schicksal und den guten Geist für mich spielte und versuchte, meinem Leben die gewisse Wendung zu verpassen. »Okay, das ist ja sehr interessant, so ein Abzocker«, zischte ich. »Dann weiß ich ja, was zu tun ist.« Carl schüttelte bloß den Kopf.

Die Autoschlüssel wollte ich auf den Küchentisch knallen. Der war aber nicht mehr da, genauso wenig wie eine andere Ablagefläche. Nur noch Carls linke Hand war frei. Dort legte ich den Schlüssel samt einer knappen Erklärung hinein. Er nahm kaum Notiz von meinen hektischen Bewegungen, dabei musste er doch nur zu genau wissen, was mich bewegte.

»Jule, ich muss dir was Trauriges sagen. Frau Resche ist tot.«

»Was?«, fragte ich. Beinahe hätte ich noch ein »Wer?« angehängt. Ich war einfach zu abgelenkt. Unsere griesgrämige Nachbarin war gestorben? Das passte mir momentan gar nicht in den Kram.

»Wann denn? Und wie?«

Carl schaute sich in seinem Laden um, auf der Suche nach einem Sitzmöbel. Er fand nichts Passendes und blieb stehen.

»Ich habe heute Morgen ganz früh bei ihr geklingelt, weil die Handwerker sich ihre Wohnung ansehen wollten. Sie hat nicht geöffnet. Das kam mir komisch vor. Bonny hat die ganze Zeit gebellt.« Das konnte ich nur bestätigen. »Wir haben dann die Tür aufbrechen lassen. Sie lag im Bett und war ganz friedlich eingeschlafen. Über Nacht. Das Herz wollte einfach nicht mehr, hat der Arzt gesagt.« Carl hatte dies so sanftmütig erzählt, dass mir ganz mulmig wurde und ich mich nicht traute, boshaft zu fragen, ob die Zicke überhaupt ein Herz gehabt hatte.

»Ist sie noch, ist sie schon?«

»Ja, der Leichenwagen war schon da. Ich habe mich drum gekümmert.« Und ich hatte mal wieder rein gar nichts mitbekommen.

Ein Leichenwagen vor unserem Haus, der eine tote Frau abholte, weckte bittere Erinnerungen. Und erinnerte mich erneut daran, warum ich an diesem Tag so aufgebracht war.

»Jule, du bist offenbar sehr wütend. Zu Recht. Ich wollte nur, dass du Bescheid weißt. Mich macht es sehr traurig. Ich würde mich freuen, wenn wir heute Abend zusammen zu Mario gehen könnten. Vielleicht kommt Kaschi auch. Bonny bleibt erst mal bei mir.«

»Ist gut«, sagte ich sanft. »Lass uns sagen, um neunzehn Uhr, in Ordnung?« Carl schien Frau Resches Tod näher zu gehen, als ich es je gedacht hätte. »Ich muss nur vorher noch etwas klären«, merkte ich noch an.

Bonny hatte gekläfft. Ich war damals verstummt, als ich Mama tot im Bett entdeckt hatte. Ich beschloss, zu Fuß zum Sender zu gehen, wollte mir nach der morbiden Stimmung im »Würz« den lauen Wind um die Nase wehen, die Sonne ins Gesicht scheinen lassen. Ich kramte eine Karte und mein Handy hervor, wählte eine Nummer und hinterließ auf einer Mailbox eine Nachricht.

Das größte Unglück,
das einem Menschen passieren kann,
ist, dämliche Eltern zu haben.
UTTA DANELLA

»Wer ist dieser verdammte Samariter?«

Dotz' Organ war wieder einmal bis nach Bremen zu hören.

»Die ›Mopo‹ hat die Geschichte mit dem Gewürzheini auch. Ist ja schön und gut, dass wir den Mann im Interview haben, aber …« Mein Chef durchbohrte mich mit seinen Blicken. War das der Mann, mit dem ich tatsächlich einhellig zum Radiopreis gehen sollte? »Wir brauchen mehr Stoff. Nachschlag. Wer ist der Sa-ma-ri-ter?« Dotz schleuderte mir diese Silben entgegen. Die anderen im Konferenzraum duckten sich verschreckt, irgendwie auch erleichtert, dass sie nicht Opfer der Attacke waren.

»Ich weiß es immer noch nicht!« Dotz riss seine Augen und seinen Mund kilometerweit auf. Ich sprach schnell weiter. »Aber ich habe neue Infos. Eine Freundin von mir hat eine Karibikreise gewonnen. Genau so, wie sie es sich in meiner Umfrage damals gewünscht hatte.«

»Die will ich im Studio haben. Sofort!« Das war keine Frage, das war ein Befehl.

»Sie arbeitet«, wagte ich schüchtern einzuwerfen.

»Ist mir egal, bringen Sie sie hierher!«

Ich versprach, mein Bestes zu tun.

Eine Stunde später stand tatsächlich Verena im Studio. Es hatte mich mehrfaches Flehen und Betteln gekostet, dann hatte sie sich bei ihrem Chef krank gemeldet. Hoffentlich hörte der nicht unseren Sender. Verena erzählte André vom Anruf der Dame von der »Glückskleespirale«, der Reise und allem, was noch so passiert war. Es war ein lockerer Plausch, wie gesagt, Verena war es ja gewohnt, in Mikrofone Statements zu den unterschiedlichsten Themengebieten abzugeben.

»Mit wem fahren Sie denn in die Karibik?«, fragte André.

»Na, mit Jule Claussen, eurer Reporterin. Ihr hat die ganze Lottogeschichte nämlich nicht so viel Glück gebracht. Die Reise kann sie gut gebrauchen.« Ich war gerührt über diese Ansage meiner Freundin.

»Was heißt: kein Glück gebracht?«, fragte Daniel aus dem hinteren Teil der Redaktion. »Du brauchst doch nun wirklich keine Reise. Wo hast du das ganze Geld eigentlich gebunkert?«

Melanie grätschte gerade noch dazwischen, als ich mich auf Daniel stürzen und ihn unschädlich machen wollte.

»Das lohnt sich doch nicht!«, flüsterte sie mir zu. Daniel lachte nur höhnisch und nannte mich eine »wilde Furie«.

Dotz, der gerade in den Raum kam, hatte von der Auseinandersetzung glücklicherweise nichts mitbekommen. Er bedankte sich persönlich bei Verena für ihr Kommen. Auch mich grinste er an und hob seinen rechten Daumen.

Das hatte ich auch noch nie erlebt. Typisch weibliche Charakterzüge: himmelhoch jauchzend, zu Tode betrübt.

Vor der Sendertür quatschte ich mit Verena noch lange. Wir wurden nur durch einen Mann unterbrochen, der uns fragte, wie er zur Elbe-Welle käme. »Fahrstuhl, dritter Stock, linke Seite«, entgegnete ich in Stenoform. »Zu wem wollen Sie denn? Ich arbeite auch dort«, fragte ich noch.

»Zu Werner. Und zu meinem Sohn.« Der Mann platzte offenbar vor Stolz, einen Sohn beim Radio zu haben. Ich fragte mich, wer das sein sollte. Außerdem stolperte ich darüber, dass er schlicht zu »Werner« wollte. Soweit ich wusste, war unser Chef der Einzige, der auf den Namen Werner hörte.

»Meinen Sie Herrn Dotz?«, fragte ich.

»Ja, genau. Beim Angeln nennen wir uns immer alle beim Vornamen.« Der Mann erzählte so offenherzig über seine Bekanntschaft mit Dotz, dass ich das Gefühl hatte, er habe noch nie einen Schritt auch nur in die Nähe einer Sendeanstalt getan und die Medien seien ihm so fremd wie uns Marsmenschen.

»Sie sind also ein Angelkollege, Herr …?«, erkundigte ich mich höflich, weil er mir irgendwie leidtat. So unbedarft, ohne Ahnung, in welch ein Haifischbecken er sich da gerade begab.

»Kellwig ist mein Name, angenehm!« Er gab Verena und mir tatsächlich die Hand. Während ich seine Hand schüttelte, ging mir ein Licht auf.

»Kellwig? Sind Sie der Vater von Daniel?« Ich konnte nicht glauben, dass unser vorlauter Volontär so einen zurückhaltenden Vater hatte. Aber was hatte der mit Dotz zu tun?

»Ja, genau. Wie gesagt, Werner und ich angeln zusammen. Er ist ja wirklich ein ganz Netter.« Verena nickte dem Mann zu, weil ich leider kurzzeitig nicht mehr antworten konnte.

Auf meinen Chef passten etliche Attribute von cholerisch bis hin zu größenwahnsinnig, aber nett war in etwa so unpassend wie grazil für Cindy aus Marzahn. Doch Herr Kellwig ließ sich nicht abbringen, Werner Dotz zu loben.

»Er hat meinem Daniel dieses Volontariat besorgt.« Ich traute meinen Ohren kaum. Werner Dotz hatte ohne Gegenleistung noch nie für irgendjemanden etwas getan.

»Echt?«, hakte ich ungläubig nach.

»Na ja, aber erzählen Sie es niemandem weiter. Es war eine Wette. Daniel wollte so gerne zum Radio. Eigentlich mag ich diese Vitamin-B-Geschichten ja nicht. Aber Werner hat gesagt, wenn ich für ihn einen großen Fisch aus dem Wasser hole und er den Angelwettbewerb gewinnt, dann macht er das mit dem

Volontariat klar.« Nur langsam erschloss sich mir, was Herr Kellwig da erzählte.

»Wieso hat Werner, äh, Herr Dotz, den Fisch denn nicht selber geangelt?«

»Na ja!«, Herr Kellwig drehte sich zur Seite, um zu sehen, ob uns jemand belauschte. »Er ist ja nicht gerade der Geduldigste. Er hat noch nie einen Fisch rausgeholt. Irgendwann fängt er immer an zu fluchen, wenn sie nicht beißen. Aber das hätte ich vielleicht nicht erzählen sollen …«, fiel es Herrn Kellwig etwas zu spät ein.

»Ach, machen Sie sich keine Sorgen. Ich behalte es für mich.« Zumindest mal für die nächsten fünf Minuten … Amüsiert wurde mir so einiges klar.

»Daniel weiß gar nicht, dass ich komme«, merkte Herr Kellwig noch an.

»Ach, gehen Sie ruhig hoch, er wird sich bestimmt freuen.«

Sicherlich wäre es Daniel megapeinlich, wenn sein Vater gleich auftauchte. Uns immer als Rentner beschimpfen, aber selbst noch den Papi als Babysitter dabeihaben.

Nachdem Herr Kellwig in den Fahrstuhl gestiegen war und ich mich wieder einigermaßen gefangen hatte, wurde mir klar, dass Daniels familiäre Verhältnisse meine geringste Sorge waren. Ich erzählte Verena beiläufig, was ich heute noch vorhatte, nämlich *meine* familiären Verhältnisse zu sortieren. Als ich geendet hatte, stand sie stumm vor mir und nahm mich einfach in den Arm, das, was wir am Abend zuvor bei der Versöhnung versäumt hatten. Eine Umarmung von Verena würde ich immer einem neuen Paar Schuhe vorziehen. Dann wünschte sie mir: »Viel Glück!«

Wie oft benutzte man diesen Ausdruck. Zwei Worte: viel Glück. Das sagte sich so einfach daher. Wenn jemand eine Führerscheinprüfung hatte, ein passendes Kleid für eine Feier suchte, sich mit dem Ex traf, zum Arzt ging, jedes Mal gab es ein »Viel Glück!« mit auf den Weg. Was war Glück? Den Lottojackpot zu knacken?

Nein, ganz gewiss nicht, konnte ich mit Bestimmtheit sagen. Mir fiel Herr Schneider ein, der ohne Geld, Villa und Frau an der Elbchaussee um einiges glücklicher gewesen wäre. Erst recht war man nicht glücklich, wenn man nur scheinbar den Jackpot geknackt hatte.

Glück war, so hatte ich im Zuge meiner Lottorecherchen im Internet gefunden, zunächst einmal ein sehr vielschichtiger Begriff und schwer zu fassen. (Das konnte ich aus dem echten Leben nur bestätigen!) Es war angesiedelt irgendwo zwischen einem momentanen Glücksgefühl und anhaltender Glückseligkeit und konnte einhergehen mit der Erfüllung eines Wunsches oder dem Erreichen eines Ziels. Am schönsten fand ich aber nach wie vor eine Definition, die ich einmal in einem (offenbar sehr, sehr schönen) Film aufgeschnappt haben musste: »Glück bedeutet, sagen zu können: An keinem Ort der Welt wäre ich jetzt lieber als genau hier.« Dieser Satz rührte mich. Und er war angenehm konkret.

Das Wort Glück, so hatte ich weiter recherchiert, kam vom Mittelhochdeutschen *g(e)lücke*, was so viel bedeutete wie Schicksal oder Ausgang eines Geschehens (sowohl zum Guten als auch zum Bösen hin).

Wehmütig musste ich an den Film ›The Best Exotic Marigold Hotel‹ denken, aus dem das Zitat stammte: »Am Ende wird alles gut, und wenn es nicht gut ist, dann ist es eben noch nicht zu Ende.«

Richtig, es war noch lange nicht zu Ende. Ich hatte noch sehr viel vor.

Um halb sieben, eine halbe Stunde vor dem Treffen mit Carl und Kaschi, platzierte ich mich auffällig in Fensternähe im »Piazza« mit Blick auf die Straße und Herzklopfen. Kurz danach kam er. Jetzt, wo ich es wusste, war es wirklich verblüffend. Ich dachte, ich würde zittern oder ohnmächtig werden. Nichts dergleichen geschah, als ich mich vom Stuhl erhob, ihm die Hand gab und völlig neutral »Guten Tag, Herr Röck!« sagte. Er war sehr erfreut, mich zu sehen.

»Danke vielmals für Ihre Nachricht auf dem Anrufbeantworter, Frau Claussen. Schön, dass Sie mit mir über die Anlagemöglichkeiten sprechen möchten.«

Er breitete einen Haufen Zettel auf dem Tisch aus, redete leidenschaftlich über Zahlen und Konten, Rente und Rendite und winkte ab, als Mario mittendrin eine Getränkebestellung entgegennehmen wollte. Ich schaute Herrn Röck reglos zu.

»Was sagen Sie dazu?«, fragte er begeistert, als er seinen engagierten Vortrag beendet hatte.

»Was ich dazu sage?«, wiederholte ich. »Eine Sache habe ich zu sagen. Wussten Sie, dass die Wahrscheinlichkeit, im Lotto zu gewinnen, bei 1:140 Millionen liegt?«

Er wollte etwas antworten, sicherlich hatte er auch schon von dieser Statistik gehört und einige kluge Kommentare in petto, er verstummte aber prompt, als er meinen kalten, bestimmten Gesichtsausdruck sah. Was in mir vorging, konnte er nicht erahnen. Bevor ich einen Rückzieher machen konnte, schickte ich eine kurze abwehrende Handbewegung in Richtung Carl, der in diesem Moment das »Piazza« betrat. Ich setzte mich gerade hin.

»Die Chance, im Lotto zu gewinnen, ist also sehr gering. Wenn Sie das wissen, dann sage ich Ihnen jetzt noch was, Sie scheinen sich mit Zahlen ja offenbar sehr gut auszukennen.« Mein Ton klang genauso schneidend, wie ich ihn auf dem Weg hierher geprobt hatte. »Die Wahrscheinlichkeit, im Lotto eine Tochter zu gewinnen, um die man sich bisher nie gekümmert hat und deren Geld man jetzt einsacken will, liegt bei null Komma null!« Ich ließ den Satz einen Moment wirken.

»Wie bitte? Ich verstehe nicht ganz«, sagte der Mann, der sich mir als Markus Röck vorgestellt hatte und dessen wirklichen Namen ich gar nicht wissen wollte. »Denken Sie etwa, ich bin, äh, also Ihr Vater?« Er sah mich erstaunt an, und ich geriet ins Zweifeln.

»Ja, sind Sie das etwa nicht?« Urplötzlich war ich unsicher. Alles hatte so gut gepasst. Er mit Mama und mir auf einem Foto … »Aber Sie sind doch auf dem Foto!« Ich knallte ihm das Bild vor die Nase.

»Ja, ich kannte deine, äh, Ihre Mutter auch, aber ich hatte doch nichts mit ihr.« Er schien wirklich aufrichtig. Zwar wollte er mich finanziell übers Ohr hauen, aber nicht emotional. Immerhin.

»Er hat recht, Jule. Er ist nicht dein Vater!« Eine leise Stimme hinter mir ließ mich aufschrecken. Carl war ganz dicht hinter mich getreten. Ich drehte mich um und sah ihn anklagend an.

»Aber du hast mir doch gesagt, dass er das war.«

»Ja, aber ich meinte doch damit nur, dass er der vom Foto war. Also der, der an dein Geld wollte.«

Ruckartig wandte ich mich wieder dem falschen Markus Röck zu. »Ja, was sollte das überhaupt?«

Kleinlaut gab der Mann zu, dass er meinen Namen im Radio gehört, sich an meine Mutter erinnert, mich und den echten Markus Röck beobachtet und sich dann diese Sache ausgedacht hatte.

»Das ist ja total hinterhältig!«, warf ich ihm an den Kopf. Ich klang total harmlos! Hatte ich keine besseren Schimpfwörter auf Lager?

»Ja, das stimmt. Es tut mir leid.« Er blickte ängstlich zu Carl. »Der konnte mich früher schon nicht ab. Und bei deiner Mutter bin ich auch nicht gelandet. War alles sehr kompliziert.« Das glaubte ich, die Details wollte ich gar nicht wissen. Es war schon heftig genug, zu erfahren, dass der Vater, dem man den Laufpass hatte geben wollen, gar nicht der eigene Vater war. Selbst wenn er ein egoistischer, raffgieriger, gewissenloser Kerl war, so hätte ich doch zumindest endlich einen Vater gehabt. Einen Arschloch-Vater. Hatten viele andere auch. Ich hatte gar keinen und war nun wieder bei null.

Ich winkte entnervt ab und ging zur Toilette, weil ich nicht wollte, dass jemand meine Tränen sah. Als ich zurückkam, war der falsche Vater / der falsche Röck aus dem Laden und aus meinem Leben verschwunden.

»Na, willst du einen Kakao?« Carl war hinter mich getreten und berührte ganz sachte meine Schulter.

»Nö, ich nehm noch einmal so einen geeisten Wein.« Der hatte mir gestern schon so gut geschmeckt!

Mario kam und nahm die Bestellung auf. Nur langsam realisierte ich, was alles passiert war. Frau Resche war gestorben und mein eingebildeter Vater gewissermaßen auch.

»Jetzt ist sie also tot!«, sagte Carl und nippte an seinem Bier.

»Ja, jetzt ist sie tot«, wiederholte Kaschi, der zu uns gestoßen war.

Wir alle waren nicht in der besten mentalen Verfassung. Deswegen fiel mir erst viel später auf, dass mich etwas wunderte. Als wir schon lange über die Umstände des Todes von Maria Resche und die Bestattung gesprochen hatten.

Die beiden fragten mich, ob ich kommen wollte. Ich überlegte kurz und bejahte. Maria Resche war auch auf der Beerdigung meiner Mutter gewesen.

»Kanntest du Frau Resche denn auch?«, fragte ich Kaschi. Er zuckte nur kurz mit den Schultern.

»Na ja, ein paarmal gesehen, als ich bei Carl war.« Carl stocherte derweil unbeteiligt in den Oliven.

»Was passiert denn nun eigentlich mit Bonny?« Ich konnte mir schlecht vorstellen, dass Carl Lust hatte, sich um einen Hund zu kümmern. »Wo ist sie denn jetzt?«

»Drüben in der Wohnung.« Carl schmeckten die Oliven. Er sprach mit vollem Mund und hörte gar nicht mehr auf, die schwarzen runden Dinger, eines nach dem anderen, zu verspeisen.

»Ich würde Bonny gerne nehmen!«, bot Kaschi an. Carl schaute kurz vom Olivenschälchen auf und nickte.

»Das ist eine gute Idee!«, sagte er. Kaschi lächelte. Die Sache war geritzt.

So viel hatte ich in den vergangenen Jahrzehnten nicht über Maria Resche nachgedacht, geschweige denn gesprochen. Bisher hatten wir uns immer nur über sie aufgeregt, weil sie mit ihrer Pingeligkeit wahnsinnig nervte. Jetzt lenkte mich die Zusammenkunft zu Ehren von Frau Resche von anderen Dingen ab.

»Willst du in ihre Wohnung ziehen?« Carl schaute Kaschi nicht an, aber ein anderer konnte ja nicht gemeint sein.

»Ich weiß nicht, ob ich mich daran gewöhnen könnte, eine richtige Wohnung!« So lange schon hauste er in dem Wohnwagen.

»Das hättest du dir verdient.« Carl warf Kaschi einen besorgten Blick zu, so wie der ältere Bruder dem jüngeren. So stellte ich es mir zumindest vor.

Schweigend und kleine Schlückchen von meinem Wein nehmend beobachtete ich die beiden alten Männer zu meiner Linken und meiner Rechten, wie bei einem Tennisspiel. Ich fand sie wortkarg und irgendwie rätselhaft.

»Ich überlege es mir«, sagte Kaschi nachdenklich.

»Ist gut. Willst du Bonny denn wirklich mitnehmen?«

Kaschi nickte vehement und murmelte etwas, das mich hätte stutzig machen können, wenn ich denn gedanklich voll auf der Höhe gewesen wäre. »Dann habe ich wenigstens *etwas* von ihr!«

Das Glück ist ein Schmetterling.
Jag ihm nach, und er entwischt dir.
Setz dich hin, und er lässt sich
auf deiner Schulter nieder.
ANTHONY DE MELLO

»Aruba, Barbados, Guadeloupe, Martinique, Kuba. Wo willst du hin?« Verenas SMS riss mich aus meinen Träumen und ließ mich gleich wieder träumen.

»Wo kann man denn am besten Zumba lernen?«, tippte ich und legte mich gemütlich im Bett auf die Seite.

»Überall«, kam es prompt zurück. »Zumba ist übrigens eine Kombination aus Reggae, Salsa, Samba, Bachata, Merengue und Calypso.« Verena schien sich zu langweilen und bei Wikipedia geschnüffelt zu haben.

»Und ich dachte, Zumba sei eine Kombi aus Verrenken, Stolpern, Schwitzen und Stirnband«, schrieb ich und freute mich, dass mit Verena wieder, alles beim Alten war.

Sofort piepste es wieder und ich stellte mich auf einen längeren SMS-Wechsel mit Verena ein.

»Bin wieder da. Ich fänd es schön, wenn sich unsere Wege noch einmal KREUZEN.«

Oh! Markus Röck, der Mann halbmittleren Alters. Der genauso wirre, um die Ecke gedachte Wortwitze machte wie ich. »Unsere Wege kreuzen« von einem Lottofachmann, nicht schlecht. Mal sehen, ob mir etwas noch Bekloppteres einfiel. Denn gegen das Kreuzen hätte ich schon nichts einzuwenden gehabt. Ich musste nicht lange überlegen.

»Kreuz doch einfach heute Abend um 19 Uhr im Piazza auf«, simste ich.

Mario machte durch mich den Umsatz seines Lebens. Vielleicht könnte ich einen Dauerstammplatz beantragen, auch für die Zeit, wenn die Handwerker meine Wohnung auf den Kopf stellten. Heute würden sie vorbeikommen und das Badezimmer ausmessen. Wehe, sie rührten Mamas Bilder und die Staffelei an. Der Gedanke trieb mich aus dem Bett in Richtung Atelier.

Im Nachthemd und mit nackten Füßen setzte ich mich auf den kleinen Hocker. Nachdenklich betrachtete ich Mamas Kunstwerke, suchte mir ein leeres Stück Leinwand und inspizierte die Farbpalette. Alles eingetrocknet. Allerdings fand ich noch einige Tuben Acrylfarben, die noch nicht geöffnet und dadurch selbst nach all den Jahren noch brauchbar waren. Ich benötigte bloß eine Farbrichtung. Aus der Küche besorgte ich ein Glas Wasser und wusch den Pinsel aus, der hart wie Zement war. Wie im Kunstunterricht früher. Irgendwo musste doch noch ein unbenutzter herumliegen. In der Schublade des Kiefernschreibtischs fand ich mehrere. Mit dicken Borsten und ganz feinen. Ehrfürchtig besah ich die Utensilien, für die ich mich nie richtig interessiert, die ich aber auch nicht auszusortieren gewagt hätte. Und dann malte ich einfach so drauflos. Hier ein Strich, da ein angedeuteter blauer Kreis.

»Jule, es ist total entspannend zu malen.« Die Aufforderung meiner Mutter, es doch auch einmal zu versuchen, hatte ich immer spöttisch belächelt. Total versponnen fand ich sie. Zudem war ich der Meinung, dass man sich nicht bei etwas entspannen konnte, das man gar nicht beherrschte. Das erinnerte mich wieder an Zumba. Wie sollte es befreiend und lösend wirken, wenn man die ganze Zeit darauf bedacht war, sich nicht mit den Füßen des Tanznachbarn zu verknoten.

Es floss ganz gut, das Bild nahm Gestalt an, selbstredend komplett laienhaft. Aber ich brachte in Ansätzen das auf die Leinwand, was ich mir vorgestellt hatte. Nach einer knappen Stunde stand ich auf, betrachtete das Bild aus einer gewissen Entfernung. Die blaue, die türkise und die grüne Farbtube waren fast leer. Die Farben der Karibik. Meine Augen blickten die beiden Männeraugen auf der Leinwand forschend an. Einen gesichtslosen Mann mit meinen Augen hatte ich gemalt. Ich glaube, wenn Mama gewusst hätte, dass ich einen wildfremden Mann verdächtigt hatte, mein Vater zu sein, hätte sie sich totgelacht.

Ich war viel zu spät dran. Eilig hastete ich per Fahrrad zum Sender. Schade, dass das Auto nicht mehr da war. Natürlich blieb unterwegs Zeit, das Handy zu checken. Eine Nachricht von Markus Röck: »Ich werde da sein. Wir haben einiges zu klären.«

Dieser Businesston klang gar nicht scherzhaft und fröhlich. Was wollte er eigentlich? Nahm er mir meinen Lapsus noch übel, oder hatte er wirklich nur etwas Berufliches mit mir zu besprechen? Ich musste mir dringend abgewöhnen, viel zu viel in jedes kleine Wort hineinzuinterpretieren. Bloß weil die Antwort kein Feuerwerk an Wortexplosionen war, hieß es ja nicht, dass er mich nicht mehr mochte. Einfach mal abwarten, die schwierigste aller Aufgaben.

Und wieder die Letzte. So unauffällig wie möglich huschte ich in den Konferenzraum. Das ewig gleiche Spiel. Ein dominanter Rädelsführer, Dotz, der die Morgensendung niedermachte, und die Herde, die ängstlich den Kopf einzog. Es wurde Zeit, dass ich aus diesem Karussell kurzzeitig ausstieg. Wir sollten bald die Karibikreise buchen.

»Herr Kellwig, Sie haben das neulich ganz okay gemacht im Studio. Vielleicht fällt Ihnen für heute noch mal etwas Originelles ein?«

Daniel grinste wie ein Honigkuchenpferd. Wie konnte Dotz nur diesen Wichtigtuer in aller Öffentlichkeit loben, hätte ich noch vor ein paar Tagen gedacht. Jetzt war es mir klar. Alles für eine blöde Angelmedaille, die neben seinen Promifotos im Büro prangte. Ein »Ganz okay« aus dem Mund von Dotz war wie der Ritterschlag der Radiounterhaltung. Daniel wusste dies sehr wohl und warf sich in Positur.

»Ich hätte da so dies und das im Angebot. Natürlich bekomme ich das hin.«

Er warf mir einen vielsagenden Blick zu, der alles bedeuten konnte, beispielsweise: »Im Gegensatz zur langjährigen Mitarbeiterin Claussen, die immer noch nicht den Samariter gefunden hat.« Vielleicht übertrieb ich aber auch und dachte, er habe mich auf dem Kieker, weil ich ihn auf dem Kieker hatte. Vermutlich wusste er auch nicht, dass ich wusste, wer sein Vater war.

»Ja, ja, machen Sie einfach.« Dotz wurde schon wieder nervös. Zu viel Gerede um den heißen Brei machte ihn wahnsinnig. Das wussten alle, nur Daniel erspürte es nicht.

»Was halten Sie beispielsweise von einer Studie über Umzüge, wie viel man so mit sich rumschleppt, aus Sicht der Möbelpacker, der Umzügler, der Umzugskartons. Man könnte das auch gut als Comedy aufarbeiten, so slapstickmäßig.« Was faselte der Kerl da für einen gequirlten Mist? Und wieso hatte Dotz ihn noch nicht abgewürgt. Fischauszeichnung hin oder her.

»Das gefällt mir gut. So stelle ich mir Radio vor. Schnell, modern. Lassen Sie uns später noch einmal drüber reden. Das legen wir ganz groß an.«

Dotz hatte angebissen. Wie ein Fisch am Haken zappelte er – und wollte wirklich eine Comedyserie über sprechende Umzugskartons in Auftrag geben? Wurde er etwa komisch auf seine alten Tage? Obwohl ich wusste, woher der Wind wehte, fuchste es mich, dass Daniel so gut abschnitt und beim Chef einen Stein im Brett hatte. Vielleicht ärgerte mich aber auch nur, dass ich selbst noch nie umgezogen war? Dotz segnete ab, dass Daniel nachher schon einmal ins Studio gehen und großspurig einen ersten Überblick über Umzüge in Hamburg geben durfte. Üblicherweise müsste man dafür sehr lange recherchieren. Ämter anrufen und nach den Umzugsstatistiken der vergangenen sieben Jahrzehnte fragen, diese auswerten, Hamburger auf der Straße befragen, wie oft sie umgezogen waren, das kritische Thema Mietpreise einbeziehen. Ich war mir sicher, Daniel würde ohne all diese Anstrengungen auskommen und sich mit einem flotten Spruch retten. Wenn Dotz mehr Wert auf Komik denn auf Inhalte legte, sollte er doch. Dem Volontär würde ich schon eins auswischen. Heute noch.

»Vielleicht sollte Daniel nicht die Frage beleuchten, wie oft die Hamburger schon ausgezogen *sind*, sondern wie oft sie sich schon ausgezogen *haben?*«

Mein Vorschlag wurde mit einem Stirnrunzeln quittiert, die meisten waren schon aufgestanden, und das allgemeine Stühlerücken hatte die Hälfte meines Satzes verschluckt.

Daniel ging triumphierend an mir vorbei. Was hatte ich dem eigentlich getan? Der war zwölf Jahre jünger als ich und spielte sich auf, als würde ihm der ganze Laden hier demnächst gehören. Oh mein Gott, das war gar nicht so unrealistisch. Aber ich, Jule Claussen, die Rächerin der enterbten Reporter, würde ihm eins auswischen.

Ich hatte alles minutiös vorbereitet. Den Anruf von Frau Schneider im Computer zurechtgeschnitten und im Themenfeld beschriftet. Dort stand jetzt: Umzugsumfrage. Denn Daniel, das musste ich ihm lassen, hatte tatsächlich ein paar Leute innerhalb der Redaktion zu ihren Umzügen und dem Stress damit befragt. Da waren teils ganz witzige Antworten gekommen, was mir auch wieder nicht passte.

Mein Plan stand. Wenn Daniel ins Studio ging, würde ich seine Umzugsumfrage, die er in den Sendeablaufplan im Computer geschoben hatte, austauschen. André würde live im entscheidenden Moment nicht die Redaktionsmitglieder und ihre Geschichten abfahren, sondern den Ton von Frau Schneider, die im Radio keifend über Daniel herziehen und preisgeben würde, dass die beiden etwas miteinander hatten. Ehe er sich's versah, wäre seine Karriere verpfuscht, malte ich mir aus. Über mögliche Konsequenzen für mich machte ich mir keine Gedanken. Zwar überlegte ich kurz, seit wann ich so gehässig war, schob es aber auf meine unglücklichen Privatumstände.

»Hast du mein Skript gesehen?« Daniel eilte aufgeregt zu seinem Schreibtisch. Er fühlte sich ganz, ganz großartig. Ich platzierte mich neben ihn und ließ unbemerkt sein iPhone in seiner Jackettasche verschwinden. Er schnappte sich das Skript, das von Melanie abgenickt worden war. Dann ging er in Richtung Studio. Das war mein Moment. Mir würden nur knapp dreißig Sekunden bleiben, um den Umfrage-Ton gegen das Millionärsgattinnen-Geschimpfe auszutauschen. Dreißig Sekunden, um Daniel bloßzustellen. Wie hatte der sich bei unserem Interview bei den Schneiders aufgespielt. Irgendwas musste wohl an ihm sein, sonst hätte die blöde Kuh doch gar nicht erst angebissen. Ich klickte mich ins Menü für den Sendeablaufplan und markierte meinen gefälschten Beitrag. Bevor ich ihn verschieben konnte, meldete sich mein Handy zu Wort. Die Neugier siegte über die Eile. Eine WhatsApp von Markus.

»Ich habe übrigens großes Glück, dass du mir noch ein Zusatzspiel ermöglichst!«, las ich. Daraufhin tat ich zwei Dinge: Ich strahlte. Und ich löschte. Ich löschte meinen Teufels-O-Ton und ließ die Originalumfrage von Daniel drin.

»Ich rette dich«, flüsterte ich huldvoll. Dann dachte ich kurz nach und korrigierte mich: »Ich rette mich!« Was für ein dämlicher Kinderstreich wäre das gewesen. Nein, als Bagatellfall hätte man das nicht abtun können, das wäre schon Schikane gewesen. Völlig unnötig. Daniel würde sich schon irgendwann fachlich selbst disqualifizieren. Oder wirklich den Durchbruch schaffen. Ob mit oder ohne Angelvater. Ich wollte ihm nicht im Weg stehen, also zumindest nicht so fies. Aber eine klitzekleine Abreibung hatte er schon verdient.

Ich drehte das Radio etwas lauter und hörte, dass das Live-Gespräch begann. Dotz stand ebenfalls in der Redaktion und lauschte. Zum Ende des Talks hob ich unauffällig den Hörer des Redaktionstelefons und wählte Daniels Handynummer. Kurz darauf klingelte es. Live im Radio. Denn Daniels Handy steckte in der Tasche seines Jackets, und das hatte er im Studio an.

Dotz ging sofort an die Decke.

»Hat der Idiot etwa vergessen, sein Handy leise zu stellen? Dem werde ich was erzählen.« Eines der schlimmsten Vergehen neben dem Wegfall der Frikadellen in der Kantine.

André hatte gerade im Radio Daniel spielerisch ermahnt und auf das Klingeln des Handys aufmerksam gemacht. Anstatt ins Stammeln zu geraten, weil er dachte, sein Handy sei draußen an seinem Platz, blieb unser Volontär cool und sagte: »Das ist wahrscheinlich mein Vermieter. Er wollte sich sofort melden, wenn ich in die neue Wohnung kann.«

Dotz klatschte in die Hände. »Das ist grandios. Der Kerl ist gut. Der ist witzig!«

Als Daniel peinlich berührt das Studio verließ und auf Dotz' Standpauke wartete, rief der ihm entgegen: »War das abgesprochen?«

Daniel überlegte kurz und antwortete. »Na ja, so ungefähr.«

»Weiter so!«, sagte Dotz und ging zufrieden aus der Redaktion.

Man konnte das Unglück anderer eben nicht erzwingen, musste ich neidlos anerkennen. Was sollte ich mit dem explosiven Liebhaber-O-Ton anstellen? Ich könnte ihn Herrn Schneider mailen, damit er über das wilde Treiben seiner Gattin Bescheid wüsste. Aber was hatte ich damit zu tun? Gerüchte über andere verbreiten, nachdem ich über die Gerüchte rund um meine Person beinahe gestolpert wäre? Ich löschte den brisanten Mitschnitt. Um sicherzugehen, klickte ich auch im virtuellen Papierkorb auf »*erase*«.

»Willst du hier einziehen?«, fragte Mario mich am Abend, als ich in einem schwarzen Kleid und Jeansjacke das »Piazza« betrat.

»Hör mir auf mit Umzügen!«, sagte ich und rollte mit den Augen. Ein Scherz, den er nicht verstehen konnte. Aber was ein guter Wirt war, lachte auch über den Nonsens der Gäste. Markus Röck erschien kurz nach mir und grinste, als er mich sah. Nicht gemein, nicht sarkastisch, nicht überlegen, nicht geschäftsmäßig, einfach nur freudig.

»Schön, dich zu sehen!«, sagte er. »Wir hatten uns doch geduzt, oder?« Doch, da blitzte er kurz auf, der kleine Schalk.

»Na, sicher. Wüsste nicht, was dagegen spricht«, erwiderte ich und wies auf den leeren Platz neben mir. Ich hatte extra einen Ecktisch ausgesucht, an dem man über Kreuz (!) dichter beieinander saß.

»Wo warst du denn eigentlich?«, fragte ich so beiläufig wie möglich, nachdem wir jeder eine Pizza bestellt hatten.

»In London, bei einem alten Schulkameraden. Der ist dort seit ein paar Jahren im Bankgeschäft. Läuft klasse. Na ja, noch. War jedenfalls sehr lustig, in den Pubs rumzuhängen.«

Das waren also die Hintergrundgeräusche während unseres lauten Telefonats. Er hatte Schulkamerad gesagt, oder? Und nicht Kamerad*in*.

»Ich war heute noch einmal schnell im Büro. Unsere Empfangsdame sagte, eine Frau hätte mehrfach angerufen und nach mir gefragt. Sie hat aber leider den Namen verschlampt. Warst du das?« Er sah mich mit einem neutralen Gesichtsausdruck an, ich erkannte aber, dass er wusste, dass ich wusste, dass er wusste, dass ich es war.

»Äh, na ja, kann schon sein! Is ja egal. Jetzt sehen wir uns ja.«

Die Pizzen wurden serviert. Markus schnitt seine Rucolapizza beherzt durch und kaute genüsslich. »In England ist das Essen ja eher so lala.«

Wir aßen beide eine Zeit lang schweigend, bis Markus plötzlich etwas einfiel.

»Sag mal, hat sich dieser Typ noch einmal bei dir gemeldet? Der mit meinem Namen. Ich habe das in London ganz vergessen.« Er kramte in seiner Jackentasche und zog aus seiner Geldbörse ein fein säuberlich zusammengefaltetes Stück Papier hervor. Bei mir wäre das zerknittert in meiner Tasche verschollen. »Die Handynummer habe ich noch. Soll ich der Sache mal nachgehen?«

»Nein, brauchst du nicht. Das habe ich schon, also, das hat sich schon erledigt.« Ansehen konnte ich ihn nicht, weil mir ein paar Tränen in die Augen schossen. Ich glaubte, er hatte es trotzdem bemerkt, nicht umsonst saßen wir sehr dicht, über Eck, beieinander.

»Hat der irgendwas Blödes gemacht, der Typ?«, fragte Markus vorsichtig. Ich sah ihn direkt an und brach in Tränen aus. Zum ersten Mal überhaupt.

Noch nie hatte ich vorher um meinen Vater geweint. Nicht einmal als kleines Mädchen, als mir jemand fehlte, der mir gesagt hätte, was richtig oder falsch war. Eine Person, die mir beigebracht hätte, dass man keinen Volontären, und seien sie noch so nichtsnutzig, hinterlistig eins auswischte. So jemanden eben. Ein Mensch, der mit einem tobte, seine Tochter auf Händen trug, mit ihr Sandburgen und Mist baute. Vielleicht war ich ein paarmal traurig darüber gewesen, dass es in meinem Leben so einen Menschen aus Fleisch und Blut nicht gab. Darüber hatte ich mal geschluchzt, aber niemals geweint. Genauso wenig wie über den Tod meiner Mutter, die irgendwann einfach auch verschwunden war. Alle hatten mich immer für meine Stärke bewundert. Jetzt aber, jetzt weinte ich. Bitterlich. Ich flennte, weil ich gedacht hatte, ihn gefunden zu haben, meinen Vater, und dann war er es gar nicht.

Ich heulte Rotz und Wasser, und Markus Röck, mein »Geschäftstreffen«, legte Messer und Gabel zur Seite, ließ die Rucolapizza kalt werden und strich sanft über meinen Handrücken. So lange, bis ich mich einigermaßen beruhigt hatte. Dann nahm er seine unbenutzte Serviette und tupfte mir eine Träne vom rechten Ohr, die gerade auf meine Pizza Serrano tropfen wollte. Das brachte mich zum Lachen. Ihn auch. Ich lachte so, wie ich eben geheult hatte. Markus Röck störte das alles gar nicht, auch nicht, dass Gäste am Nachbartisch sich pikiert umsetzten.

»Was ist denn passiert?«

Ich packte aus, erzählte alles. Von dem Foto und meinem Verdacht, und dass er es gar nicht war, obwohl er mich als Baby mal auf dem Arm gehabt hatte. Aber damals hatte man als Baby offenbar in vielen fremden Armen gelegen. Dass er nie etwas mit meiner Mutter gehabt hatte, dass er sich aber unter einem falschen Namen bei mir gemeldet hatte, als die falsche Story über meinen Lottogewinn herauskam.

»Dann muss er ja richtig bei uns in der Lottozentrale recherchiert haben. Sonst hätte er meinen Namen ja nicht herausgefunden.«

»Ja, da hat er sich richtig ins Zeug gelegt«, sagte ich bitter. »Ich habe ihm aber klargemacht, dass es bei mir nichts zu holen gibt.« Ich schluckte noch einmal und nahm einen großen Schluck von meiner Apfelsaftschorle.

»Das ist ja wirklich ein Ding. Den Kerl kann man doch echt in der Pfeife rauchen. Und auch deinen wirklichen Papa, der eine Fata Morgana ist.«

Ich prustete einen Teil meiner Apfelsaftschorle zurück ins Glas. Den vornehmsten Eindruck machte ich nicht gerade.

»Hast du eben Vater-Morgana gesagt?« Markus verstand und grinste.

»Nein, das hast du dir ausgedacht, du kleine Satz-Jongleurin.«

»Vater-Morgana, das gefällt mir!« Endlich hatte ich einen Begriff für das, was ich jahrelang nicht hatte in Worte fassen können.

Da ich nun wieder gut gelaunt war, griff Markus zu seinem Besteck und ließ unglücklicherweise meinen Handrücken los. Ach, vielleicht würde mir noch ein Grund zum Heulen einfallen. Er nannte ihn selbst.

»Wer war denn nun eigentlich dieser junge Mann da neulich nach unserem Treffen?« Ich fand, Männer schafften es viel besser als Frauen, neutral eine Frage zu stellen, ganz ohne versteckte Vorwürfe einzubauen.

»Das war Ulf. Betonung liegt auf *war.*« Ich entschuldigte mich für mein dummes Verhalten, und bald darauf wusste Markus alles über Ulf, das geliehene Auto, Maria Resche, Verena und das Rattanbett. Am Ende wollte ich wissen, ob er noch sehr sauer war.

»Dann bin ich ja im Grunde der Goldfisch«, stellte Markus nur belustigt fest.

»Wieso?«

»Na ja, wenn dessen Gedächtnis nur drei Sekunden hält, dann weiß ich ja jetzt schon gar nicht mehr, was neulich war und dass du womöglich den Begriff ›Geschäftstermin‹ hast fallen lassen, deswegen kann ich auch gar nicht mehr böse sein.«

Ich stupste ihn an, grinste und verzichtete darauf, ihn aufzuklären, dass das mit dem Goldfischgedächtnis gar nicht stimmte.

»Na, dann habe ich ja Glück gehabt!«

Das Geheimnis des Glücks liegt nicht im Besitz,
sondern im Geben.
Wer andere glücklich macht,
wird glücklich.
ANDRÉ GIDE

Wir würden uns wiedersehen. Markus wollte mich zur Beerdigung von Maria Resche begleiten, versprach er mir, als er mich nach unserem gemeinsamen Abend vor meiner Haustür ablieferte. Einfach so hatte er zugesagt, mitzukommen. Auf eine Beerdigung mitkommen, war das nicht eher der Schritt, der nach vorstellen bei den Eltern, zusammen in Urlaub fahren und Küchenmöbel aussuchen kam?

»Übrigens gibt es noch eine kuriose Lottogeschichte aus den USA!«, erzählte Markus zum Abschied. »Zwei Brüder haben sechs Jahre lang gewartet, bevor sie ihren Gewinn, über drei Millionen Euro, abgeholt haben.«

»Wieso das denn?« Der Mann war ein Quell an Radiofutter.

»Sie wussten die ganze Zeit, dass sie gewonnen hatten, wollten aber testen, ob die Freundinnen sie auch ohne Geld lieben. Die haben bestanden. Und dann wollten sie sich erst mal an den Reichtum gewöhnen.«

Kuriose Geschichte. Sich langsam dran gewöhnen also.

»Bis übermorgen. Ich hol dich um halb elf ab, und dann fahren wir gemeinsam hin.«

Kein andrer Begleiter wäre mir lieber gewesen.

Ich fand es nicht mehr. Panisch blickte ich nach links. »Vielleicht war es doch da hinten«, meinte ich unentschlossen und ging ein paar Schritte in die andere Richtung. Auch hier waren wir an der falschen Adresse. Grabsteine über Grabsteine, nur keiner mit dem Namen Regina Claussen. Meine Mutter war nicht aufzufinden.

Nach der Beerdigung von Maria Resche, bei der gerade mal zehn Leute gewesen waren, hatte ich mir ein Herz gefasst und Markus gefragt, ob er meine Mutter kennenlernen wollte.

»Ich war schon so lange nicht mehr bei dem Grab. Irgendwie konnte ich das nicht. Der Friedhofsgärtner kümmert sich darum, aber es kann doch nicht sein, dass ich es nicht mehr finde.« Ich war kurz davor, die Fassung zu verlieren. Das entging auch Markus nicht.

»Bitte nicht weinen. An was genau erinnerst du dich denn? Wir finden das schon.«

»Erst war da ein Mülleimer für Biosachen, Pflanzenreste und so, und danach musste man beim Buchstaben H rein. Und dann die dritte Zeile kurz vor den Wasserhähnen.«

»Sieh mal, da hinten sind doch Mülleimer.«

Markus führte mich geschickt durch das Labyrinth aus Grabsteinen. Bei jedem rechnete ich kurz nach, wie alt der Begrabene geworden war. Das tat ich seit Jahren schon, wenn ich die Todesanzeigen in der Zeitung studierte. Wie alt? Und was für ein Spruch der Zurückgebliebenen? Es gab ja die bizarrsten Todesanzeigen.

»Guck mal, kann es das hier sein?« Markus deutete auf ein Messingschild im Boden, auf dem ein H eingraviert war.

»Ja, das muss es sein.« Eilig überflog ich die Grabsteine, und tatsächlich. Dort war es. Das Grab meiner Mutter.

Es war ordentlich gepflegt. Ich verharrte kurz still vor dem Stein, mir wurde aber nach ein paar Minuten unbehaglich. Was sollte ich tun, denken, sagen? Gab es das Richtige zu tun, wenn man an einem Grab trauerte? Markus bewegte sich nicht und wartete. Aus der mitgebrachten Tasche beförderte ich eine Sonnenblume zutage. Ich grub ein kleines Loch in die Erde und setzte die Pflanze ein. Ein schöner Farbklecks.

»Komm, lass uns in das Café zu den anderen fahren. Danke, dass du mitgekommen bist.«

Markus fand das nicht weiter der Rede wert.

In der Nähe des Friedhofs hatte Carl eine Ecke in einem kleinen Café reserviert. Ich war überrascht darüber, dass er der Hauptorganisator der Resche-Beerdigung war. Aber er wollte es so. »Durch die ganze Renovierung habe ich momentan eh nichts zu tun«, meinte er bloß dazu.

Carl, Kaschi, zwei Nachbarn und eine ältere Freundin waren da, aßen Schnittchen, Käsekuchen und tranken Kaffee. Maria Resche hatte keine Verwandten gehabt. Ihre einzige Schwester war schon länger tot. Und Bonny musste zu Hause bleiben. Wir waren keine sehr große Gesellschaft. Ein Mann im Anzug, den ich noch nie gesehen hatte, saß auch in der Runde und plauderte mit Carl und Kaschi. Kaschi war frisch rasiert, etwas, das er nur in besonderen Fällen tat, wie er mir bei unserem ersten Zusammentreffen erklärt hatte.

Carl und ihm war die Beerdigung sehr nahe gegangen. Vor allem bei Kaschi hatte ich das Gefühl gehabt, Tränen in den Augen zu sehen.

Wir grüßten alle und bekamen ein freundliches »Hallo, ihr beiden, setzt euch« von Carl zurück.

»Hallo, Herr Röck!« Der Mann im Anzug war aufgestanden und gab Markus die Hand. Kannten die sich? Ich sah ihn fragend an, aber Markus klärte mich nicht auf. Carl stellte uns vor.

»Jule, das ist Herr von Ranken, der Notar. Es geht um das Testament von Maria Resche.«

»Ach so.« Mir war nicht klar, was ich damit zu tun hatte.

»Wir sollen gleich noch mit in die Kanzlei kommen zur Testamentseröffnung.«

»Wieso soll ich dabei sein?«

Herr von Ranken drehte sich zu mir und sagte etwas gestelzt, dass ich auch Erwähnung im Testament fände.

Es war wie im Film. Wir waren über dicke Teppiche in einen Raum geführt worden, in dem wir uns auf teuren Holzstühlen mit Lederbezug niederließen und umgeben waren von pompös gerahmten Hamburgensien an den Wänden. An einem feudalen Eichenschreibtisch saß der Notar und schlitzte ein Kuvert mit einem Brieföffner auf. Er rückte seine Brille zurecht und las aus dem Brief vor. Als ich das nun Folgende hörte, wurde mir klar, dass ich sehr wohl etwas mit diesem Testament zu tun hatte.

»Mein ganzes Geld ist weg!« So begann das Schreiben. Kurz bekam ich Panik, weil ich vermutete, ich als langjährige Nachbarin müsse vielleicht für die ausstehende Wasserrechnung oder für Bonnys Hundefutter aufkommen. *»Ich habe alles für euch investiert.«* Wieso für uns? Ich stupste Carl an, der neben mir saß, aber nicht auf mein Drängen reagierte.

Der Notar las weiter. Es klang unecht, Maria Resches Worte aus dem Mund dieses Unbekannten. Vor allem klang es nicht nach der Frau, die ich meinte gekannt zu haben, die in dem unförmigen Zeltmantel mit dem grimmigen Gesichtsausdruck.

»Mein lieber Carl. Du weißt, dass du die Liebe meines Lebens warst.«

Ruckartig drehte ich meinen Kopf nach links und starrte Carl an. Er rührte sich nicht. Nur von Kaschi vernahm ich ein Seufzen.

»Leider hast du diese Liebe nie erwidert. Ich werde niemals unseren Griechenlandurlaub vergessen, in dem ich mich so Hals über Kopf in dich verliebte. Wie leider auch fast alle anderen Mädchen auf der Insel.«

Verzeihung, falscher Film, darf ich mal kurz durch, ja, ich muss hier raus, können Sie mal kurz aufstehen, tut mir leid, bin gleich aus dem Bild, muss weg.

»Es war sehr nett, dass du mich trotzdem hast weiter in dem Haus wohnen lassen, für eine Miete, davon träumt man. Gerne hätte ich mal dein Gewürzgemisch, du weißt schon welches, persönlich ausprobiert.«

Ich grinste kurz, biss mir aber sofort auf die Backen.

»Natürlich war es nicht immer leicht, dich so nah um mich zu haben. Vielleicht habe ich manchmal etwas unwirsch auf dich reagiert.«

Ich lachte kurz auf, verstummte aber sofort wieder, als ich Carls ernstes Gesicht sah.

»So habe ich versucht, meine Gefühle zu verstecken.«

Das ist dir gelungen, dachte ich. Ich wusste gar nicht, dass so eine Testamentseröffnung derart dramatisch vonstattengehen konnte. Ich dachte immer, da würde nur das Kassenzeichen erklingen, und jeder bekam einen Betrag X zugewiesen. Und es war ja noch nicht zu Ende. Der Notar hatte noch mehr romantischen Stoff.

»Genau so, wie du mir wehgetan hast, habe ich vermutlich dir, Kaschi, wehgetan«, fuhr er mit ernster, leiernder Stimme fort.

Nun lehnte ich mich abrupt vor, um Kaschis Reaktion zu sehen. Er drückte sein Kreuz durch und setzte sich noch gerader hin, das Kinn stolz nach vorne gereckt.

»Ich war immer sehr stolz, einen so fürsorglichen Verehrer zu haben. Dass du für den Lottoschein meine Geburtsdaten und mein Gewicht genommen hast, das ist ein großer Liebesbeweis. Nur leider hat es bei mir nie gefunkt. Wahrscheinlich hast du all die Jahre so gelitten, wie ich wegen Carl gelitten habe. Na ja, und dann hast du dich ja anders getröstet.«

Ich riss meine Augen auf. In meinem Kopf ratterte es. Wurde ich hier gerade Zeugin einer jahrelangen Ménage à trois, und zwar einer sehr unglücklichen? Alles direkt vor meinen Augen, und ich hatte rein gar nichts davon mitbekommen?

»Der Urlaub in Griechenland – unser Waterloo.«

Maria Resche hatte eine Gabe, prägnant zu formulieren, registrierte mein Reporterhirn.

»Wie im Kindergarten war es. Ich zerstritt mich mit Carl, weil er mich nicht wollte. Kaschi zerstritt sich mit mir, weil ich ihn nicht wollte, und ihr beide habt euch auch verkracht.«

Ich erinnerte mich an das Foto in Kaschis Wohnwagen mit ihm, Carl und einem Mädchen darauf. Ich wusste doch, dass ich die Frau irgendwoher kannte.

»Sehr glücklich bin ich darüber, dass ihr euch nach all den Jahren wieder nähergekommen seid.«

Carl und Kaschi, die direkt nebeneinander saßen, schauten betreten zu Boden. Sollte uns tatsächlich dieser Notar in seinem geschäftsmäßigen Singsang die Antwort darauf liefern, wieso Carl jahrelang so ein Einsiedler gewesen war?

»Ich denke, ihr werdet wieder dicke Freunde werden, so wie früher, jetzt, wo ich weg bin. Carl, sorg doch bitte dafür, dass Kaschi in meine Wohnung zieht. Gemeinsam mit Bonny. Die Formalitäten sind erledigt. Und dann, Carl, sorg bitte dafür, dass er es endlich erfährt. Und sie auch.«

In meinem Kopf schwirrte schon alles, und ich bekam eins und eins nicht mehr zusammen, aber dennoch fragte ich mich, wieso Frau Resche bestimmen konnte, wer in Carls Haus einzog. Und was wer erfahren sollte.

»Und nun zu dir, Jule.«

Auch ich nahm sofort eine angemessene Haltung ein. Markus rechts neben mir warf mir einen aufmunternden Blick zu. Er hatte das Schauspiel bisher regungslos verfolgt.

»Es hat mir so leidgetan, als deine Mutter starb. Gerne hätte ich ein wenig ihre Rolle übernommen. Das war nie möglich. Du hast ja auch deinen eigenen Kopf. Deshalb habe ich mich nie getraut, dir zu erzählen, was sie mir in einer schwachen Stunde anvertraut hat. Damals, als ich bei dir gebabysittet habe.«

Zum ersten Mal spürte ich, wie Markus sich regte. Ich blickte nicht zur Seite, sondern starr auf den Notar, der einen Schluck Wasser trank. Das Ganze hatte ja schon Ausmaße einer literarischen Lesung.

»Ich weiß, dass du an der Wohnung so sehr hängst, wie du an deiner Mutter gehangen hast.«

Woher wollte sie das jetzt wissen? Es stimmte ja, aber das musste doch nicht in aller Öffentlichkeit breitgetrampelt werden.

»Ich schenke dir die Wohnung. Du musst keine Miete mehr zahlen. Carl weiß Bescheid.«

Ich konnte mich nicht weiter zurückhalten und flüsterte Carl zu, ob ich träumte.

»Nein, nein, das stimmt schon alles«, raunte er. Der Notar warf mir sogleich einen strengen Blick zu.

»Ich wollte dir danken, Jule, dass du mich im Radio immer so gut unterhalten hast. Wenn man so alleine vor sich hin lebt, kann man sich ja nicht den ganzen Tag mit seinem Hund unterhalten.«

Ich wusste doch, dass sie mit Bonny gesprochen und der Hund vermutlich auch geantwortet hatte!

»Deswegen war es schön, eine echte Menschenstimme aus dem Radio zu hören.«

Mann, das war jetzt aber eine Nummer zu dick. Eine echte Menschenstimme.

»Eine, die ich kannte. Und besonders amüsant war es, als du über mich berichtet hast.«

Der Notar legte eine bedeutsame Pause ein.

Wann war Maria Resche denn bitte schön Thema in meiner Reportage gewesen?

»Frau Claussen!« Ich schreckte auf, der Notar hatte mich direkt angesprochen, das war offenbar nicht abgelesen. »Frau Resche bat mich, Ihnen den Brief zu zeigen.«

Von mir aus auch das. Vielleicht wollte sie, dass ich ihn auf Rechtschreibfehler gegencheckte. Herr von Ranken reichte mir das Schriftstück, das ich feierlich entgegennahm. In sehr ordentlicher Schrift hatte Maria Resche diese Art Testament verfasst. Es war ja bisher eigentlich um kein finanzielles Vermächtnis gegangen, sondern vielmehr um ihre Memoiren. Der Brief war mehrere Seiten lang. Ich blätterte sie schulterzuckend durch und stutzte, als ich auf der letzten Seite angekommen war. Ganz unten prangte etwas, klein und rund. Ein Aufkleber. Ein grüner Aufkleber. Es war ein Glücksklee.

Viele Menschen versäumen das kleine Glück,
während sie auf das große vergebens warten.
PEARL S. BUCK

Ach, du heiliger Samariter.

»Maria Resche ist der geheimnisvolle Geldspender?« Carl, Kaschi und Markus nickten. »Wusstest du das?«, fragte ich Markus.

»Ich habe es mir gedacht!«, erwiderte er. Ich kapierte gar nichts und musste mich sehr stark konzentrieren, um alle meine Fragen zu bündeln, zu ordnen, nicht zu vergessen und in logischer Reihenfolge abzuschließen.

»Hat Frau Resche den Lottojackpot gewonnen? Ist sie das gewesen?« Der Notar schüttelte den Kopf. Markus auch. Wieso wusste er mehr über meine Nachbarin als ich? »Aber wieso der Glückskleeaufkleber?«

»Weil von ihr die ganzen Spenden kamen.« Es war das Erste, was Carl seit der Testamentseröffnung sagte. Der Mann, der Maria Resches Herz gebrochen hatte und sich seit Jahren in seinem Verlies zwischen Lorbeerblättern und Chilischoten verschanzte.

»Aber von welchem Geld?« Ich hatte noch etliche Fragezeichen im Kopf, die alle abgearbeitet werden mussten.

»Das musst du Kaschi fragen!« Carl verwies mich und meinen Fragenkatalog an seinen alten Kumpel. Der druckste erst ein wenig herum.

»Ich habe ja damals so viel Geld im Lotto gewonnen. Damit wollte ich Maria und mir ein tolles Leben bereiten.«

Noch während er sprach, kamen mir die Tränen, weil ich die Vorstellung so rührend fand, dass Kaschi hinter dieser schlechtgelaunten Frau her gewesen, aber von meinem Carl ausgestochen worden war.

»Nun ja!«, Kaschi sprach schnell weiter, weil es ihm wohl leidtat, dass ich seinetwegen so traurig guckte. »Das is dann ja nix geworden. Aber ich wollte, dass es ihr trotzdem gut geht. Deswegen habe ich ihr das meiste Geld von dem Gewinn geschenkt.«

»Ich dachte, das hättest du alles aufn Kopf gehauen?« So hatte er es mir zumindest erzählt.

»So viel Alkohol hätte selbst ich nicht runterbekommen«, sagte er mit einem Grinsen. »Ich hab behauptet, ich hab das Geld versoffen und in Frauen gesteckt. Das stimmt ja im Grunde auch, in eine Frau. Sie wollte es gar nicht nehmen und hat gesagt, sie würde es für mich anlegen. Bis vor kurzem wusste Carl gar nichts davon.«

Carl verzog das Gesicht und kratzte sich am Kopf.

»Der war damals richtig sauer, als er dachte, ich hätte das ganze Geld verprasst.«

Ach, sieh mal einer an. Geschichte wiederholte sich offenbar. Kaschi und Carl. Jule und Verena. Wir machten doch alle die gleichen, dummen Fehler.

»Und das Geld hat sie genommen und damit die ganzen Spenden finanziert?«, fragte ich. Der Notar bestätigte es. »Sie war auch die Frau hinter den Investoren für das Haus und für das ›Würz‹?«, fragte ich weiter.

»Ja, das haben mir die Investoren unter der Hand auch gesteckt«, meinte Carl.

»Bist du denn noch einmal zu ihr gegangen und hast dich bedankt?«, fragte ich. Carl atmete schwer.

»Ich durfte es ja gar nicht wissen. Eigentlich wollte ich mich schon immer einmal mit ihr aussprechen, aber all die Jahre hat es nie geklappt, und wie das dann so ist …« Er beendete den Satz nicht.

»Carl … Du alter Trottel.« Aus Kaschis Mund klang es irgendwie liebevoll.

»Lasst mich mal resümieren: Maria Resche hat Kaschis Lottogewinn so angelegt, dass jetzt das ganze Haus renoviert werden kann, das ›Würz‹ modernisiert wird und wir alle sorgenfrei und mietfrei wohnen können?«, wollte ich auf Nummer sicher gehen.

»Genau so ist es.«

Inzwischen standen wir in einer kleinen Runde um den Schreibtisch des Notars herum, aber ich musste mich wieder setzen. Was für eine großherzige Frau hinter der tristen Fassade. Mein Leben würde um einiges sorgenfreier sein, wenn mir die Wohnung gehörte. Plötzlich fiel mir noch etwas ein.

»Hat sie auch Verena die Karibikreise geschenkt?«

Der Notar blätterte durch einen weiteren dicken Katalog, der die Aufschrift »Resche« trug.

»Ja, hier sind alle Investitionen vermerkt. Kindergarten, Babysitter, Haus, Gewürzladen und Karibikreise.« Er betete die unglaublichen Geschenke wie eine Einkaufsliste herunter.

Maria Resche hatte Verena und mir einfach so einen Trip ins Glück geschenkt. Ich schämte mich für all die Momente, in denen ich Bonny und ihr die übelsten Dinge an den Hals gewünscht hatte.

»Das muss ich erst einmal verarbeiten. Woher wusstest du denn das alles?« Ich drehte mich zu Markus um, den ich glatt vergessen hatte.

»Herr Telgmann ist damals von meinem Vorgänger bei Lotto beraten worden.« Mit Herrn Telgmann war Kaschi gemeint. »Und Frau Resche hat sich dann an mich gewandt. Sie hatte zwar selber nicht im Lotto gewonnen, aber immerhin hat sie das Geld von Herrn Telgmann mehr oder weniger übernommen. Sie brauchte nicht sonderlich viel Hilfe, war eine sehr kluge Frau.«

»Du wusstest das alles und hast zugelassen, dass über mich solche Gerüchte verbreitet werden?« Ich wusste nicht, ob ich beleidigt sein sollte.

»Das hast du dir selber eingebrockt. Ich habe bei der ›Mopo‹ sogar noch angerufen und die zurückgepfiffen, obwohl ich das eigentlich gar nicht durfte.« Na gut, dann war ich eben nicht sauer.

»Und wer hat nun den Lottojackpot gewonnen?«, wollte ich noch wissen.

»Na, der Mann von der Autobahnraststätte.« Markus gefiel das Spielchen.

Obwohl ich mehr Informationen kaum verarbeiten konnte, fegte noch eine Frage durch meinen Kopf. »Und was meinte sie, als sie schrieb: Er soll es endlich wissen. Und sie auch?« Ich starrte den Notar, Markus, Carl und Kaschi fragend an. Alle schüttelten den Kopf, bis auf Carl. Ich sah ihn zum ersten Mal verlegen. »Was ist los?«, fragte ich ungeduldig.

»Na ja, es ist so … Du kannst es ihr ja wohl mal endlich sagen!« Carl zischte Kaschi angriffslustig an. Der zuckte mit den Schultern. »Du weißt es wirklich nicht?« Carl fixierte Kaschi.

»Was meinst du denn?« Kaschi und ich schossen die Frage gleichzeitig ab.

»Na ja, Kaschi. Ich habe mich ja etwas von dir zurückgezogen, weil ich so sauer war, weil du nie die Verantwortung übernommen hast.« Carl sprach und blickte mich zugleich besorgt von der Seite an.

»Welche Verantwortung?« So ungehalten hatte ich Kaschi noch nicht erlebt.

»Na, wegen Jule!«, platzte es aus meinem Carl heraus.

»Was ist mit mir?« Ich wollte jetzt sofort wissen, was hier los war. Heiß lief es mir übers Gesicht und kalt den Rücken hinunter.

Mein Instinkt hatte schon längst erahnt, was mein Gehirn noch nicht realisieren wollte. Es war alles einfach zu viel. Kaschi war noch langsamer als ich. Oder ein verdammt guter Schauspieler.

»Was ist denn mit Jule?«

Carl runzelte die Stirn. Er sah so besorgt aus, wie nur ein Vater schauen konnte, fand ich.

»Du hast mit Jules Mutter mal eine Nacht verbracht. Erinnerst du dich?«

Kaschi riss die Augen auf. »Was habe ich? Ich kannte Regina, aber ich habe doch nie …« Den Rest des Satzes sprach er nicht zu Ende, weil er offenbar langsam verstand.

Wenn er vor vierunddreißig Jahren eine Nacht mit einer Frau verbracht hatte, deren dreiunddreißigjährige Tochter ihren Vater nie kennengelernt hatte … Ich spürte einen unangenehmen Riesendolchstoß im Magen, und dann spürte ich meine Hand in Markus' Hand

Kaschi wurde kreidebleich. »Daran erinner ich mich nicht!«

»Kann nicht wahr sein!«, fuhr Carl auf. »Wirklich nicht?«

»Nein! Woher weißt du es denn?«

»Regina hat es mir mal erzählt, und Maria wusste es offenbar auch. Regina wusste, dass es nichts Ernstes war. Sie war ja eigentlich viel zu jung für dich, und du hast dich doch mit ihr nur über Maria weggetröstet. Aber, wie auch immer: Ich dachte, du würdest dich vor der Verantwortung drücken.«

Ich beobachtete interessiert und mit Herzrasen das Gespräch.

»Drücken? Ich? Vor der Verantwortung? Nein, niemals!« Kaschi hob langsam seinen Blick und schaute mich entgeistert an, wie einen Menschen, den er zum allerersten Mal sah. Seine Augen waren verschwommen, und sie waren karibikblau. Er war nicht bleich, er war weiß wie eine Wand. Und zitterte. Fast so doll wie ich.

Ich nahm nicht wahr, dass einer nach dem anderen leise den Raum verließ, bis Kaschi und ich alleine zurückblieben. Nach einer Ewigkeit brach er das Schweigen: »Gestatten. Telgmann mein Name. Du kannst aber auch Kaschi zu mir sagen. Und wenn du irgendwann mal willst, Papa.«

Das Einzige, was mir dazu einfiel, war: »Wehe, du hast mir die dicken Knie vererbt!«

»Jahrelang hat man keinen Vater und dann an einem Tag plötzlich zwei.« Einen Ziehvater (Carl) und einen biologischen (Kaschi). Mit diesem Spruch versuchte ich, meine Rührung zu überspielen.

Die kleine Gesellschaft war wieder zusammengekommen. Kaschi und ich hatten nicht sonderlich viele Worte gewechselt, sondern einfach nur gestarrt (er) und geheult (ich). Immer und immer wieder riss ich komplett überdreht kleine Vater-Morgana-Witze und hielt mich die ganze Zeit bei Markus fest. Mein Vater war ein Würstchenbudenbesitzer, der einmal Millionär war. Und der die Frau geliebt hatte, deren Hund ich gehasst hatte. Wenn Frau Resche Kaschi nicht hätte abblitzen lassen, hätte der sich nicht mit meiner Mutter getröstet, und ich wäre nicht auf der Welt. So weit war ich gerade mit meiner Analyse gekommen. Im Grunde hatte ich also meiner nervigen Nachbarin meine Existenz zu verdanken. Das war mir vorerst zu viel.

Bei dem Notar waren solche Familienzusammenführungen offenbar an der Tagesordnung, denn er hatte ganz ungerührt noch einen Punkt abzuhaken: »In der Liste der Investitionen steht, dass Frau Resche noch etwas für Sie hat, Frau Claussen. Sie bekommen Zugang zu ihrer Wohnung und sollen bitte im Schlafzimmerkleiderschrank nach einer Tüte suchen. Sie würden schon wissen, was gemeint ist.«

Damit war die Sitzung geschlossen, und ich war froh, dass ich mich etwas ablenken konnte. Von meinem neuen Vater und anderen Nebensächlichkeiten.

Da war er ja. Mein verloren geglaubter Angebeteter. Zuerst war ich mir nicht sicher, ob er es wirklich war. Dann jedoch, bei genauerem Hinsehen, erkannte ich ihn. Keiner war wie er. Ich streichelte ihn und flüsterte ihm leise Kosenamen zu. Nein, so schlimm war es nicht. Aber ich freute mich wie Bolle, als ich Maria Resches Kleiderschrank im Schlafzimmer öffnete. Bis ins Allerheiligste war ich bei ihr noch nie vorgedrungen.

Erst suchte ich vorsichtig mit Blicken die Regalfächer ab. Überall lagen sauber und ordentlich gestapelt beige Blusen und hautfarbene Miederhöschen. Das konnte sie ja wohl hoffentlich nicht gemeint haben. Um auch an die hintersten Ecken zu gelangen, kniete ich mich hin und tastete die Schrankböden ab. Da, etwas aus Papier. Ich schob einige alte Mäntel zur Seite und hatte freien Blick auf eine Tüte, die farblich so gar nicht hierher passen wollte. Lila war sie und trug das Label des Schuhladens gegenüber. In der Papiertüte befand sich ein Schatz, von dem ich gedacht hatte, ich würde ihn nie wiedersehen. Die Stiefel!

Eines Morgens hatten sie nicht mehr im Schaufenster gestanden, was mich in tiefe Verzweiflung gestürzt hatte. Maria Resche hatte sie gekauft. Was hatte die Verkäuferin noch gesagt: »Irgendeine Frau mit dünnen Beinen und dickem Portemonnaie.« Vielleicht hatte Frau Resche einen Strohmann, oder besser eine Strohfrau, geschickt.

»Und die Dinger wolltest du unbedingt haben?« Carl betrachtete verständnislos die Lederstiefel, die jetzt im Frühling viel zu warm waren, die aber meine Lieblingsteile bleiben würden, selbst wenn die Haute Couture sie längst aussortiert hätte. »Und was haben die noch einmal gekostet?« Dass Carl es immer so genau wissen wollte. Frau Resche hatte mitgehört, als ich mit Carl im »Würz« über die Stiefel gesprochen hatte. Daher wusste sie, dass ich sie unbedingt haben wollte. Die Frage hatte er mir damals auch schon gestellt, an dem Morgen, als Ulf aus meinem Bett, aus meiner Wohnung, aus meinem Leben verschwunden war, weil er sich angeblich um seinen kränkelnden Vater hatte kümmern müssen.

»Hab ich doch gesagt, irgendwas um die fünfzig Euro!«, antwortete ich vage.

Carl schluckte das, Markus kniff kurz die Augen zusammen, Verena hätte sich weggeschmissen vor Lachen.

»Jule so teure Edelschuhe kaufen, aber selbst hat sie immer so ausgelatschte Dinger getragen.« Carls Kommentar war sehr verächtlich, was auch Kaschi missfiel.

»Sie war halt sehr praktisch veranlagt«, verteidigte er die Frau seines Lebens. Und sagte etwas hölzern zu der neuen Frau seines Lebens: »Dir stehen die Schuhe sehr gut.« Mit seiner neuen Vaterrolle musste er sich erst mal anfreunden. Ich wollte ihn gar nicht überfordern. Und mich erst recht nicht. Schließlich gab es ja auch noch die Carl-Kaschi-Freundschaft, die es aufzuarbeiten galt.

»Sag mal, wollt ihr euch vielleicht mal zusammensetzen und das alles besprechen, was so passiert ist in letzter Zeit, also in den letzten Jahren, äh, Jahrzehnten?« Ich zog Markus zur Tür, um den beiden die Gelegenheit zu geben, sich auszusprechen und ihren Frieden zu finden.

»Nö«, sagten beide gleichzeitig. »Is doch eigentlich alles gesagt!«

Wer Zahnweh hat, hält jeden,
dessen Zähne gesund sind, für glücklich.
Der an Armut Leidende begeht denselben Irrtum
den Reichen gegenüber.
GEORGE BERNARD SHAW

Ich hatte einen Vater, und ich hatte die Story! Ich würde zum Radiopreis gehen. Meine Karriere war gerettet, ich würde kometenhaft durch die Decke gehen. Mit dieser Gewissheit betrat ich siegessicher und überpünktlich den Konferenzraum.

»Ich weiß, wer der Samariter ist«, platzte ich auch prompt heraus.

Dotz sprang vom Stuhl auf, rief: *»Echt?«*, rannte zu meinem Platz, umarmte mich, hielt meinen rechten Arm hoch und schrie Daniel an: »So sehen gute Reporter aus!«

Diese Reaktion hatte ich mir zumindest erhofft. Stattdessen setzte Dotz eine komplett desinteressierte Miene auf und sah mich an wie jemanden, der der Masse ein großes Geheimnis mitteilen wollte, beispielsweise, dass Heiligabend am 24. Dezember war.

»Ja, und?«, fragte Motz gleichgültig.

»Na ja.« Ich war verunsichert. »Darum ging es doch die ganze Zeit. Ich sollte doch den suchen, der …«

»Ja, ja«, fuhr Kotz dazwischen. »Aber was denken Sie sich eigentlich? Wir haben den Toten aus der Elbe. Darum müssen wir uns kümmern. Lotto interessiert doch keinen mehr. Und außerdem weiß man ja nie, ob Sie mit Ihren ständigen Zahnoperationen nicht ausfallen.« Schluss. Punkt. Aus.

Vor einer Woche wäre ich an dieser Stelle noch in Tränen ausgebrochen, jetzt kratzte es mich nicht sonderlich. Viel zu viel war in der Zwischenzeit passiert. Mein Vater Karsten Telgmann, der mit den muskulösen Oberarmen, mit den irren Muckis, würde Dotz im Notfall verprügeln. Ha! Auch die überheblichen Seitenblicke von Daniel konnten mir nichts mehr anhaben. Hatte der etwa eine Wohnung, für die er keine Miete zahlen musste, weil sie ihm gehörte? Eine größere Sicherheit konnte man doch nicht besitzen, zumindest auf finanzieller Ebene. Maria Resche sei Dank.

»Haben Sie noch einmal kurz eine Sekunde?«, fragte ich nach der Konferenz in Dotz' Türrahmen lehnend. Der verdrehte genervt die Augen, winkte mich aber in sein Büro.

»Was gibt's denn noch?«

Trau dich was, sprach ich mir Mut zu. Schließlich hat er es dir zugesagt. Frag ihn einfach.

»Was ist denn eigentlich mit dem Radiopreis?«

Dotz blieb ob meiner Dreistigkeit der Mund offen stehen. »Was soll damit sein?«

»Sie haben gesagt, wenn ich den Samariter bringe, dann bin ich die Reporterin für den Radiopreis.«

»Kann sein, aber das bringen wir ja nicht, dafür haben wir keinen Platz.«

Er war es nicht wert, daher sprang ich ihm nicht an die Gurgel, sondern blieb ganz ruhig. Wer weiß, was Dotz so unglaublich unglücklich gemacht hatte.

»Und wer macht nun den Radiopreis?«

»Ja, hier, die Fernsehfrau. Wie immer!«, sagte er wie selbstverständlich.

»Okay!« Dann ging ich.

Ich war sogar ein wenig dankbar. Hatte ich wirklich Lust gehabt, mit dem Griesgram zu der Gala zu gehen und dann die ganze Arbeit selber zu machen, während er mich durchgehend angekeift hätte? Bei Dotz konnte ich mir nicht vorstellen, dass, so wie bei Maria Resche, hinter der ätzenden Schale ein menschenfreundlicher Kern steckte.

Dotz wollte mich nicht, dann bot ich mich eben anderweitig an. In der Kontaktliste meines Handys suchte ich eine Nummer, wählte und hatte kurz darauf Thomas Christen von der ›Mopo‹ dran, dem ich indirekt die Gerüchte um meinen angeblichen Lottogewinn zu verdanken hatte. Aber das war vergessen. Ich gab ihm in Stichworten die Infos rund um Maria Resche, Carl, Kaschi, Wohnwagen, Jackpot, Kindergarten, Glücksklee, Karibikreise, Stiefel, Sanierung, Testament und Liebe des Lebens. Die Sache mit dem frischgebackenen Vater unterschlug ich. All das reichte ihm, um für den nächsten Tag eine Titelgeschichte ins Heft zu bringen. Wer weiß, vielleicht würde ich auch bald mal auf die Zeitung umschwenken als Reporterin oder mich bei anderen Radiosendern umhören.

»Dürfte ich noch schnell einen Fotografen schicken, der Sie alle vor diesem Gewürzladen fotografiert? Und könnten Sie noch diesen Lottomillionär aus Blankenese dazuholen?«

»Na, klar. Wieso nicht. Carl und Kaschi sind beide da. Verena sag ich Bescheid. Und Herrn Schneider ruf ich an. Der freut sich bestimmt, wenn er von zu Hause weg kann. Und ich bin in ungefähr einer Stunde da.«

Herrn Schneider erreichte ich sofort. Er hatte mir ja damals seine Handynummer gegeben. Er war gerade auf dem Weg nach Barmbek. Welch ein Zufall. Ich rief Markus an und fragte, ob er auch mit aufs Foto wolle. Er verneinte dies, versprach aber, mich in einer halben Stunde im Sender abzuholen.

»Ein bisschen mehr nach rechts. Das Schaufenster mit den Paprikasäcken müsste zu sehen sein. Ja, so ist gut.«

Der Fotograf postierte uns alle vor dem »Würz«. Kaschi, Carl, Verena, mich, Herrn Schneider und auch Bonny. Die hatte nicht richtig Lust und büchste immer wieder aus, bis wir sie an die Leine nahmen.

»Sag mal, kennen wir uns nicht irgendwoher?« Kaschi, also mein Vater, schaute Herrn Schneider prüfend an. Auch der meinte sich zu erinnern. »Das ›Barm-Quell‹?«, fragten beide. »Ja, genau. Sie haben mir damals als junger Spund den Wohnwagen verkauft.«

»Na, klar!« Herr Schneider freute sich ein Loch in den Bauch, als er an seine Zeit als Automechaniker in Barmbek erinnert wurde.

»Das gibt's doch gar nicht!«, rief Kaschi. »Was ist denn aus dir geworden?«, fragte er.

»Nicht das, was ich eigentlich wollte!«, antwortete Herr Schneider.

»Wer ist denn das? Der ist ja nett!«, flüsterte Verena mir zu.

»Das stimmt!«, gab ich zurück. »Aber er ist bestimmt fünfzehn Jahre älter als du«, wisperte ich.

»Na und?« Verena drängte sich unauffällig neben Herrn Schneider. Der hakte sich sofort bei ihr ein.

»Wer sind Sie denn?«, fragte er. Verena wollte gerade antworten, als ich aufgekratzt dazwischenging.

»Sie ist meine beste Freundin und sie ist eine Lendengöttin!«

Der Fotograf musste uns mehrfach ermahnen, endlich mal still zu stehen. Ich war nur froh, dass Daniel nicht die Fotos machte. Wie wohl die Überschrift lauten würde am nächsten Tag in der Zeitung?

»Würzige Lotto-Liebe«? »Der alte Pfeffersack und die edle Samariterin«? »Sechs Richtige und eine Falsche«? Oder, in Anlehnung an eines meiner Lieblingsbücher: »Salz auf unserem Lottoschein«? Na ja, wir würden es ja zu sehen bekommen. Bis morgen war noch etwas Zeit. Dazwischen lag eine lange Nacht.

Als der Fotograf durch war und sich verabschiedet hatte, gingen wir ins »Würz« und bestaunten den frisch renovierten

Laden. Bis auf den Apothekerschrank war alles neu. Helle Regale, frisch gewischte Wände, tatsächlich mit Chili, Paprika und Kaffee vermischt. Von der Decke baumelten Lavendelsträuße. Für mich hätte Carl wohl auch Mangos oder Mikrofone an die Decke gehängt.

»Es sieht so einladend hier aus. Hilfe! Ich werde geblendet, es ist so hell«, rief ich. »Nicht, dass auf einmal ganz viele Kunden den Laden stürmen.«

»Kaschi, du könntest mir vielleicht helfen?«, fragte Carl.

»Nee, ich habe meinen Würstchenwagen. Ich wohn zwar nicht mehr im Wohnwagen, ich geh da aber jeden Tag hin. Es sei denn, Jule möchte das nicht.«

Verena riss einen Karton auf, holte mehrere Gewürztüten hervor und sortierte sie in den Regalen ein.

»Vielleicht helf ich dir ein wenig häufiger«, erklärte ich lapidar.

»Das wär ja was«, sagte Carl. Ich meinte ein glückliches Lächeln zu sehen. Kaschi mochte zwar mein biologischer Vater sein, aber Carl würde für immer die Pflegevater-Position innehaben.

»Aber nur unter einer Bedingung!«, sagte ich streng. »Ich brauch hier eine alte Orangenkiste zum Sitzen.«

Er nickte verschwörerisch.

Verena hörte gar nicht mehr auf, kleine, hübsch verpackte Tütchen aus den Kisten zu sammeln. Herr Schneider half ihr.

»Das wird *der* Gwürzladen, ich sag's euch! Hört mal, was es für abgefahrene Gewürzsorten gibt: Limonenpfeffer, Mozzarella-Würze, Pesto-Sugo getrocknet. Auf so was stehen die Amateur-Sterneköche«, erklärte sie.

Bisher hatte Carl sich mehr auf schlichten Pfeffer, Salz und Chili konzentriert.

»Carl, du könntest der neue Meetingpoint werden, Weinproben anbieten oder Kochkurse.« Verena malte sich eine Art gemütliches Kochcafé aus. »Du kannst ein Kochbuch herausbringen, mit Rezepten, bei denen es auf die Gewürze ankommt. Du erklärst, welche aphrodisierende Wirkung Chili, Cayennepfeffer und so weiter haben. Und Jule schreibt das Buch.«

Was war denn mit meiner Freundin los? Sie überschlug sich ja fast. Die Stimmung war so ausgelassen, dass ich mich von der Spinnerei anstecken ließ.

»Ich weiß auch schon, wie das Buch heißen könnte.« Nach einer kleinen Kunstpause gab ich meinen Vorschlag zum Besten. »Chili con Carl!«

Markus lachte als Erster, die anderen schlossen sich an. Carl schüttelte nur den Kopf, abgeneigt war er, glaube ich, nicht.

»Ich muss los!« Verena schnappte sich ihre Sachen, umarmte mich und war weg.

»Ich könnte Sie nach Hause bringen.« Der netteste Blankenesemillionär eilte ihr hinterher.

»Ich muss mit Bonny Gassi gehen!« Kaschi schnappte sich Hund und Leine und war weg.

Wahrscheinlich musste er mal ganz in Ruhe nachdenken, was ihm eine Nacht vor etlichen Jahrzehnten da beschert hatte. Ich würde ihm die Zeit lassen. Solange er nicht noch einmal dreiunddreißig Jahre brauchte.

»Ich geh noch zu Mario rüber, wollt ihr mit?«, fragte Carl. Ich hatte das Gefühl, dass er uns kaum gehen lassen mochte, der Mann, der mir stets den Weg geleitet hatte durch die Schnellstraßen, Einbahnstraßen und Sackgassen des Lebens und selbst auch so manchen Crash gehabt hatte. Daran, dass er mir nicht seine Spezial-Chili-Mischung anbot, merkte ich, dass er Markus wirklich mochte.

»Ich war so oft im ›Piazza‹ in letzter Zeit, jetzt ist mal Schluss«, erwiderte ich kopfschüttelnd.

»Wir kommen morgen früh gerne auf einen Kakao vorbei,

aber Jule muss noch in den Kiosk rüber«, sagte Markus. »Ich wette, du hast immer noch nicht deinen Lottoschein kontrolliert, stimmt's?«

Betreten nickte ich. Eigentlich hatte ich gehofft, dass er mich fragte, ob ich ihm in meiner Wohnung mal meinen Goldfisch zeigen würde. Allerdings hatte er gerade etwas von Kakao und morgen früh gesagt. Das klang verheißungsvoll. Da konnte ich auch beruhigt noch einen Abstecher in den Lottoladen machen.

»Okay, lass uns hingehen!«

Markus beobachtete kurz darauf amüsiert, wie ich aus den Tiefen meiner Tasche den komplett verknitterten Schein hervorholte. Ehrfürchtig reichte ich ihn der Kiosk-Frau.

»Leider nix!«, sagte sie lapidar.

Ein wenig enttäuscht war ich schon, obwohl ich nichts anderes erwartet hatte.

»Wollen wir vielleicht einen neuen Lottoschein ausfüllen?«, flüsterte Markus mir zu. »Also du, ich darf ja nicht.«

»Wieso nicht!« Ich griff nach einem leeren Lottoschein und nach einem Kugelschreiber. »Welche Zahlen sollen wir nehmen?« Fragend blickte ich Markus an und biss auf dem fremden Kugelschreiber herum. Die Geburtsdaten meiner Exfreunde erschienen mir unpassend.

»Ich wüsste was!«, sagte Markus. »Wir brauchen sechs Zahlen, richtig?« Ich nickte.

»Das wird sich kaum geändert haben.«

»Also, dann wollen wir mal!«, forderte er mich auf.

»Zähl mal ab. Welche Zahl entspricht dem Buchstaben G?

Ich kapierte nicht ganz, worauf er hinauswollte. Er half mir auf die Sprünge.

»G ist der siebte Buchstabe im Alphabet. Also nehmen wir die Sieben. Der Wievielte ist das L?«

Diesmal begriff ich und zählte an meinen Fingern ab.

»Zwölf!«, rief ich. »Trag's ein.«

Und danach trug Markus Röck, also der einzig wahre Röck, noch vier weitere Zahlen ein. Insgesamt kamen wir auf die: 7, 12, 21, 5, 3 und die 11.

Ja, und wie war das noch gleich: Wenn eine Geschichte glücklich ausgeht, ist sie zu Ende.

DANKE

Meine Glücksbringer sind:
Jackpot-Joachim Jensen mit der zündenden Idee.
Ein Danke-Abonnement hat Bärbel Schmidt gewonnen.
Zum Glück gibt es Bianca Dombrowa, Elisabeth Kurath und das dtv-Team.
Außerdem danke an meine Glückskäfer zu Hause und an meinen Mann.
Und immer daran denken: Meistens ist das Glück am Zug, wenn niemand damit rechnet.